本书为山东大学儒学高等研究院“集部儒学文献萃编”项目和儒学重大基础研究工程之“韩国集部儒学文献萃编”项目结题成果

韩国文学与儒家文化

李学堂 等著

齊鲁書社
·济南·

图书在版编目（CIP）数据

韩国文学与儒家文化 / 李学堂等著. -- 济南 : 齐鲁书社, 2025. 6. -- ISBN 978-7-5333-4833-5

Ⅰ. I312.606

中国国家版本馆CIP数据核字第2025RH5364号

责任编辑　曹新月
装帧设计　亓旭欣

韩国文学与儒家文化

HANGUO WENXUE YU RUJIA WENHUA

李学堂　等著

主管单位　山东出版传媒股份有限公司
出版发行　齐鲁书社
社　　址　济南市市中区舜耕路517号
邮　　编　250003
网　　址　www.qlss.cn
电子邮箱　qilupress@126.com
营销中心　（0531）82098521　82098519　82098517
印　　刷　山东华立印务有限公司
开　　本　880mm × 1230mm　1/32
印　　张　9.25
插　　页　2
字　　数　183千
版　　次　2025年6月第1版
印　　次　2025年6月第1次印刷
标准书号　ISBN 978-7-5333-4833-5
定　　价　50.00元

序

《韩国文学与儒家文化》由六篇文章构成，分别是：《雪也梅也吾师也：牧隐李穑的君子意识考》《学理韵扬五百年：韩国汉诗与阳明学》《文德之敷化四瀛：纪晓岚与燕行文人》《莫使呼耶在山谷：四佳徐居正的讽谕诗》《沧波凝湛写天光：高峰奇大升的儒韵汉诗》《腹有诗书气自华：李文烈小说的文化因素》。六篇文章的主标题均由七言句构成，明确规定并彰显出了作为副标题的研究对象。具备文化素养的读者诸君，仅仅通过阅读这些标题，便能对该书的内容心领神悟，激发出浓厚的阅读兴趣。

在地理位置上，朝鲜半岛毗邻中国东北地区，在漫长的岁月中不断与中国进行着文化交流，自然而然地参与了众多汉字文化圈的历史活动，并吸收了儒家文化。虽然很难断定朝鲜半岛具体是从何时开始使用汉字并利用汉字传情达意的，但这一行为大概可以追溯到两千多年以前。本书第一篇《雪也梅也吾师也：牧隐李穑的君子意识考》讲述了元、明更替之前李穑在大都的活动，以及其回国后对儒家的经世精神和文章致身的处世之道的传播。

朝鲜王朝持续了五百余年，其存国之久几乎相当于中国历史上整个明清时期。在此期间，朝鲜王朝建立了典型的儒教国家体制，并致力于提高本国的儒家思想文化水平。李朝时期，文学被视作儒家文化的精华受到高度重视，留下了非常丰富的成果，目前流传下来的文献也有力地证明了这一事实。本书收录的文章中，第二篇《学理韵扬五百年：韩国汉诗与阳明学》、第四篇《莫使呼耶在山谷：四佳徐居正的讽谕诗》和第五篇《沧波凝湛写天光：高峰奇大升的儒韵汉诗》主要对汉诗进行分析，其中提到的徐居正、奇大升既是优秀的儒者也是诗人，有着高超的诗文学水平。第三篇《文德之敷化四瀛：纪晓岚与燕行文人》讲述了在乾嘉年间名扬四海的纪昀和朝鲜燕行文人之间的交游状况，文中阐明了两国文人之间频繁往来与真诚沟通的文化背景，这一点值得人们深思、珍视。

有关这个主题，朝鲜王朝中期文人许筠写给明朝文人吴明济的送别诗十分引人注目。吴明济是 16 世纪末万历朝鲜战争中的一名明代文官，后与许筠成为挚友。许筠深感与吴明济的交往意义重大，感叹道："国有中外殊，人无夷夏别。落地皆弟兄，何必分楚越?"这几句诗把诗人对人与人之间能跨越国家的、与生俱来的、普遍的爱的觉醒鲜明地表现了出来。紧接着，诗人写道："胆胆每相照，冰壶映寒月。"两人诚挚交往，肝胆相照，友情如冰壶映寒月般纯洁。研究者在面对作品和原作者时，也需秉持这种态度，只有如此才能真正深入透彻地阐释好文学作品，这也是我一贯的主张。

李学堂教授主笔撰写的《韩国文学与儒家文化》一书即将面世。这本书以当今中国学者对高丽末期以来韩国文人创造的文学世界的探索与解析为主要内容。在21世纪的今天，李学堂教授仔细观察并深刻理解了中国的韩国文学研究者们长期相互沟通和共享的历史文化经验的真相，并将其汇集成书，这无疑是一次具有重大意义的尝试和创举。因此，我向主导该学术课题并取得巨大成就的李学堂教授及参与该工作的各位学者表示深深的敬意和祝贺。

林荧泽①

二〇二三年三月写于首尔益善斋

① 林荧泽，1943年生，韩国成均馆大学名誉教授，毕业于首尔大学韩国文学专业，韩国学中央研究院名誉博士。历任成均馆大学教授、大东文化研究院院长及东亚学术院院长等职。著作有《韩国文学史的视角》《韩国学：理论与方法》《文明意识与实学》《韩国学的东亚新纪元》《实学的21世纪新解读》《东亚叙事与韩国小说史论》等。

目　录

雪也梅也吾师也：牧隐李穑的君子意识考

李学堂

一、绪论

李穑（1328—1396），号牧隐，高丽末期巨儒李榖之子、学者李齐贤之弟子，丽末鲜初著名儒学家、教育家、诗人。早年留学元朝，深受程朱理学影响。1354 年，在元进士及第。1356 年归国，受王命重建成均馆，传播性理之学，培养新兴士大夫，后成为一代儒宗。

近年来，中韩学界从哲学、文学角度对李穑的儒学和文学思想成就展开了深入研究，取得了一定成果。陈来从“天则理说”“明德明命说”“浩然之气说”“气之理乱说”“性情工夫论”“理寓于象说”六个方面阐述李穑的理学思想，指出李穑哲学思想的基本倾向是“重气而不轻理，重心而不忽性，重物而不忘道”①。他认为，李穑思想“作为韩国早期朱子学的一个形

① 陈来：《李牧隐理学思想简论》，《云南大学学报（社会科学版）》2006 年第 4 期。

态，有其值得重视的意义”。李甦平认为，李穑作为思想家“使高丽社会由以佛学为中心转向了以儒学为中心，使高丽学风由以辞章之学为主，转向以性理之学为主”。她认为，李穑儒学思想的来源主要有三个方面：“一是中国元代理学家许衡关于‘气’的思想；二是其师高丽大学者李齐贤的重修养、重实践思想；三是其父高丽巨儒李穀的儒释道三教融合思想。”①

韩国学界对李穑的研究较为深入，相关单行本著作有《李穑的诗文学研究》②、《牧隐李穑的生涯与思想》③、《牧隐李穑的学问与学脉》④ 和《丽末鲜初汉文学的再照明》⑤ 等。此外，与牧隐政治思想、文学相关的一般论文⑥及硕博士学位论文⑦不断出现。

---

① 李甦平：《论牧隐李穑的儒学思想》，《韩国研究论丛》2012 年第 1 期。

② ［韩］吕运弼：《李穑的诗文学研究》，首尔：太学社，1995 年。

③ ［韩］牧隐研究会编：《牧隐李穑的生涯与思想》，首尔：一潮阁，1996 年。

④ ［韩］申千湜：《牧隐李穑的学问与学脉》，首尔：一潮阁，1998 年。

⑤ ［韩］李炳赫：《丽末鲜初汉文学的再照明》，首尔：太学社，2003 年。

⑥ 参见［韩］孙洛范：《牧隐研究》，《国际大学论文集》第 3 辑，（日本）国际大学人文社科研究所，1975 年；［韩］金柱淳：《牧隐李穑的汉诗所表现的陶渊明的隐逸观》，《古诗歌研究》第 25 卷，2010 年；［韩］都贤喆：《牧隐李穑的政治思想研究》，《韩国思想史学》第 3 卷，1990 年等。

⑦ 参见［韩］赵海波：《牧隐李穑诗文学的陶渊明接受研究》，鲜文大学校硕士学位论文，2008 年；［韩］刘志峰：《李穑与杜甫的诗文学比较研究》，庆熙大学校博士学位论文，2014 年等。

从以上先行研究来看，其研究方向主要集中于李穑的生平、儒学思想与学问倾向、诗文艺术等总论层面，微观研究尚显欠缺。

《牧隐诗稿》收录了李穑平生创作的多达 4386 篇、6031 首汉诗，包括绝句、律诗、乐府诗等各种体裁，展现出高丽诗人深厚的儒学思想底蕴和高超的汉诗艺术水准。① 在李穑创作的汉诗中，以君子为主题，吟咏君子心志、德行和品格的汉诗比比皆是。但目前中韩学界关于李穑君子意识的专门研究凤毛麟角②，不能不说是一大缺憾。

本文拟选取李穑君子题材的系列汉诗为基本文本，探讨其君子思想的历史和学理渊源、主要内容及特征，并初步讨论其君子意识对培养君子人格和解决现实问题方面的价值和意义。

二、牧隐君子意识的渊源

"君子"一词泛见于中国先秦典籍之中，其义原指君王之子、家君之子，即地位崇高之人，后被赋予道德义，引申为道德学问修养极高之人的统称。如《周易·乾》"九三，君子终日

---

① 参见［韩］金时邺：《牧隐的君子意识与民生风俗诗》，［韩］牧隐研究会编：《牧隐李穑的生涯与思想》，第 359~384 页。

② 除上注金时邺论文之外，关于牧隐君子诗和君子论方面可以参考［韩］郭信焕：《牧隐李穑的时中君子论》，《儒家思想研究》第 30 卷，2007 年；［韩］林钟旭：《牧隐李穑的君子诗研究》，《佛教语文论集》第 3 辑，1998 年；等等。

乾乾，夕惕若厉，无咎”、《尚书·虞书·大禹谟》“君子在野，小人在位”等。今义泛指有学问、有修养之人。

在韩国典籍之中，“君子”一词最早见于新罗崔致远《桂苑笔耕集》“唯托大王之风，早归君子之国，俾传帝命”① 及《孤云先生文集》“以东方君子之国，而尽入于西天之域耶”②，均与“之国”连用。对于“君子之国”的称谓，朝鲜大儒李滉曾有过以下表述：

> 新罗统三为一，高丽五百余年间，世道向隆，文风渐开。士多游学中原，经籍兴行，易乱为治，慕华变夷。诗书之泽，礼义之风，箕畴遗俗，犹可渐复，故吾东见称为文献之邦、君子之国，有由然矣。然二代之儒，其归重终在于言语文章之间。逮于丽末，程朱之书稍稍东来，故如禹倬、郑梦周之徒，得以参究性理之说。至于国朝，获蒙皇朝颁赐《四书五经大全》《性理大全》等书。国朝设科取士，又以通四书三经者，得与其选。由是，士之诵习，无非孔孟程朱之言。③

从李滉的记述可知，直到高丽后期，“君子之国”仍侧重指一国的文风和礼俗，停留于“言语文章之间”。正如李滉所述，真正

① ［新罗］崔致远：《桂苑笔耕集》卷二十《祭巉山神文》。
② ［新罗］崔致远：《孤云先生文集》卷三《智证和尚碑铭并序》。
③ ［朝鲜］李滉：《退溪先生续集》卷八《回示诏使书》。

从学理和儒学实践意义上深入把握“君子”概念，并将其作为儒家人格修养目标的时期是丽末鲜初，也就是禹倬和郑梦周等人活跃的时期，其中的代表人物当首推牧隐李穑。

由此可推知，李穑的君子意识首先源于新罗和高丽“文献之邦、君子之国”国风民俗、礼义制度潜移默化的影响，这对其君子意识的自觉起到了极大作用。

其次，父师对其君子意识的形成也起到了重要作用。高丽后期大儒李齐贤作为李穑父子共同之师，有着显著的君子意识。李齐贤曾言“上有好者下即效，君子尽孝民兴孝”①、“士君子葬其亲，所不可后者也”②，认为君子是百姓践行孝道时效仿的模范；他还曾言“君子求福不回，敬以直内者，亦尝闻其说耶”③，以“岂弟君子，求福不回”“君子敬以直内，义以方外。敬义立而德不孤”的思想确立君子修养学说的内涵。李齐贤以“不伐其劳，归功于众，是则大人君子之用心也”④ 赞美君子不惮劳苦而归功于众的高尚品德。可见，李齐贤的君子思想源于《诗经》《周易》等，认为君子作为百姓典范，对社会风尚的引领作用巨大，必须在品德修养上格外用心。

稼亭李穀是李穑之父，也是著名儒学家，曾言“有其德而不自居，惟君子为然”⑤、“观过知仁，居室接物，一团和气，

---

① ［高丽］李齐贤：《益斋乱稿》卷二《十一月十五日》。

② ［高丽］李齐贤：《益斋乱稿》卷七《赠谥文烈公李公墓志铭》。

③ ［高丽］李齐贤：《益斋乱稿》卷九下《定王》。

④ ［高丽］李齐贤：《益斋乱稿》卷六《赠谥威烈公金公行军记》。

⑤ ［高丽］李穀：《稼亭先生文集》卷二《春轩记》。

可谓大雅君子矣”①。可见，其关于君子高尚德行的理念继承了李齐贤的思想。但李穀的君子观更加注重君主的垂范、导向作用，其曾言“《易》曰：君子多识前言往行以畜其德。盖事必师古，帝王之所尚也”②、“君子、小人迭为消长，审之在人主，此治乱之机也”③，认为帝王的君子观关乎社会的治乱，不可轻视。李穀对君子的社会作用也有深刻的认识，如曰“致君泽民兮，君子所期”④、“一家仁，一国兴仁，君子尽己而已”⑤，认为君子忠君爱民关乎国家兴亡，应该尽可能发挥自身社会作用。

李齐贤和李穀的君子理念同家国天下意识、社会责任等联系紧密，对李穑的君子观产生了直接影响⑥，使李穑更加清晰地

---

① ［高丽］李穀：《稼亭先生文集》卷十一《顺天君蔡公墓志铭》。

② ［高丽］李穀：《稼亭先生文集》卷十三《“皇帝王霸之道”廷试策》。

③ ［高丽］李穀：《稼亭先生文集》卷十三《拟汉杨震二子为郎诏》。

④ ［高丽］李穀：《稼亭先生文集》卷一《吊党锢文并序》。

⑤ ［高丽］李穀：《稼亭先生文集》卷八《送郑参军序》。

⑥ 关于李穑与李齐贤、李穀之间君子意识的继承关系，以下文字可资佐证。其一：“稼亭遗体独吾存，天赐三男又毕婚。岂有文章传再世，只将清白遗诸孙。”牧隐所谓“只将清白遗诸孙”即指将稼亭以来的君子家风代代相传。其二：“吾东方古称诗书之国，以文章鸣世者，代不乏人。……诗道之中兴也，益斋李文忠公复起而振之，稼亭李文孝公继之。先生，稼亭之子，益老之门弟，其文章有家法渊源之正。”这里所谓“诗书”“文章”均为君子人格修养的必修德目。徐居正此处所说牧隐继承了益斋、稼亭的门风、家法，不惟指其诗赋文章，亦包含君子之风和君子意识。其三：“益斋作书曰此物，得之忠烈经筵前。曰汝是我天场元，我今赐汝惟汝贤。松亭子孙亲抱送，带之所出权醴泉。两家玉笋照东国，文章政事相磨肩。独荷荣华非我能，稼亭流庆方绵绵。”继益斋、松亭、稼亭之后，牧隐掌文衡，将君子教育作为终身追求的事业。

意识到君子修养和君子教育的重要性，将之作为终生不渝的追求和实践目标。

最后，李穑自身对“圣人之道”和儒家修养智慧的追求是其君子意识形成的内在因素。正如陈来之说，李穑哲学思想倾向之一是“重物而不忘道”。

> 夫理无形也，寓于物；物之象也，理之著也。是故龙图龟书，圣人之所则；而蓍草之生，所以尽阴阳奇耦之变，而为万世开物成务之宗。则虽细物，何可少哉。①
>
> 道在天地间，贯幽明，包大小，无物不有，无时不然，其体用固粲然也。而人之行之，有传与否焉，非独吾儒者之事也。②

李穑继承了程颐“至微者理也，至著者象也”的思想，认为理寓于物象，故当重物；道则流行于天地之间，无物不有，故人当体道、行道、传道。

> 《诗》之所谓君子阳阳，盖隐于小官者也。……阳，君子也；阴，小人也。《易》六十四卦，无非扶阳而抑阴者也，所以长君子之道也。圣人垂世大训如此，则其所以抑

---

① ［高丽］李穑：《牧隐文稿》卷三《葵轩记》。

② ［高丽］李穑：《牧隐文稿》卷八《送绝传上人序》。

阴而消小人也深矣。①

对于《诗经·王风·君子阳阳》中的“君子”一词，朱熹《诗集传》解释为“征夫”；李穑则认为是指“隐于小官者”，显然是继承了《毛诗序》“君子遭乱，相招为禄仕”的说法。高丽末期，君子大多“隐于小官”，身世不显。对于“阳阳”，李穑认为“阳”即君子，指君子道体本身，而《周易》六十四卦的核心即“扶阳而抑阴”“长君子之道”，此为圣人制经作传的“垂世大训”。“垂世大训”，亦作“垂世立教”或“垂世立训”，语出唐代吴筠《览古十四首》之“圣人垂大训，奥义不苟设”，指圣人的典籍等流传到后世，被立为教育规范与行为准则。李穑认为君子应该遵从圣人教诲，体会《诗经》和《周易》的大旨，践行君子之道：

道体周流自露呈，身心器数尽包并。辞严义正《春秋》法，气顺颜和日月行。致格齐平终有序，操存省察要须精。箪瓢陋巷生芳草，一贯传来圣道明。②

据《牧隐先生年谱》记载，李穑在洪武七年（1374年，高丽禑王元年）甲寅十二月，进封韩山君、艺文馆大提学、知

① ［高丽］李穑：《牧隐文稿》卷二《阳轩记》。

② ［高丽］李穑：《牧隐诗稿》卷十六《书筵，进讲君子所贵乎道者三，至有司存，退而志之》。

春秋馆事兼成均大司成、知书筵事，由此可以推断上述“道体”诸说是其在给禑王讲解《论语·泰伯》中曾子之语“君子所贵乎道者三：动容貌，斯远暴慢矣；正颜色，斯近信矣；出辞气，斯远鄙倍矣。笾豆之事，则有司存”后所作，以汉诗的形式阐明了圣贤之道的精髓。

在上引论学诗中，牧隐以韵文形式对君子所当追求的“圣人之道”做了具体而微的阐述。

起句写道与器的关系。《周易·系辞上》曰：“形而上者谓之道，形而下者谓之器。”道体贯通天人，自然存在，无形的道流行于有形的器（包括人的身心及所有具体事物或名物制度）之中。

承句写孔子修订《春秋》，文笔婉转而隐含褒贬，于字里行间彰显“微言大义”。李穑认为，圣人的“春秋笔法”乍看好似“辞严义正”，实则是在“气顺颜和”地告诉人们历史的发展暗合日月运行的规律。

转句写先秦儒家的道德修养智慧。李穑理解下的三纲领八条目不仅是治学次序，也是先秦儒家道德修养的基本原则和个人修养理论，因此，其诗中的八条目是依《礼记·大学》而非《四书》本《大学》。[1] 显然，他更加重视经书对做人、处事、

---

① 参见李纪祥：《〈四书〉本〈大学〉与〈礼记·大学〉：两种文本的比较》，《文史哲》2016 年第 4 期。“在中国，从元代开始，对于《大学》的版本与解说，便已经是朱子学的一尊化，从《四书》中的《大学》，进入到《礼记》中的《大学》，都已是采用了朱子对《大学》改动后的新编章句之改本与解释。”

治国方面的启迪性。

合句点题，阐明先秦儒家一以贯之的圣人之道。《论语·雍也》中孔子赞颜渊安贫乐道，《论语·里仁》中曾子曰“夫子之道，忠恕而已矣”。宋代大儒周敦颐不除庭前芳草，也是借此表达“仁者以天地万物为一体”的思想。这些事例都是儒家思想修养致力方向和人生价值观的体现。

由上文论述可知，君子之国意识和父师君子观，对李穑君子意识的产生和发展起到了重要作用。成贤成圣是李穑平生的志向和终极目标，圣贤所展现出的价值追求和精神发展方向，正符合其所向往的儒家君子型文明形态。李穑对君子内在思想修养和行为标准的阐释，构成了其以“君子”理念为标志的独特的儒家话语体系和所践履的无悔的生命历程。

三、牧隐君子意识的内容

李穑认为，《周易》《礼记》以来的儒家著述都是为了教人做君子。君子作为社会存在，是社会发展的推动力和正能量；君子作为优秀人格典范，是以仁礼为核心的伦理道德榜样；君子作为人间的担当者，必须具有家国天下情怀，能够引领理想社会的建构。李穑君子思想的这些不同层面，可以分述为君子修养论、君子实践论。

1. 君子修养论

李穑认为君子修养是贯穿平生的要务，必须从心志思行各方面研修打磨，才能毕收其功。与传统思想中理想人格侧重道德层面不同，李穑认为理想人格应由三部分组成，即智（认识系统）、情（幸福系统）、德（道德系统）。由此，他提出士君子的修养应从智的培养（即学）开始。

（1）学以致知（君子之智）

> 士君子幼也学，壮也行，始于家而终于天下，致君泽民，移风易俗。①
>
> 士君子少也读书而格物，则天下之事理致其明。壮也事君而理物，则天下之事理归于平，荡荡也何累于吾气，愉愉也何伤于吾心，怡然理顺，涣然冰释。夫岂有一毫之龃龉于其间哉。②

李穑在上记二则言说中强调了学对君子的重要性。孔子曰："好仁不好学，其蔽也愚；好知不好学，其蔽也荡；好信不好学，其蔽也贼；好直不好学，其蔽也绞；好勇不好学，其蔽也乱；好刚不好学，其蔽也狂。"（《论语·阳货》）又曰："文质彬彬，然后君子。"（《论语·雍也》）即强调好学和学以致知对君子修养的重要性。李穑因此认为学的目的在于明理，只有通过对圣贤之道的学习才能理天下之事，致君泽民，治国平天下。

---

① ［高丽］李穑：《牧隐文稿》卷十《孟周说》。

② ［高丽］李穑：《牧隐文稿》卷二《萱庭记》。

临机取舍失其真，谩负心希古君子。呜呼君子莫恃眼，眼力高低由学耳。①

李穑这里所说的“眼力高低”就是士君子明辨事理的能力，是“临机取舍”时能否做出正确判断的重要因素。由此，李穑认为学习是常人晋升为君子的阶梯，并通过诗文展现了切实可行的步骤。

寥寥接无极，天地初分形。正气偶妙合，人为万物灵。秀出于其中，圣贤为法程。文章被天下，粲然如日星。奈何今之人，罢驾趋冥冥。反观居室内，是亦天之经。

庖牺画奇耦，象以明理源。文王与周公，触事宣诸言。仲尼演十翼，大哉道义门。韦篇既三绝，千载如乾坤。使我知养蒙，德性何其尊。独居慎勿亵，焚香思本元。

孔门大如天，从游有三千。速肖七十子，独称回也贤。曾子得其宗，《大学》明后先。圣孙幸抠衣，《中庸》乃成篇。嗟嗟我缝掖，用力求心传。读书身心判，非醉应为颠。②

李穑这三首诗论述了读解和体会“四书”“五经”是学做君子的必经之路。天地之间，人为万物之灵，圣贤是后世学习

① ［高丽］李穑：《牧隐诗稿》卷二《彰义站有感一篇》。
② ［高丽］李穑：《牧隐诗稿》卷十六《古风三首》。

的典范。《周易》作为阐述天地间万象变化的古老经典，是东方民族智慧的结晶。文武周孔推演《易经》，开化人的智慧，培养人的德性。孔圣门下七十二贤人各得儒门真传。曾子著《大学》，提出“三纲领”（明明德、亲民、止于至善）和“八条目”（格物、致知、诚意、正心、修身、齐家、治国、平天下），强调修己是治人的前提，而修己的目的是治国平天下，说明了个人道德修养与治国平天下的一致性。子思著《中庸》，阐发道德行为的“中庸”标准和人生“至诚”的最高境界，提出“博学之，审问之，慎思之，明辨之，笃行之”的学习过程。由此，李穑认为，只有按照《大学》《中庸》指出的治学方法和顺序，方可求得儒学心法的真传。

（2）乐以养心（君子之情）

孔颜之乐到孟子的“君子三乐”，探讨了作为君子的德性幸福问题。《尚书·洪范》曰“五福：一曰寿，二曰富，三曰康宁，四曰攸好德，五曰考终命”，最早提出了“五福”的概念，其中“攸好德”的基本内容为心性仁善、德行高尚，为儒家德性幸福观的形成奠定了基础。

李穑认为，孔颜之乐追求的是内心境界的德性幸福：

终夜肌骨酸，操心良甚艰。月色入窗户，东风吹尚寒。兀坐发浩叹，流光如跳丸。君子有乐处，岂伊在瓢箪。为善如有余，一家天地宽。青春已强半，勉哉铭汤盘。①

---

① ［高丽］李穑：《牧隐诗稿》卷十五《晨兴》。

在他看来，君子的乐处在于心性良善、安贫乐道、心中自有天地之宽。这是超脱了物质束缚的道德境界，如子曰："贤哉回也，一箪食，一瓢饮，在陋巷，人不堪其忧，回也不改其乐。贤哉回也!"（《论语·雍也》）

君子有真乐，妙处诚难言。鸢飞与鱼跃，万像同一元。眇然稊米身，道化所渊源。礼乐被天下，周孔至今存。

君子有肥遁，无闷亦无愠。城市何所营，山林何所隐。久矣混常流，川上观气运。悠然抚四达，无心望华问。①

君子有何乐，终身自油油。巍然气像大，足以厌凡流。非如无源水，天晴忽焉收。盈科放四海，发自昆仑头。嗟哉彼何心，断港将行舟。②

李穑诗中吟诵的君子"真乐"是指德性之乐。天地自然之理流行，礼乐人文之被仍在，而君子沉潜显达无挂于心，因此能保持内心无闷无愠，悠然自得。"终身自油油"的君子内心充满德性幸福之感，外现的气象自然如浩瀚大海、昆仑山一般宏大无际。

李穑的君子德性之乐思想后被其门生阳村权近继承。

李穑同时继承了孟子"君子三乐"的思想：

① ［高丽］李穑：《牧隐诗稿》卷三《君子二首》。

② ［高丽］李穑：《牧隐诗稿》卷十七《君子》。

君子有三乐，自家及天下。俯仰既无歉，保此神明舍。愧怍无从生，声名遍夷夏。悦亲兄弟和，英才尽陶冶。致用竟成功，优游在朝野。讴歌终吾生，谁欤列风雅。①

他从家庭孝悌和睦、内心无愧无怍、教书育人的社会贡献三个角度吟咏诠释了现实生活中君子之乐的内涵，将孔颜的德性之乐与生活实践结合起来。尤其是孟子“三乐”中的“得天下英才而教育之”将君子教育与社会发展联系在一起，这成为李穑毕生的事业追求和实践内容。

孔颜之乐和“君子三乐”既是李穑内心愉悦的根源所在，也是其平生君子修养和君子教育的心理支撑。在门人眼中，其“平居待人接物，浑是一段和气”，“挺天资之粹美，穷圣学之精微，胸襟洒落，莹彻光辉”，周身闪耀着德性之乐的光辉，呈现出典型的德性幸福君子形象。

(3) 修以养性（君子之德）

汉班固《白虎通》曰：“或称君子者何？道德之称也。君之为言群也，子者丈夫之通称也。”宋王安石《君子斋记》亦曰：“故天下之有德，通谓之君子。”可见，古人谓君子为道德或德性高尚之人。李穑亦然，其在《古风》诗中陈述了自身的君子观。

古道委蔓草，桃李亦无言。浮生安所期，金石与兰荪。

① ［高丽］李穑：《牧隐诗稿》卷十五《君子有三乐》。

恩仇竟相杂，云雨覆且翻。吾道如一发，危哉谁复存。携幼入吾室，抚松涉吾园。自足乐天命，德性何其尊。我道大如天，高舜日月悬。周监于二代，大成集文宣。群阴渐以消，六经粲在前。中为记诵学，剽窃纷争先。濂洛出真儒，始知希圣贤。圣贤在吾心，景仰当拳拳。我初学为诗，只以求性情。善恶所劝戒，足求吾道精。比兴意自深，铺陈心自明。淫佚入皇极，沐浴歌太平。流而弄风月，适取浮夸名。核实必有在，慎勿轻讥评。①

在这首诗中，李穑反复吟咏“道”和“德性”。他向往的“道”，是尧舜禹汤文武周孔之道。蕴藏在六经之中的道，由孔子集其大成而为儒学，后由宋代周程等五先生阐释，成为士君子希贤希圣以之求道的心性之学。圣贤之道的修养目标在于养成君子的德性生命，通过分辨善恶、陶冶性情的实践完成君子使命。李穑又从三个方面指出了君子的思想行为特征。

君子立于独，群居常湛然。谁投胶与漆，嫌隙还滔天。周诗歌鸟声，求友何其贤。敢告我同辈，勉旃仍勉旃。君子志其大，达可天下行。口腹岂曰小，于道斯为轻。所以不去信，彝伦如日明。敢告我同辈，闲邪且存诚。君子和为贵，其心非殉人。金石众音异，克谐无夺伦。皦如绎如

① ［高丽］李穑：《牧隐诗稿》卷二十三《古风》。

也，至顺通明神。敢告我同辈，背伪斯归真。①

李穑在这首《君子》诗中表达了“君子立于独”的行为标准。这种思想源于《周易·大过卦·象传》“君子以独立不惧，遁世无闷”。苏轼在《墨君堂记》中亦曰“群居不倚，独立不惧”，是说君子面对不同寻常境遇时的行为方式，源于其所做出的“有道”或“无道”的判断。

李穑又说“君子志其大”，这里的“大”即“天道”。《周易·乾卦》曰：“庸言之信，庸行之谨；闲邪存其诚。”《礼记·中庸》亦曰：“诚者天之道也，诚之者人之道也。”李穑认为，诚为天道，君子须以诚为本，以诚为志。

而“君子和为贵”的思想源于《论语·学而》“礼之用，和为贵”，这是儒家倡导的道德实践标准。“皦如绎如也”语出《论语·八佾》“子语鲁大师乐，曰：‘乐其可知也。’始作，翕如也；从之，纯如也，皦如也，绎如也，以成”。李穑以合奏中众音和谐才能成就乐章的原理，说明中和对于君子的重要性。

李穑从《周易》《礼记》《中庸》《论语》等的论述中探究君子的思想行为特征，尤其是“独立不惧，遁世无闷”“慎独中立”“存其诚”“诚于中，形于外”“和为贵”等核心理念，既是君子德性修养的重要德目，也是君子做人做事的行为标准。

李穑认为，修心养性首先要“志于道”，即重视道心的培养。

---

① ［高丽］李穑：《牧隐诗稿》卷二十《君子》。

> 人心与道心，只从动处求。性发乃本源，欲生即派流。分明只一水，吾今复何忧。养成浩然气，天地莫能周。脉络却细密，慎旃无谬悠。文章出肺腑，矫诈徒自欺。孔门诸子中，赐也称多辞。终日如愚者，胡为竟省私。春风和气中，发荣得其时。虽然曾氏鲁，千载我所师。安心且无躁，忠恕一贯之。①

人心之动是“性发”，是本原之动，随之产生各种念头即“欲生”。李穑认为，既然人欲与性同源，就有了以“道心”遏制“人欲”的可能性，而孔门语录《论语》中孔子一以贯之的“道”就是养成道心的路径。如《论语·里仁》曰“君子无终食之间违仁”，可见君子只有时刻不违仁，才能以“仁心”养成浩然之气；又如《论语·里仁》曰“夫子之道，忠恕而已矣”，朱熹《论语集注》释“忠恕”曰“尽己之谓忠，推己之谓恕”，即“尽心为人，推己及人”。李穑认为“忠恕”是君子最重要的道德规范，而浩然之气和忠恕之道的涵养是培养道心的主要途径。

李穑还将君子“道心”的培养过程比喻为“人心良田”的“礼耕义种”。

> 人心如良田，土脉如截肪。礼耕义以种，勃然苗叶长。

① ［高丽］李穑：《牧隐诗稿》卷六《自伤学之未至也，求诸日用中吟成二首，以致其力焉》。

> 圣人岂芒芒，天时自有常。上下同一心，君子须自强。他年要食实，且当勿助忘。①

《礼记·礼运》曰："君子以厚，小人以薄。故圣王修义之柄、礼之序，以治人情。故人情者，圣王之田也。修礼以耕之，陈义以种之，讲学以耨之，本仁以聚之，播乐以安之。"《礼运》把"人情"比作"圣王之田"，提出了礼耕、义种、学耨、仁聚、乐安的以礼义治理人情的方法。李穑以"人心"替换"人情"，把"人心"比作"良田"，以"礼耕义种"之法治理人心，从而将向外的礼义作用转为向内的心性修养工夫。

> 一咏螽斯羽，百年君子心。正家先正己，惕若惜分阴。有象应千变，无乡只一心。养成从寡欲，白日破重阴。我学无他术，平生检此心。一毫何敢肆，衮衮是光阴。（君子之道，在于正家；欲正家，先正心；欲正心，先收放心；收放心，一毫不敢肆是已。三章备矣，观者幸无忽焉。）②

《毛诗序》云："《螽斯》，后妃子孙众多也，言若螽斯。不妒忌，则子孙众多也。"李穑吟诵《螽斯》，却体会到自"收放心"到"正心""正家"的君子之道。"百年君子心"的关键在于"收放心"，即"一毫不敢肆"。《孟子·告子上》曰"学问

① ［高丽］李穑：《牧隐诗稿》卷七《古风五首（二）》。
② ［高丽］李穑：《牧隐诗稿》卷十四《偶题》。

之道无他，求其放心而已矣”，李穑将孟子“仁，人心也；义，人路也”的“收放心”思想与“正心”“正家”的君子之道联系起来，突出通过自我心性修养，找回、保存和扩充固有的“善端”对君子道德人格养成的重要性。

2. 君子实践论

在李穑的思想中，君子德性修养与社会实践一体两面，互为表里。其君子实践论主要包括两个层面：一是塑造和培养具有高尚道德品格、引领理想社会建设志向和能力的君子型人才。李穑继承了孔子塑造君子人格的基本路径，即立志、好学、内省、依礼而行，加以自身的理解和实践，形成了符合丽末鲜初社会要求的君子教育思想。另外，在君子教育论中，李穑对士君子应具有的出处意识和为政姿态等也略有论及，以笃显作为君子的率先垂范所在。二是以君子视角对社会问题的关注，对国计民生的忧虑，展现具有高尚道德品格和高度社会责任感的君子典范。

（1）君子教育论

李穑曾承父师之命，远赴元朝国子监留学，接受了系统的程朱理学教育。归国以后，在高丽科举考试中考中状元。其后又在元朝考中进士。1356 年，李穑再次回到高丽，从此开始了跌宕起伏的官宦生涯。起初，李穑受到高丽恭愍王器重，官拜政堂文学，得入中枢，历任机要之职，同时负责重建成均馆，传播程朱理学，培养新兴士大夫，成为高丽末期的一代儒宗。恭愍王去世之后，李穑多年不出仕，其后虽被封为韩山府院君，又出任门下侍中，但很快就由于与李成桂集团的矛盾遭到弹劾，流放至长湍、咸昌、清州、矜州、长兴等地。

李穑生平之中最重要的社会贡献在于改创成均馆，为高丽制定儒学教育制度和课程，培养具有儒学素养的士君子人才。可以说，他为促进丽末鲜初的社会发展和引领君子风尚起到了巨大作用。

继李齐贤之后，李穑成为高丽的儒林领袖和成均馆大司成(馆长)，改创成均馆，与其他学官辨析“四书”“五经”，并亲自授业。其《学校三首》诗曰：

学校邦家脉，君师天地心。生成功自妙，教养泽何深。日对虀墙面，时闻金石音。自怜方抱病，几坐独沉吟。

今代维新命，先王未了心。文风方欲振，圣泽亦云深。白日无私照，黄鹂送好音。吾生尚强健，弦诵共讴吟。

愧我无才学，逢君叨泮宫。功成将舞兽，梦断忽攀龙。阶藓工随雨，庭松喜得风。白头扶病去，沙石更磨砻。①

在这三首诗中，李穑概述了国家设立学校的目的和学校的教育宗旨，即阐明儒学、振兴文风、培养人才。李穑受高丽国王器重，委以成均馆长之职，深感责任重大，希望像春风化雨滋润万物一样完成自己肩负的使命。“功成将舞兽，梦断忽攀龙”句中，“舞兽”典出《尚书·舜典》“击石拊石，百兽率舞”，“攀龙”典出《史记·封禅书》中黄帝骑龙升天、众小臣

① ［高丽］李穑：《牧隐诗稿》卷二十九《学校三首》。

攀龙而坠的故事。李穑以此表达自己在成均馆长任上有所作为的热切期待，期望为国家培养儒学人才，以完成先王维新遗愿。

“以兴起斯文为己任”的李穑，十分重视引领和培养士君子的志向。

> 君子秉素志，耿耿徒自知。冰霜方淅沥，闭户哦清诗。火冷笔尖冻，袖手时沉思。追深虑却浅，聚远势逾卑。乃知亦丧志，学者当去之。悚然自痛责，况彼声色移。
>
> 君子秉素志，岂曰荣其身。经纶赞王化，德泽沾生民。轩裳耀耳目，金玉迷精神。朝昏厌一味，方丈罗八珍。奈为居所移，气盈骄贱贫。妻子共温饱，谁知此情真。
>
> 君子秉素志，只与天为徒。文章与政事，岂止宁吾躯。出处谅非虑，永矢歌唐虞。翻然起畎亩，束帛驰天衢。道行固所愿，乐哉方都俞。不合即径去，紫芝亦足娱。①

在以上记题为《君子秉素志》的三首诗中，李穑阐述了作为君子应该具有的志向品格，即志向坚定、志向泽民、志向于道，闲时吟诗作赋也是为了坚定志向。作为君子，应以好学、内省、正家、赞成王化、德泽生民、实践仁政和忠恕道义为志向。

《君子秉素志》诗末句“不合即径去”表达了君子矢志不移、绝不苟合的坚定意志。《论语·泰伯》“子曰：‘笃信好学，

① ［高丽］李穑：《牧隐诗稿》卷七《君子秉素志三首》。

守死善道。危邦不入，乱邦不居。天下有道则见，无道则隐。邦有道，贫且贱焉，耻也；邦无道，富且贵焉，耻也’”，即要求士君子按照邦有道、无道选择出处。而“径去”并非意味着远离现实，君子也可以通过著书立说和投身教育等其他方式发挥一定的社会作用。

立朝非贪荣，去国非洁己。三宿乃出昼，浩然有归志。回首终南山，苍茫杜陵意。悠悠千载下，气合无少异。

一饭不忘君，谁怜吾老矣。幼学非文身，壮行非图己。枉尺直乃寻，君子岂降志。发达虽人情，低回或天意。

酣歌矢我音，岁今云暮矣。理也无物我，生而有人己。明命方赫然，畴能越厥志。由来得造道，端的在诚意。努力过此关，天下可平矣。

（自咏三首，溯流而源，自悲其志也。千载之下，必有知音者矣。君子遵道而行，不能半途而废。呜呼，高山可不仰乎？景行可不行乎？聊以志诸座右。）①

“三宿乃出昼”典出苏轼《贾谊论》：“孟子去齐，三宿而后出昼，犹曰：‘王其庶几召我。’君子之不忍弃其君，如此其厚也。”李穑用“孟子去齐”说明自己因受到排挤不得已辞职归隐的无奈。“回首终南山”典出唐王维隐居终南山期间所作《终南山》诗。

---

① ［高丽］李穑：《牧隐诗稿》卷六《自咏三首》。

首诗中，李穑抒发了同孟子去齐和王维隐居时相同的心境。

次诗中“一饭不忘君”，典出苏轼《〈王定国诗集〉叙》：“古今诗人众矣，而杜子美为首，岂非以其流落饥寒，终身不用，而一饭未尝忘君也欤！”李穑借此表达自己虽归隐但不忘忧国忧民的情怀。

三诗中李穑表达了自己虽身处逆境但不忘君子使命，以诚意实现君子之志的初心未改。

李穑有志于治国安邦，时刻以立德、立功、立言的君子“三不朽”事业要求自身，但有时也会为了“拯厄除难，功济于时”而陷入义利两难。

> 堂堂丈夫立朝著，立政立言须有序。正义不谋利，闻诸古君子。奈何财赋便为策，不究《关雎》有美意。请看我邹国，一个战国士。得君行政是真心，不敢开口谈此事。利源一开势如水，奔流万里终难止。卒老于行亦天命，岂可废道违我志。以谏为名列大夫，呜呼立志追唐虞。一吁一咈仍都俞，奈何攘臂吐异议。只恐他年秽青史，欲盖弥彰吾益耻。涤愆须挽银河水，不是本心初偶尔。①

朱熹《诗集传》曰：“孔子曰‘《关雎》乐而不淫，哀而不伤’，愚谓此言为此诗者，得其性情之正，声气之和也。”李穑虽然有志于圣人诗教“性情之正”的追求而不屑财富，但他在

---

① ［高丽］李穑：《牧隐诗稿》卷四《有感》。

实际处理朝政的时候，不能不在“正义”和“谋利”之间有所平衡，因此产生了“立政（立功）”和“立言”的矛盾。为了国计民生有时不得不选择利策，这时候他只能自我安慰“不是本心初偶尔”，并希望引银河之水洗涤罪愆，以免有秽于青史。

可见，作为谦谦君子，李穑在实践自己的“三不朽”事业时，也会遇到违志而行之事，但他“立志追唐虞”的初心始终不渝。

立志教育实际上是对士君子的理想教育，义利取舍是对士君子的为政教育，而出处隐显观则是对士君子的处身教育。李穑的君子教育思想体现了对圣人教诲的遵信，也从现实层面对君子在社会实践中遇到两难问题时如何应对做出了可行性的指引，在士君子教育上呈现出注重明德明志、学以致用、知行相济的特点。

（2）君子社会论

李穑早年即有经国安邦之志，曰“君子方有志，欲登天子堂”①，表明学成出仕、报效国家的志向。李穑君子意识的一个重要方面，就是君子的社会责任意识，其社会论思想是基于这种社会责任意识而形成的。

> 若有遇于介然之顷兮，谅天地其可三。胡唐虞之遗墟蔓草寒烟兮，吾道被于南炎。胡泓渟之而不霈兮，朔雪越

---

① ［高丽］李穑：《牧隐诗稿》卷二《在水原八吞村候东堂日期杂兴三首》。

岭之交粘。信余绪可以理天下兮，鲁齐独骋其征验。①

“介然之顷”语自朱熹《大学或问》“介然之顷，一有觉焉，则即此空隙之中而其本体已洞然矣”。李穑认为，一旦人的本然之体有所觉醒呈现，则可与天地并列为三才，所以应该发挥人的主观能动性，实现政治清明、人民康乐的上古唐虞之治。他坚信，以圣人圣学之余绪即可治理天下、致君泽民。

我生立志无彼此，泽物功夫先择里。事贤友仁需吾惠，不润生民乌可已。②

古来避地有君子，燕雀安知鸿鹄志。一朝出仕泽天下，功与造化无少异。③

可见，李穑做君子儒“事贤友仁”，立下致君泽民的鸿鹄之志，心心念之事业在于润泽生民。

李穑吃着百姓种的粮食，心里想着“野人养君子，所望其政仁”，时刻惦念百姓对朝廷施行仁政的盼望。他反思自己作为朝廷大员是否降泽于民，是否忘记了百姓，是否尸位素餐，想着想着内心不乐，逡巡不已。这种对百姓的愧疚之感源于君子对履行社会责任的自觉。

---

① ［高丽］李穑：《牧隐诗稿》卷一《山中辞》。

② ［高丽］李穑：《牧隐诗稿》卷十五《风雨行》。

③ ［高丽］李穑：《牧隐诗稿》卷三《山水图歌》。

我不向田野，终亩徒责人。玉粒忽在案，清香吹满巾。终年沾体者，食新不食陈。忽然心不乐，念之责我身。野人养君子，所望其政仁。立朝不降泽，今日忘今民。素餐与徒餔，我独犹逡巡。①

大雨既伤稼，民生诚可哀。滂沱又不止，咎征安在哉。尧汤遇时数，苦心御大灾。滔天烁玉际，人自登春台。世运日益降，流水何当回。君子庶努力，高山仰崔嵬。②

大雨使百姓庄稼受灾，民生艰难，他为此忧心忡忡，追问“咎征安在哉”。《尚书·洪范》：“曰咎征：曰狂，恒雨若；曰僭，恒旸若。”蔡沈《书集传》释“咎征”曰“某事失，则某咎征应”，即天象与人事相关。李穑感叹世运日下，再无尧汤出世救民于水火，就只能依靠士君子们齐心协力，以高尚的德行挽回天意。

除主张仁政泽民、关心民生疾苦外，李穑对理想社会的建构也有自觉意识。如曰“夫歌诗，所以形容政事之美，正人心扶世道，吾党所宜勉焉”等，都是希望通过仁政教育扶正世道人心。李穑心中的理想社会就是“尧舜之世”。

舒者，阳之事也。春气发扬，物生遂畅，大和洋溢，浃洽无间。比之世，唐虞之际是已。当是时，君臣俱圣，

① ［高丽］李穑：《牧隐诗稿》卷二十五《有感》。

② ［高丽］李穑：《牧隐诗稿》卷八《八月初一日雨》。

> 礼乐大行。四凶之类，如微云之在乎青天也，及其去也，白日正中，光彩粲烂。其化之被也，其德之运也，于斯为盛矣。今学者粗有知，必曰：舜何人也，予何人也。以李舒氏而不志于尧舜之世，吾不信也。①

"阳舒"语出东汉张衡《西京赋》："夫人在阳时则舒，在阴时则惨。"李穑把生生不息、春意盎然、一片和气的"阳舒"之时比为唐虞之际。可见，他心中向往的理想社会是君圣臣贤、政通人和、礼乐大行、化被天下的尧舜盛世。

他指出，君子必须志于斯，行于斯，从"我"做起。

> 天地帝洪炉，鼓铸一何劳。理以为之主，气以分其曹。少或似麟角，多奚啻皮毛。仁义是膏粱，礼法为笏袍。粲然被天下，吾生安所逃。一家亦天地，位育由吾诚。父母与妻子，等级何分明。恩爱贯以一，礼节随以生。犯之曰悖逆，世道失太平。所以自家始，君子勿自轻。②

即天地洪炉，理一分殊，气禀性异。人、物之别在于人是以仁义礼法为立足根本，家作为社会的细胞是社会和谐、天下太平的基石。所以，君子须重治家、齐家。

---

① ［高丽］李穑：《牧隐文稿》卷十《孟阳说》。

② ［高丽］李穑：《牧隐诗稿》卷二十二《有感》。

> 清风何习习，君子何平平。平平竟安用，道在贵自然。以人理人耳，唐虞之所传。此意久萧索，崛强时所贤。①

子曰："君子泰而不骄，小人骄而不泰。"（《论语·子路》）君子像一缕清风一样心平气和、平平淡淡，却顺应了道法自然的真谛。"黄帝、尧、舜垂衣裳而天下治，盖取诸乾坤。"（《周易·系辞下》）所谓唐、尧、虞、舜所传"以人理人"是指以德服人、以理服人。圣王德行天下，制定历法，确立节气，治理水患，发展农业，为中华文明的历史发展奠定了良好的基础，是德化天下的典范。唐虞之世正是李穑心目中的理想社会，与之相对比的就是统治者一意孤行、以势欺人的政治。在李穑看来，上位者必须摈弃骄纵和蛮横，才能继承唐虞以德治世的思想，真正以君子之道德化天下。可见，他对理想社会的建设，以君子之道大行为前提。

孔子以仁、礼为准删定六经，开启了"仁者，人也"的人本思想。但孔子亦有言曰"甚矣，吾衰也！久矣，吾不复梦见周公"，实际上是慨叹世风日下，周公制定的礼乐不行于世。李穑从《周易·复卦》的卦辞"七日来复"和《彖传》"反复其道，七日来复"中认识到物极必反、阴消阳长的自然规律，比之于人事，他认为作为君子之阳道必然风行于世，尧、舜垂裳而治、周公礼乐大行的理想社会终究会到来。

需要指出的是，李穑强烈的君子意识和道德实践不仅对丽

---

① ［高丽］李穑：《牧隐诗稿》卷六《杂咏》。

末鲜初士大夫阶层君子之风的形成起到了重要作用，而且为朝鲜朝后期的实学派所继承。“燕岩提出：上自天子，下及庶民，只要有家国天下的责任感，实践孝悌忠信之道，通过刻苦读书和学问于世有惠，都可看作‘士’”①，这种士意识可以视为对李穑士君子意识的继承和发展。

四、牧隐君子意识的特征

李穑的君子意识指向的是尧舜之域、君子之国的再现和古君子之风的振兴，其特征主要可以归结为以下五个方面：

1. 趣向显著

李穑从个人志趣、学问性向、道德涵养等诸多方面对作为君子儒表现出显著的心理愉悦和德性幸福感，从孔颜之乐的探求到“君子三乐”的生活化，从忠恕仁善的君子人格到“三不朽”事业的社会实践，无不展现出对儒家德性幸福价值的主动追寻和积极实现，所追求的是儒家清新脱俗的圣贤境界。

2. 率先垂范

李穑不仅以“存其诚”和“主一守敬”涵养自己的君子品德，以“礼乐诗书出君子”的信念教育弟子，更以“谁识君子终身忧，济世经邦当尽己”展现君子兼济天下的精神，在德性修养、行为礼仪和社会实践诸多方面率先垂范，成为师范当世、

① ［韩］金龙泰：《燕岩朴趾源的士意识》，《东洋汉文学研究》第34辑，2012年。

垂范未来的谦谦君子、有为君子。

3. 知行相济

李穑以人为“天地心”，“天行健，君子以自强不息”，“地势坤，君子以厚德载物”，他不仅按天地之道、仁爱礼义、自强不息、刚健坚毅、与时俱进的品格做人做事，而且学以致用、知行相济，在儒学教育和社会关注方面尽己所能，使丽末鲜初儒学大兴、君子之风盛行，展现了作为儒林领袖、一代文衡的独特社会价值。

4. 承上启下

李穑上承新罗、高丽千年“君子之国”“礼义之风”的优良传统，继承了益斋李齐贤、稼亭李穀的父师之教，以君子意识振兴儒学，见贤思齐；下启朝鲜朝前期的阳村权近、四佳徐居正，朝鲜中期的退溪李滉、南冥曹植，朝鲜朝后期的燕岩朴趾源、茶山丁若镛等大儒的士君子之风。其主要贡献在于从学理上阐明了君子思想对人格形成的特殊价值，从教育和社会实践上弘扬君子精神，使千年以来的君子之风深入人心，传承久远。

5. 开放包容

李穑坚信“人人都可成为君子”，故其君子意识具有鲜明的开放包容性。上至国王，下至庶民，不论儒者抑或信奉道佛者，只要是具有忠恕仁善、正直好学品德的人均可视为君子之列；对于尚不具备君子之姿的人，笃信《周易》变易之道的李穑认为可以通过德性教育转变、提升其品行，教化为君子。

李穑君子思想的形成，从文化传统来看，与新罗、高丽自古以来“礼义之风”“文献之邦、君子之国”意识的潜移默化有关；从个人修养角度来看，与其长期受到父师之教和“四书”“五经”的熏陶，赓续父师士君子思想并积极接受经书所蕴含的君子思想有关；从社会需求来看，与高丽末期社会士大夫阶层接受宋元性理学，通过人格修养和德育教化塑造具有德性素养和社会实践能力的儒家治世人才，致力于移风易俗，形成尊崇礼义、诚信有序的社会风尚有关。李穑当时作为接受“四书”“五经”教育和宋元理学传承的先进知识分子，自元归国之后深受高丽国王信赖，被委以儒林领袖和成均馆大司成的重任。各种因素促使他能够在一定程度上实现自己平生的志向，以特有的德性修养和社会实践能力奠定了“苟非禀天地之精英，穷圣贤之蕴奥，骋欧、苏之轨辙，升韩、柳之室堂”的思想史、文学史地位。

李穑曾说：“夫孰知雪也梅也吾师也，情境交彻。”① 雪的洁白无染，梅的傲寒凌霜，是君子品格的生动写照。李穑作为谦谦君子、有为君子，其一生事业践行了初心志向，其君子思想和社会实践内涵丰富、意义重大。在现代社会，实用主义和名利思潮冲击着人们的价值观和生活方式，物欲膨胀、信仰缺失、行为失范现象日益严重，加强德性和行为规范教育显得越发紧迫。研究大儒李穑的君子形象、君子意识和君子精神不仅具有学术价值，对治理现代社会的各种弊病更是一剂良药，具有强烈的现实意义。

---

① ［高丽］李穑：《牧隐诗稿》卷一《雪梅轩小赋，为日本释允中庵作，号息牧叟》。

学理韵扬五百年：韩国汉诗与阳明学

李学堂

一、《又和讷斋》诗与阳明心学东传

作为中韩学界长期以来的学术论争点，阳明心学东传朝鲜的准确时间及通过何种事件传入的问题，对于厘清朝鲜朝阳明学史的源头，确立韩国乃至东亚的阳明学传播史具有重要意义。关于阳明心学东传的准确时间及事件，有始自西厓柳成龙说。柳成龙与阳明学初次交集的准确时间，根据其本人的记录为其17岁时，即1558年。他在作于1593年的《书阳明集后》中记“时阳明之文未及东来，余见之而喜”①。即他看到《阳明集》时阳明学著作尚未东传朝鲜。根据时间推断，柳成龙所见的《阳明集》全称《王阳明集》，刻于明嘉靖中，久而版佚。现在所见该集版本为王阳明五世孙王贻乐于康熙初年重编版，较原集已阙其半。柳成龙所见版本极可能是嘉靖原版《王阳明集》，朝鲜谢恩使节沈通源朝天时带回的这个版本在西厓手中几经周

---

① ［朝鲜］柳成龙：《西厓先生文集》卷十八《书阳明集后》。

折，失而复得，终传于其子孙手中珍存。在明朝已经散佚的嘉靖版《王阳明集》被异域文人子孙存续下来的史实，再次证明了汉字文化圈地域国家之间文化交流的历史和现实意义。

柳成龙在《书阳明集后》中的记录后多作为中韩学界定义朝鲜朝学者接触阳明学初始时间的直接证据之一。但现在看来，这个记载的意义在于确定嘉靖版《王阳明集》的东传时间及流传路径，而不能以此为据断定阳明学东传的初始时间。实际上，在柳成龙之前已经有众多朝鲜朝学者接触和探讨过阳明之文。

西厓在给弟子金昌远的书信中说：

> 近日有人寄示《阳明全书》，未免阅过。其论出鬼入神，惊天动地，使人震慑，因此亦颇有管窥，但无与告语，未尝不怅然有怀于吾昌远也。①

上引书信中提及的《阳明全书》，全名应为《王文成公全书》。明穆宗隆庆六年（1572），谢廷杰刊刻《王文成公全书》三十八卷。而西厓的《与金昌远》作于1600年前后。据此可以断定，1572年刊印的《王文成公全书》至迟于1600年之前已经传入朝鲜，并为朝鲜朝文人广泛阅读。柳成龙虽然不能算作最早接触阳明学的朝鲜朝文人，但无疑是朝鲜朝阳明学传播史上的一位关键人物。

---

① ［朝鲜］柳成龙：《西厓先生别集》卷三《与金昌远》。

而关于阳明学传入朝鲜的最初时间，有学者根据洪仁祐所作《耻斋日记》将其推定为1553年，笔者之前也认为推定年代在1553年之前是比较可信的。尽管有人提出过最早应为朝鲜中宗十六年（1521）的假说，但该假说并未提出明确的根据。① 于此，朝鲜朝中期文人金世弼的酬唱汉诗《又和讷斋》及与之相关的历史记录，为我们提供了翔实而可信的证据链。

朱幡累屈蓬蒿宅，淡泊相看别有思。清水芙蓉天琢语，效嚬其奈不成诗。宣舒通子蓬心久，文墨场中敢起思。鸡栅题来迷下笔，何人解诵杜陵诗。

一年一度牛（缺）女，不尽欢情又恨思。乌鹊秋期还未远，白榆花下可无诗。阳明老子治心学，出入三家晚有闻。道脉千年传孔孟，一毫差爽亦嫌云。

紫阳人去斯文丧，谁把危微考旧闻。学蹈象山多病处，要君评话复云云。（蹈，一作到。）木铎当时余响绝，一编传习亦多闻。前头取舍吾心孔，（二字缺）西河学僭云。

（此三诗，论王阳明《传习录》。来诗，有“却恐人惊异所云”之句。）②

金世弼在第二、三首诗中提及，自朱子以后，道学多歧，

① 参见李学堂：《朝鲜朝中期的阳明学批判》，《韩国实学研究》第31卷，2016年。

② ［朝鲜］金世弼：《十清先生集》卷二《又和讷斋》。

学者不复以钻研微言大义（即义理）为本。王阳明继承了陆学一脉，像老子一样以治心作为治学宗旨，出入儒释道三家，晚年一念之差，终与孔孟正统道学产生了分歧。诗注中还提及王阳明的《传习录》在朝鲜广为流传，并且明确该诗的主题是“论王阳明《传习录》”。可见，金世弼之前已熟读并开始探讨阳明学的学术性质及其即将对道学产生的影响。金世弼的后人在记叙该诗的创作经纬时明确指出这首诗在朝鲜朝阳明学史上的肇始地位：

> 先生文集中有与讷斋酬唱三绝句，评论阳明学术者。阳明文字出来之后，东儒不省其为何等语。先生一见其《传习录》，已觉其为禅学，寄诗讷斋，深斥如此。则其与门人讲论之际，排斥之严，可知也。退陶以后进，晚年始斥阳明之学。退陶以前，觉阳明之诐淫者，独先生一人而已。己卯后，先生被谪，蒙放居忠原知非川上，以训诲后进为乐，时慕斋亦在骊江。教授朴斯文衡常言，少时并游两先生门下，清轩专以经学为重，慕斋至于科文，亦皆指导，以此慕老门下从游者尤盛云。①

金世弼创作前述三诗之时，朝鲜朝学界尚不知阳明学为何物。当时，金世弼已经入手第一手资料，开始深入研究阳明学著作。金世弼的后人在《家先记闻》中提到“退陶以前，觉阳

① ［朝鲜］金世弼：《十清先生集》卷四《附家先记闻》。

明之诐淫者，独先生一人而已”，可见金世弼在朝鲜朝阳明学史上的先行者地位。金安国及朴祥门人的文字记录也佐证了《又和讷斋》的学术背景及其意义。

> 王阳明（守仁）文字，东来未久，东儒莫知其为何等语。先生与金十清（世弼公硕），见其《传习录》，斥谓禅学，有酬唱三绝。（先生诗，有曰“却恐人惊异所云”之句，而余皆逸。十清和诗曰：“紫阳人去斯文丧，谁把危微考旧闻。学蹈象山多病处，要君评话复云云。”）①

朴祥写给金世弼的诗已经遗失，只留下“却恐人惊异所云”一句。就像前文提及柳成龙初次看到《阳明集》时感到王阳明的心学言论“出鬼入神，惊天动地，使人震慑”一样，朴祥所担忧的能够使朝鲜朝士人感到惊异的东西是什么呢？这可以从《又和讷斋》诗中找到答案，即王阳明主张“学蹈象山多病处”。这与朝鲜朝学界所信守的朱子理学迥异，必然会引发轩然大波。因此，他要求朴祥加以“评话”。这与正德七年（1512）阳明弟子徐爱整理《传习录》的初衷实有相似之处。② 徐爱“本意是怕阳明学容易引起很多人的反感，免得大家‘骇’‘疑’，‘骇愕不定、无入头处’，以为阳明‘立足好奇’”。可

① ［朝鲜］朴祥：《讷斋先生集》附录卷二《叙述》。

② 参见邹建锋：《阳明夫子〈传习录〉版本源流考》，《王学研究》2018年第2期。

见，金世弼与朴祥此时已经意识到陆王心学与程朱理学的区别，并开始着手通过学术研讨探明这种差异的原因所在。那么，金世弼何以能够入手《传习录》并加以研讨呢？

朝鲜朝使臣出使明朝，其使命之一即为本国购入书籍。金世弼曾两次出使明朝，并在北京购买了大量的经学和性理学书籍。

> 先生前后朝天：一以质正官，一以圣节使。赴京，多购宋、元、明诸儒笺解《易经》《中庸》文字而归。盖先生于诸经四书之中，尤喜二书，终身用力，故广求诸家笺说以来云。①

金世弼第一次朝天时间不详。其第二次朝天是在1519年（明正德十四年，朝鲜中宗十四年）。正德十四年七月，王守仁平定了宁王朱宸濠叛乱。金世弼以圣节谢恩使身份出使明朝，在北京购买“宋、元、明诸儒笺解《易经》《中庸》文字”，这些书籍显然包括他在酬唱诗中所提到的《传习录》，由此开始接触阳明心学。金世弼所提及的《传习录》为何种版本？阳明弟子徐爱自1512年开始，陆续记录下王阳明论学的内容，取名为《传习录》。这也是《传习录》的最早版本。1518年，王阳明另一位弟子薛侃将徐爱所录残稿，加之陆澄与他新录部分再次刊行，仍名为《传习录》，这是第二版。而金世弼此次朝天所购买

---

① ［朝鲜］金世弼：《十清先生集》卷四《附家先记闻》。

的《传习录》显然应为以上两种版本之一。1519年冬，朝鲜发生己卯士祸，赵光祖被赐死，而金世弼也由于指责中宗失政被杖配京畿道。1527年，金世弼被赦免后，隐居于忠州知非川。

有关金世弼在知非川隐居时的活动，在《十清先生集》《讷斋先生集》等文献资料中可以找到大量记述。为了便于相互佐证，进而揭示真相，本文拟撮要举证如下：

> 先生尝奉使岭南，过知非川上。其时旷无人居，为废弃荒野，先生立马颇久曰：此可居地也。暨后自阴竹留春驿蒙放后，遂就川上，欲结小庐。朴讷斋时为忠州，每以匹马来见，为经理室屋。所谓工堂者，形如工字，两边为寝室，中为厅事。左则先生居之，右处学者，每于厅事讲授，如学官教士之制。讷斋来时，每秣马川边茂林下，不久渐成村落，仍名曰秣马里，至今数百年村户益盛。故老相传以为先生于形家言亦必旁通，故有前知云。①
>
> 先生尝奉使岭南，过忠州之知非川而乐之。及自留春驿宥还，遂就其地，开荒结屋，仍自号知非翁。讷斋时以忠州倅，为经营之。屋形如工字，中设厅堂，两边为寝室。先生居其左，学徒处之右，而中厅则为讲授之所。时经己卯斩伐，以学为讳，而惟先生与慕斋居于忠骊相望之地，教诲后进，多所成就，至今彬彬，称为文献之邦。仁贤作人之泽，亦可谓久而不斩矣。世传讷斋在忠原，每以春粜

① ［朝鲜］金世弼：《十清先生集》卷四《附家先记闻》。

累十斛，分馈二先生。至秋，又自籴，岁以为常。二先生为其异于禄米，皆受而不辞。前辈友道之笃厚，足令薄夫知敦矣。先生所居村之以秣马名者，亦由讷斋于来访先生时，每秣马于前川茂林下而得之云。忠州多士以先生与李阴崖耔、李滩叟延庆、卢苏斋守慎，并享于八峰书院。近者，又因筵臣陈白，命赐先生谥。圣朝崇儒重道至此而无余憾矣。①

己卯后，先生被谪，蒙放居忠原知非川上，以训诲后进为乐，时慕斋亦在骊江。教授朴斯文衡常言，少时并游两先生门下，清轩专以经学为重，慕斋至于科文，亦皆指导，以此慕老门下从游者尤盛云。②

金十清结屋于忠州知非川上，（讷斋）先生时补忠州，为经营之。屋形如工字，两边为寝室，中厅为讲学之所。时经己卯斩伐之祸，以学为讳，而惟先生常往来工字堂，与十清、慕斋、金安国国卿，讲道弥笃，教诲后学。时慕斋在骊江，与忠相近。每春，先生亲往骊州，见州牧李希辅安分受官粜二百石，船运分馈二公及学徒。及秋，又载米自籴，岁以为常。不以禄米直饷，盖远嫌也。③

辛巳春，拜尚州牧使。夏，换忠州牧使。才经己卯斩

① ［朝鲜］朴弼周：《十清金先生谥状》，［朝鲜］金世弼：《十清先生集》卷四。

② ［朝鲜］金世弼：《十清先生集》卷四《附家先记闻》。

③ ［朝鲜］朴祥：《讷斋先生集》附录卷二《叙述》。

> 伐，以学为讳，而金十清世弼结屋于州境，金慕斋安国近居骊江。先生经纪讲学之所，常往来评话，发挥性理。时王阳明文字东来不久，与十清见其《传习录》，斥之以为禅学。①

本贯忠州的朴祥曾于1521年补任忠州牧使，1527年被贬为罗州牧使。以上五种资料在时间点的叙述上互有抵牾，尤其是第一、第四则资料中所提及的“（讷斋）先生时补忠州”及第五则中“辛巳春，拜尚州牧使。夏，换忠州牧使”的时间点均为1521年，而第一则“自阴竹留春驿蒙放”、第二则“自留春驿宥还”，即金世弼解配后为隐居修筑家舍的时间为1527年。但综合以上资料的基本信息可以判断出，金世弼隐居忠州的时间可能是1527年。在得知金世弼决意隐居忠州后，作为挚友的朴祥特意从罗州返回故乡，主动承担起修筑房屋的指导工作。正是得力于朴祥物心两面的无私帮助，金世弼终于实现了自己的隐居夙愿，在忠州郡知非川上修建起了富有特色的室屋“工字堂”，并以此为根据地研经讲学，广泛结交各界友人。此后两人交往更加紧密，直到1530年朴祥去世。

通过对以上所引文献的分析，笔者认为，有学者提出的阳明学传入朝鲜的最初时间为朝鲜中宗十六年（1521）的假说是基本可信的，但应该再提前两年，即朝鲜朝学者正式接

---

① ［朝鲜］宋来熙：《锦谷先生文集》卷十三《讷斋朴先生祥神道碑铭（己未）》。

触阳明学的时间为 1519 年。此时，金世弼由北京购入了《传习录》。此后几年间，他分别以诗文论道、讲学论道的方式，与朴祥、金安国等人进行了有关阳明心学的深入探讨和交流。

因此，可以得出如下结论：韩国阳明学肇始于王阳明尚健在之时，即朝鲜朝中期的 1519 年。金世弼出使明朝时入手了较早版本的《传习录》，回国后与讷斋朴祥的酬唱汉诗《又和讷斋》，以及与金安国等人的讲学，在门下弟子和朝鲜朝学界引起了广泛传播和讨论。1519 年，金世弼杖配京畿道利川时尚未留下讨论或传播阳明学的记录，因此可以视作其初步接触和解读阳明心学思想的时期。其解配后隐居知非川时，已留下与朴祥、金安国等人评论、传播阳明学的大量史料，这说明从此时起朝鲜朝性理学界内部开始正式研究阳明学并做出基本的学术评价。因此，韩国阳明学的发祥地可以推定为忠清道忠州知非川上的“工字堂”。

由上文论述可知，阳明之文东传的时间顺序或为：《传习录》为 1519 年，嘉靖版《王阳明集》为 1558 年或更早，《王文成公全书》(《阳明全书》) 为 1600 年或更早。

二、朝鲜国王与陆王诗学

《传习录》东传朝鲜以后，因其学理主张与朝鲜朝奉为儒家正统的程朱理学相对立，衍生出的阳明学随即成为朝鲜朝学界高度敏感的学说。以李滉为代表的朝鲜朝主流学者将之定性为异端邪说，称其为“洪水猛兽”。朝鲜朝学术具有高度的地缘性、学缘性和政缘性，阳明学话题因此具有了高度的政治性色彩，已经超出学术范畴，成为党争、政争的重要因素，甚至引起了历代朝鲜国王的关注，成为国王治学、治国的重要内容之一。下文以宣祖、正祖为例，考察朝鲜国王对于阳明学的态度及其对朝鲜朝学界的影响。

1. 宣祖

从现有资料来看，较早地以诗文方式谈论陆王心学的朝鲜国王是宣祖。柳希春早年出入于金安国门下，必然接触过阳明心学。且柳希春又曾任侍讲院说书，辅助时为世子的仁祖读书。他在宣祖初年任经筵官，为宣祖讲解经史，曾与宣祖谈论陆氏兄弟九龄、九渊的诗文。

陆九龄、九渊兄弟生而颖异，自拔于流俗，九渊性傲而拗。朱子尝饯东莱吕祖谦，至信州鹅湖寺，九龄、九渊来会，各论所学。二陆以为人之为学，当只务存心，不必读书穷理。朱子以为存心观理，不可偏废。

九龄有诗云：孩提知爱长知钦，古圣相传只此心。大抵有基方筑室，未闻无址忽成岑。留情传注翻榛塞，着意精微转陆沉。珍重友朋勤切琢，沫知至乐在如今。

九渊诗曰：墟墓兴哀宗庙钦，斯人千古不磨心。涓流积至沧溟水，拳石崇成泰华岑。易简工夫终久大，支离事业竟浮沉。欲知自下升高处，真伪先沫卞只今。

臣诵陆九渊诗。上曰：更诵其句。即再诵而细陈其字。①

柳希春不仅与朝鲜宣祖讲论朱陆主张的异同，还通过陆九龄与陆九渊的诗说明心学的渊源和特征。这种以诗论学、援诗论道的方式引起了宣祖极大的兴趣。宣祖要求柳希春再次诵读陆九渊的诗，并且一一讲明诗语，从而对朱陆思想的差异有了直观的认识。

2. 正祖

朝鲜朝英正时期文风大振，正祖（名李祘，号弘斋）御定中国历代诗“七万七千二百十八首，而为五百六十卷”编为《诗观》，其中，“明诗一百八十六卷，录诗二万五千七百十七首”，“王守仁五百八十四首，为四卷”。② 可见，正祖十分重视王阳明的诗学成就。

在御定《诗观五百六十卷（写本）》中，正祖说“王守仁博学通达，诗亦秀发，如披云对月，清辉自流”③。正祖时期的著名文人李德懋对王阳明诗的评价即据此而作。李德懋说：“守仁功业学术，振耀千古，固不必论其诗。而诗亦秀拔，如披云对月，清辉自流。”④ 对王阳明诗学成就予以了高度评价。

正祖博览群书，于经学、文学造诣颇深，对《王阳明集》

① ［朝鲜］柳希春：《眉岩先生集》卷十六《庚午》。

② ［朝鲜］李祘：《弘斋全书》卷九《诗观序》。

③ ［朝鲜］李祘：《弘斋全书》卷一百八十《诗观五百六十卷（写本）》。

④ ［朝鲜］李德懋：《青庄馆全书》卷二十四《诗观小传》。

更是爱若至宝。

> 予于书无酷好者，皆不过泛滥涉猎而已，唯丘琼山《大学衍义补》及《王阳明集》常置案上，虽在机务鞅掌之时，必一岁一阅。盖寓古人朝暮遇之意也。
>
> 贱臣尝入侍，上出示御定钞辑《朱子大全》、《王阳明集》、丘琼山《大学衍义补》诸册。……教曰：……明文章则当以王阳明为第一，归震川、张太岳集亦可读。……予于万几之暇，静坐一小窝对方册，自有活泼泼地。①

这两则记载显示出朝鲜朝一代明君正祖高超的治学眼光和平生的学问取向。正祖强调说自己平生酷爱两本书——《大学衍义补》和《王阳明集》。丘濬（1421—1495），字仲深，被明孝宗御赐为“理学名臣”，以博极群书著称，被尊为“当代通儒”，举凡六经诸史、古今诗文以至医卜老释之说，无不深究。《大学衍义补》正是丘濬集大成之作，正祖可谓慧眼独具。将《王阳明集》与朱熹《朱子大全》、丘濬《大学衍义补》并举，可见在正祖那里，王阳明备受重视。国王的治学取向对朝鲜王朝具有特殊的影响力，阳明学在正祖时期几乎成为与程朱理学并列的思潮，风靡一时。

正祖对于王阳明的学术观点信手拈来，他曾在经筵中与阁臣讨论《诗序》问题。

① ［朝鲜］李祘：《弘斋全书》卷一百六十一《文学一》。

王阳明曰：《诗》非孔门之旧本。孔子云放郑声，郑卫之音，亡国之音也。孔子所定三百篇，皆所谓雅乐，皆可奏之郊庙，奏之乡党。秦火之后，世儒附会，以足三百篇之数。以予观之，此阳明好奇之论也。《诗传》旧序，乃是子夏所作。有曰主文而谲谏，言之者无罪，闻之者足以戒；有曰王道衰政教失，国异政家殊俗，而变风变雅作矣。子夏以圣门高弟，亲炙于删述之际，则子夏之序，即孔子之旨也，故朱子仍之以为恶者惩创人之逸志。然则大圣人诏后之意，固不在于郑卫之并列而不删乎。①

正祖对于王阳明的“《诗》非孔门之旧本”说并不赞同。他认为《诗序》为孔子弟子子夏所作，而子夏之所以不删郑卫之声，是圣人“诏后之意”。但正祖并没有因此对阳明学术大加鞭挞，只是认为“此阳明好奇之论也”。这种定性方式可以反映出正祖自引为王阳明的知音，在言辞之间对其多有维护之意。

正祖十分推崇王阳明的文学成就，予以高度评价。

明三百年，作家辈出，而绝无好个文章，惟王阳明当属第一。……罗整庵再与王阳明辨心学书，大有功于朱门。②

① ［朝鲜］李祘：《弘斋全书》卷一百六十二《文学二》。

② ［朝鲜］李祘：《弘斋全书》卷一百六十三《文学三》。

正祖将王阳明誉为明三百年间作家第一，这与朝鲜朝学界将王阳明与方孝孺并列为明代第一的一般做法有所不同。不仅如此，正祖还认为，虽然王阳明的心学引起了当时学者的激烈论争，但也正因为这种论争，才真正发展了性理学，“大有功于朱门”。由此，亦可见王阳明在正祖心目中的崇高地位。

正祖曾评价朝鲜历代作家文章的优劣，认为“读之逾久，令人不厌”“富而不杂，质而不华”的文章才是好文章。“气像好则文章亦好，予尝于王阳明验之”，这是正祖通过阅读王阳明的文章得出的结论。他称赞王阳明的诗文是出于真性情、益于正道、当于实用的模范之文。①

在正祖影响之下，朝鲜朝的阁臣们对王阳明的认知大有改观。如南公辙在评价历代人物时，把王阳明与汉代张良、蜀汉诸葛亮、唐朝李泌并举。

> 历代人物，出处之正大、事业之磊落，西汉有张子房，蜀汉有诸葛武侯，唐有李长源，皇明有王阳明。此四人，不止挺拔一时，竟可掩覆千古。②

南公辙列举的四人之中，张良与韩信、萧何并列为“汉初三杰”。汉高祖刘邦曾评说：“夫运筹策帷帐之中，决胜于千里之外，吾不如子房。”蜀汉名相诸葛亮助刘备成就“三分天下”

---

① ［朝鲜］南公辙：《金陵集》卷二十《文学》。

② ［朝鲜］李祘：《弘斋全书》卷一百七十三《人物三》。

的大业，一生“鞠躬尽瘁”，是中国忠臣与智者的代表。李泌历仕四朝，助唐平定安史之乱。王阳明则集立德、立功、立言三不朽事业于一身，成就冠绝有明一代。南公辙以出处、事业论说中国历代人物，认为王阳明等“不止挺拔一时，竟可掩覆千古”。这种评价显示出，从正祖朝开始，朝鲜朝野文人将王阳明偶像化，与朱熹一道尊为人生典范和心灵导师。

正祖提倡文艺应重德行，尚本实。为此，他说：“予尚爱王守仁之说，曰举业者事君者之羔雉耳，羔雉之弗饰，是谓无礼，无礼无所用于交际矣。”① 这是王阳明在《重刊文章轨范序》中提出的主张。

夫自百家之言兴，而后有《六经》；自举业之习起，而后有所谓古文。古文之去《六经》远矣，由古文而举业，又加远焉。士君子有志圣贤之学，而专求之于举业，何啻千里！然中世以是取士，士虽有圣贤之学，尧舜其君之志，不以是进，终不大行于天下。盖士之始相见也必以贽，故举业者，士君子求见于君之羔雉耳。羔雉之弗饰，是谓无礼；无礼，无所庸于交际矣。故夫求工于举业而不事于古，作弗可工也；弗工于举业而求于幸进，是伪饰羔雉以罔其君也。虽然，羔雉饰矣，而无恭敬之实焉，其如羔雉何哉！是故饰羔雉者，非以求媚于主，致吾诚焉耳；工举业者，

① ［朝鲜］李祘：《弘斋全书》卷一百八十四《育英姓汇三十四卷(写本)》。

非以要利于君，致吾诚焉耳。世徒见夫由科第而进者，类多徇私媒利，无事君之实，而遂归咎于举业。不知方其业举之时，惟欲钓声利，弋身家之腴，以苟一旦之得，而初未尝有其诚也。

正祖对王阳明的科举观“羔雉论”十分赞同，认为文艺应该回归古文“重德尚本”的正道，反对以诗文“伪饰羔雉以罔其君”。

正祖不仅在经筵上与讲官讨论阳明心学的话题，还直接以“圣问”的方式要求阁臣对包括阳明心学在内的学术问题做出回答。

王若曰：……晦庵精力，专在《大学》，而再传而为王鲁斋，已有异同之说。岂为学之实则不系于笺注欤？王阳明之改释格致，与鲁斋将无同也，而彼则不失道统之归，此则未免异端之斥，得无有或主或奴之嫌欤？阳明之外，如陈白沙、胡敬斋之为学，所主者何说欤？皇明学术，最推薛文清，而其为学之正且实。果于何而见之欤？文清之后，以学自名，为海内所宗仰。凡有几人，而亦有能得圣门之嫡传者欤？

（李晚秀答）《大学》之章句，已自程朱而异本，则鲁斋之不承师说，亦无怪也。而阳明格致之释，虽与鲁斋无二，传授既异。作用又别，一斥一否，非为偏护。白沙、敬斋可谓鸿儒，而见处或欠超脱，末流或多病败，所主之

> 学，恐不足论矣。薛文清为学之正，下工之实，观乎《读书录》可见。而皇明二百年无真正道学，则文清之后，臣未知何人可以当之也。[1]

正祖曾提出“明正学之方，又在乎尊朱子”，对陆王心学的流弊及李贽以后“非圣诬经”的俗学之风提出了“澄治之道”。[2] 正祖在前引策问中提出，鲁斋王柏作为朱熹门人杨时的弟子，对传统的儒家经典多有质疑，对朱熹集注也有不少疑论，如疑《大学》《中庸》出于子思，疑《论语》出于《孔子家语》，疑《孟子》为自著之书等。但后世学界界定鲁斋疑经的目的在于发展理学，从而将之列为理学正宗。正祖提出，“王阳明之改释格致，与鲁斋将无同也，而彼则不失道统之归，此则未免异端之斥，得无有或主或奴之嫌欤？”即认为斥阳明心学为异端的做法有“或主或奴”之嫌，这是将阳明心学的问题融入宋明理学加以探讨，此思路无疑与明清时期中国主流学术界将阳明心学作为宋明理学的组成部分相一致。

正祖对阳明学为异端之说所提出的质疑，显示出朝鲜朝官方对阳明心学定位的变化，这在很大程度上引起了朝鲜朝野学者的深入思考，对消除朝鲜朝学界对阳明学的偏见，保留阳明学存续的土壤和空间，进而赋予阳明心学与程朱性理学同等的

---

① ［朝鲜］李晚秀：《屐园遗稿》卷二十《答圣问》。

② ［朝鲜］李祘：《弘斋全书》卷一百八十二《朱子书节约二十卷（写本）》。

学术地位具有重要意义，直接保护和促进了朝鲜阳明学的发展。

对于王阳明有关佛教的观点，正祖提出“谲言几谏”说：

> 王守仁所谓佛者夷狄之圣者，诚独得之妙见也。……王守仁所谓圣人者，不过谲言几谏，以讽武宗也。①

这种颇为独到的观点在朝鲜朝具有重要的引导作用，有助于破除将阳明学定性为禅学的做法，从而自理学内部赋予阳明学正确的定位。

三、汉诗与阳明学受容

在朝鲜朝阳明学史上，李滉、李珥、柳成龙、郑弘溟、郑齐斗、朴世采、韩元震等人是各个时期的重要人物。本节内容以朝鲜朝汉诗中的阳明学谈论作为论述的中心内容，选取李滉、柳成龙、郑弘溟和韩元震为例，分析朝鲜朝文人阳明观的特征及变化过程。

1. 退溪李滉

李滉在赠予弟子韩胤明的诗中，阐明了对明朝主要代表学者学术观点的基本认识，这也是退溪最重要的论学诗之一。其中提及了王阳明的《传习录》：

---

① ［朝鲜］李祘：《弘斋全书》卷一百十六《唐高祖》。

真知力践薛文清，录训条条当座铭。最是令人发深省，不为枝叶不玄冥。

屹立颓波陈白沙，名悬南极动中华。如何不重吾家计，极处终归西竺邪。

医闾生长裔戎方，一变因师勇退藏。况是青能自蓝出，逃禅归我尽端庄。

阳明邪说剧洪流，力遏罗公有隐忧。读到论心兼理气，令人又觉别生愁。①

退溪在这首论学诗中，对“河东之学”的开创者薛瑄推崇备至。清人视薛学为朱学传宗，称之为“明初理学之冠”“开明代道学之基”。东林党领袖高攀龙认为有明一代学脉有二：一是南方的阳明之学，一是北方的薛瑄朱学。可见薛学影响之大。虽然薛瑄“理在气中，以气为本”和“理只在气中，决不可分先后”的观点与李滉“理先气后”的主理论思想有所不同，但其倡导的求实理、务实用的实学思想和学风得到李滉的极大肯定。所以，退溪将薛瑄的学术宗旨定义为“真知力践”，并把薛瑄之言奉为座右铭。

李滉称赞陈献章（世称“白沙先生”）“屹立颓波”，肯定了他纠正朱学末流之偏的学术功绩。陈白沙极力倡导“天地我立，万化我出，而宇宙在我”的心学世界观，标志着明初程朱

---

① ［朝鲜］李滉：《退溪先生文集别集》卷一《韩士炯胤明往天磨山读书，留一帖求拙迹，偶书所感寄赠》。

理学统一局面的结束，也是明代心学思潮的开始。陈白沙之学和后起的阳明心学，共同构成了明代心学的主要内容。因此，终身以程朱理学为依归的李滉认为，陈白沙偏离了理学正统，而终归于禅学。

医闾山人贺钦为成化二年进士，获授户科给事中，会白沙来京，钦听其论学。其学专读五经、四书、《小学》，期于反身实践，主敬以收放心。由于医闾之学与心学有所区别，故李滉称他“青出于蓝”，回归了理学正途。

对于阳明心学，李滉直接将其称为邪说，并视之为“洪水猛兽”。李滉认为，虽然罗整庵批判阳明心学，但整庵提出的心兼理气、合理气为一的思想仍让他感到“有隐忧”“别生愁”。

李滉上引论学诗写于韩胤明往天磨山读书之时，具有指点学术门径的意义。韩胤明既是李滉弟子，也是李珥的弟子兼道义之交，后来又担任宣祖世子的老师。所以，这首诗得以在朝鲜朝学界广为传播。

李滉在这首诗中所表明的对明朝主要学者的观点，尤其是对阳明心学的彻底否定，代表了朝鲜朝主流学者的一般认识，对后世影响极大。

2. 西厓柳成龙

柳成龙作为退溪李滉门人，从学理上也不认同阳明心学的学术观点。但正如前文所提及，从阳明学东传朝鲜的学脉来看，柳成龙无疑是一个重要人物，他较早地深入读解《传习录》等阳明学著作，认为“嘉定以后，末学之弊，已极于口耳出入之间”，而王阳明的心学主张是为了矫正嘉定以后朱学末学汲汲于口耳之学的弊端。因此，在他看来，阳明学的主要问题从学术思想性质上来说是由于矫枉过正。

柳成龙的《次阳明韵，题玉渊壁上》诗颇得程、朱与退溪的主静工夫真谛，主张在静中体会惟精惟一的道学韵味，培养至善道心。

> 幽居兴味与时深，尘事宁容一点侵。竹坞秋声闻戛玉，江台月色见熔金。行藏泪滴登楼眼，精一功惭望道心。浮世已知真梦幻，晚来长啸白云岑。①

尽管柳成龙像李滉一样，斥阳明心学为禅学，但他这首论道诗表露出朝鲜朝中期文人对王阳明诗作的喜爱，并未将阳明诗视为禅诗；因为如果采取彻底的否定态度，就不会在吟咏性理道学的道韵诗中，从形式到内涵去细致揣摩和展现王阳明诗的韵味、意境。

柳成龙在《读阳明集有感（二首）》七言诗中，全面论及阳明学的主要观点：

> 阳明每说心为理，理在吾心不在书。人虽有口能知味，味辨熊鱼始不疏。道有万殊归一法，地分胡越尽吾庐。如今天下怀襄甚，怊怅何人更凿疏。

① ［朝鲜］柳成龙：《西厓先生别集》卷一《次阳明韵，题玉渊壁上》。

嘉定年间末学弊，寻枝摘叶尽无穷。徒闻姬辙周天下，不顾明堂尽日空。烛幽莫忘径寸鉴，行船须倚半帆风。看他扰扰昏昏地，一念回光便见功。

在第一首诗中，柳成龙致力于从学理上阐明心学的唯心性质，以此辩驳王阳明的心即理说、良知说和知行合一说。而第二首诗则从阳明心学产生的根源、宗旨出发，对阳明学在学术理论界所造成的巨大冲击和影响表示担忧。

除此之外，柳成龙的《咏王导》诗也涉及王阳明。该诗因其读王阳明《纪梦》诗有感而作。王阳明《纪梦并序》曰："正德庚辰八月廿八夕，卧小阁，忽梦晋忠臣郭景纯氏以诗示予，且极言王导之奸，谓世之人徒知王敦之逆，而不知王导实阴主之。其言甚长，不能尽录。觉而书其所示诗于壁，复为诗以纪其略。嗟乎！今距景纯若干年矣，非有实恶深冤郁结而未暴，宁有数千载之下尚怀愤不平若是者耶！"① 诗中王阳明假托郭璞之口痛骂王导——"切齿尤深怨王导，深奸老猾长欺人""王导真奸雄，千载人未议"，认为不应该把王导列为名贤，"世之人徒知王敦之逆，而不知王导实阴主之"。

王阳明诗中典故出自《晋书》。据记载，东晋权臣王敦之弟王导对自己没有及时表态而导致有恩于己的尚书周顗（字伯仁）

① 王守仁：《王阳明全集》卷四《纪梦并序》。

被杀表示悔恨。据《王阳明家族流源新说》① 考证，王阳明实为王导四十一世后人。该诗作于正德十五年（1520），前一年王阳明平定宸濠之乱。在此期间，他假托东晋忠臣郭璞梦中向自己示诗以批判王导。在这首诗的序中，王阳明提出王导才是王敦叛乱的幕后黑手，但是在流传下来的王导传记中都没有关于这一事件的描述。为什么史书上没有记载呢？可能是因为当时的舆论认为王导是忠臣，所以史官在写史时刻意将王导的不臣之实忽略了。②

朝鲜朝中期，柳成龙对王阳明的这首诗做出如是评价："阳明幸阐幽，一歌同𫓧钺。"他认为通过王阳明的诗可以洞悉权臣王导的奸雄面目，认识到周伯仁"有恩不市人，公义益精白"的真丈夫胸怀。柳成龙则赞赏王阳明明辨忠奸、秉笔直书的历史认知和读解方式，对其给予了积极肯定和高度评价。

3. 畸庵郑弘溟

王阳明的诗作除寄情、证心之外，很重要的一部分内容是论学，即借诗阐发学理。朝鲜朝文人每每从王阳明的诗中解读出他的志向和治学精神。

郑弘溟是朝鲜朝中期理学家宋翼弼和礼学家金长生的门人，他批评王阳明心学带有禅学色彩，但亦从王阳明的诗中发掘出

① 顾旭明：《王阳明家族流源新说》，《绍兴文理学院学报》2010 年第 2 期。

② 参见［日］冈田武彦：《王阳明大传：知行合一的心学智慧》，杨田等译，重庆：重庆出版社，2015 年，第 26~28 页。

其敢于怀疑和否定权威的精神。

王阳明初染禅学，中间服膺朱子，后又弃而从禅。其集中“讲学每疑朱仲晦，支离谁学郑康成”一律，志尚可知。①

王阳明原诗作“影响尚疑朱仲晦，支离羞作郑康成”，该诗作于1527年赴思州、田州平叛的中秋节前夕，原诗题为《月夜二首·与诸生歌于天泉桥》。全诗如下：

万里中秋月正晴，四山云霭忽然生。须臾浊雾随风散，依旧青天此月明。肯信良知原不昧，从他外物岂能撄！老夫今夜狂歌发，化作钧天满太清。

处处中秋此月明，不知何处亦群英？须怜绝学经千载，莫负男儿过一生！影响尚疑朱仲晦，支离羞作郑康成。铿然舍瑟春风里，点也虽狂得我情。

王阳明诗中认为，朱子只看到道的影响，没有看到道之实体；而自己也不屑于去做像郑玄那样支离琐碎的学问。正如明代主张“自得之学”的心学发端人物陈献章在诗中所说：“莫笑老慵无著述，真儒不是郑康成。”这一点可以说是明代心学与汉学、

---

① ［朝鲜］郑弘溟：《畸庵集续录》卷十二《王阳明之志尚》。

宋学的不同之处。①

郑弘溟从王阳明与弟子唱和的诗中看到了王阳明的志向和心学宗旨，更看到了王学追求易简的特征。

王阳明的佛学造诣远深于朱熹，阳明心学中的禅学成分与儒、道水乳交融。在阐述心学时，王阳明经常运用禅理，从不在具体概念上做文章，因此当时学者很容易把阳明心学与禅学混为一谈，称阳明心学为“阳明禅”。

有一则关于王阳明的禅话经常被人提及，郑弘溟在其《漫述》中也专门做了记述。

> 王阳明游山时，有一丈室，扃鐍甚牢，尘埃没膝。问其故，居僧云：先师临化，丁宁付嘱徒弟，一闭窗闼，勿妄开视。阳明怪之，直前手拓其户，见一老僧坐化，容色不变，与阳明面目无别。背上有文曰：三十年前王守仁，开门还是闭门人。阳明错愕。未知真妄如何也。②

其实，郑弘溟对这首题壁诗的记述并不完整且有误记，原诗一般记述为：“五十年来王守仁，开门原是闭门人。精灵剥后还归复，始信禅门不坏身。”这则关于王阳明的禅话被朝鲜朝诗坛广

---

① 参见朱人求：《“六经糟粕”论与明代儒学的转向——以陈白沙为中心》，《哲学研究》2009年第6期；丁怀超：《诗与思谐——陈白沙心学思想新诠》，《安徽大学学报（哲学社会科学版）》2003年第5期。

② ［朝鲜］郑弘溟：《畸庵集续录》卷十二《王阳明见一老僧坐化》。

泛引用。朝鲜朝后期以诗与书法名世的朴允默在《南厅书感》诗中，记叙自己重游南厅，其中景物仿佛梦中旧物，便自然而然地浮现出王阳明的禅话。① 禅门不坏之身是佛教的固有说法，更增加了这首题壁诗同偈语的相似度，暗示王阳明本身就是高僧转世，提醒王阳明不要忘了自己出身和皈依佛门的本来面目。

关于王阳明的身世及与佛教的瓜葛，有许多真真假假的传说。两广役后，阳明肺病加疾，上疏乞归。据说，归途中他经过江西大余灵岩寺，在寺中各处游历时，进入了一位圆寂老僧的房间，只见圆寂老僧的容貌与自己一模一样，并在屋内书案上发现一张字签，上记："五十七年王守仁，启吾钥，拂吾尘，问君欲识前程事，开门即是闭门人。"嘉靖八年十一月二十九日（1529 年 1 月 9 日），王阳明病逝于江西省南安一舟中。临终之际，身边学生问他有何遗言，他说："此心光明，亦复何言！"

有学者认为，有关的这些禅话和传说的原创者肯定是禅门中人。随着阳明心学广为传播，王阳明名闻天下，阳明心学与禅宗结合得越是紧密，越有利于扩大禅宗的影响，而阳明心学与佛学禅理的关系纠缠不清正是禅门所希望并以为荣耀的事情。

其实，在《传习录》中，王阳明常以"吾儒"自称，表明自己是儒家正统传人，但是心学借鉴禅门阐述禅理的手法论述心学哲理也是不可否认的事实。

郑弘溟等朝鲜文人对有关王阳明的禅话与题壁诗的记述，

---

① ［朝鲜］朴允默：《存斋集》卷九《南厅书感》。

在一定意义上来说，有助于形成对王阳明形象的神秘认知，但也进一步强化了心学与禅学的联系，导致世人对阳明心学根深蒂固的偏颇见解。

4. 南塘韩元震

韩元震是权尚夏门人，为主张人物性异论的湖论代表人物。他在《王阳明集辨并跋》中说，通过《退溪集》中所辨阳明说数条开始接触阳明学，其后又通过罗钦顺的《整庵集》读到了阳明良知说。1736 年秋，韩元震从友人金伯三处借得《阳明集》，读后遂对阳明心学“心即理”“致良知”“知行合一”的三大主要观点等逐一做了基于性理学的批判，以期从学术上将心学“拔本塞源”。他认为，“内禅外霸”是王阳明学术的本质。王学之所以风靡天下，是因为“前后辨者，皆未有探取心肝底刽子手段，故攻之不能得力，使其说愈久而愈行，此又重可恨也”。韩元震认识到王阳明的学说对朝鲜朝思想的巨大影响：“不幸其学流入东国，毁经侮圣之习，多传其心，良知门户之立，亦有其人。则世道之忧，可胜言哉。”①

其所作《王阳明集辨并跋》后附有四首《次良知咏韵》诗，每诗第一句，皆用阳明本语。王阳明《良知咏》诗全名为《咏良知四首示诸生》。为了解读方便，本文按王阳明原诗和韩元震次诗顺序逐一排列。

原（1）个个人心有仲尼，自将闻见苦遮迷。而今指与

① ［朝鲜］韩元震：《南塘先生文集》卷二十七《王阳明集辨并跋》。

真头面，只是良知更莫疑。

次（1）个个人心有仲尼，即心即佛一般迷。仲尼七十方从欲，个个从心定可疑。（阳明又曰：从心所思，是非自别，不作一念谓之睿，此皆心即佛之说也。）

原（2）问君何事日憧憧？烦恼场中错用功。莫道圣门无口诀，良知两字是参同。

次（2）问君何事日憧憧，念念良知错用功。徒念何由真面识，公私邪正认来同。（阳明以灵觉之知为良知，而灵觉之知，实有公私邪正之杂。）

原（3）人人自有定盘针，万化根源总在心。却笑从前颠倒见，枝枝叶叶外头寻。

次（3）人人自有定盘针，为有皇衷降在心。可笑痴禅颠倒见，只从形器下层寻。（阳明言心即理，即是认器为道，故末句云云。）

原（4）无声无臭独知时，此是乾坤万有基。抛却自家无尽藏，沿门持钵效贫儿。

次（4）无声无臭独知时，知得错时错作基。不识自家真宝藏，谩夸虚禀学痴儿。（阳明不知天性之真，胶守灵觉之知，故末句云云。）

在原（1）中，阳明认为拿外来的“仲尼”或者“闻见”

作为衡量善恶之标准是靠不住的，真正的准绳是内心的良知，这种良知的本质是独知。而在次（1）中，韩元震认为阳明的良知说与禅学近似，从心所思难辨是非，即便是孔子，直到七十岁才从心所欲不逾矩，如何能说每个人都不学而可致良知。

在原（2）中，阳明认为“大本大源”是道和至善，良知是认识致道和至善的途径。其一直在我们心中未曾远离，只是我们日用不知，有时甚至违背它。错用功就是丢下良知，却向外找寻善恶之判别依据。而在次（2）中，韩元震认为阳明错认灵觉为良知，而灵觉之知因为有公私邪正之杂，因此不可能使人人都体会到至善无邪的良知。

在原（3）中，阳明也反思了自己悟道前的错误。定盘针、根源这些搞不清楚，结果只能是南辕北辙、所为颠倒。而在次（3）中，韩元震认为阳明未能分辨良知至善之心与人欲之心的区别，从而错把形而下的器之心，体认为形而上的道之心。

在原（4）中，阳明认为心学的修学之道是“独知”，即自我体认。大本大源、良知良能备于自心而不知，却到处乞问、向外找寻所谓的真理、准绳，就相当于贫儿持钵沿门乞讨而已。而在次（4）中，韩元震认为性即理，天性是本源，体认和扩充性善的本源才是致知正途，不主张像阳明的主张一样一味胶守虚禀灵觉之知。

从以上对比分析来看，韩元震沿袭程朱性理学对性理本源形而上的认识，全面否认个体灵知灵觉的致良知作用。这个问题涉及对人心本身的认识问题。韩元震与晚年朱子的认识一样，虽然并不认为人心即私欲，但以为“形气”之属，故兼有善恶，而道心则是性命，纯善无恶。[①] 因此，他认为以形气之心去体认良知以至于道心的路径从理论上是有缺陷的。

韩元震以阳明的《咏良知四首示诸生》诗为抓手，通过逐句和诗的方式，将他对阳明致良知说的认识融入汉诗诗句之中，在异域异时空的条件下，与王阳明实现了学理上的对话，以期从学术上将心学“拔本塞源”，展现了不同时代异域文人学者之间理论对话的新模式。

四、汉诗与阳明学辨

李珥为了调和东西分党，受到政敌宋应溉的指责，最终因此而引咎辞官。宋应溉的证据之一即许筠《国朝诗删》所载李珥所作《初出山赠江陵沈》诗，该诗诗序中载此诗为李珥 20 岁那年春天自金刚山返回江陵退佛后所作。

> 分袂东西问几年，欲陈心事已茫然。前身正是金时习，今世仍为贾浪仙。山鸟一声春雨后，水村千里夕阳边。相逢相别浑无赖，回首浮云点碧天。

此诗本是李珥自佛还儒、由出世而入世心路历程的反映，反倒

---

① 韩元震把朱子的人心道心论分为初说和后说的理论解说，参见邢丽菊、赵甜甜：《朱子人心道心分判之探析——兼由朝鲜儒者韩元震的视角谈起》，《韩国研究论丛》2017 年第 1 期。

成了政敌攻击他的绝好证据。诗中提及的金时习是由儒入佛的典型人物，而“前身正是金时习”诗句与王阳明前身为禅门高僧的禅话传说尤为切合，这在朱子理学立国的朝鲜朝无疑是足以致命的陷阱。但该诗在《栗谷全书》中并无记载。后世朝鲜朝文人为了维护李珥的名声和地位，只能说这首诗是许筠在编纂《国朝诗删》时假借李珥之手的诬陷之作。为此，李珥一脉宋时烈的门人金镇圭在《代湖南儒生论辨国朝诗删伪诗疏》中做出辩解：

> 以珥之生际盛世，自少志学，其肯自况于如彼者流耶？虽以诗之体格论之，此诗全篇流宕浮轻，大异于珥诗之温雅平正，虽暗中摸索，不难辨其真与伪矣。况筠妄诞之状，又自有破绽于其书，可以为证于此事者。其所谓鬼李显郁之作，乃明儒王守仁集中之诗也。筠于守仁，无所爱憎，犹且剽窃其诗，诈称鬼作，以自夸耀裒录之博极，则以其家世之妒贤害正，图所以造谤而惑世者，亦何所不有也。①

金镇圭认为，《初出山赠江陵沈》与李珥“温雅平正”的诗风不符，显然是伪作。作为旁证，金镇圭指出，许筠在《国朝诗删》中曾剽窃《王阳明集》中之诗，称为“鬼李显郁之

---

① ［朝鲜］金镇圭：《竹泉集》卷十七《代湖南儒生论辨国朝诗删伪诗疏》。

作”。结合许筠平时的妄诞之状，金镇圭认定这首诗是许筠假托李珥之名的伪作。不管真相如何，王阳明无意之中成为朝鲜朝党争和文人官司中的配角，侧面显示出王阳明对朝鲜朝思想学术的巨大影响。

其后，崔锡鼎在议论丽末鲜初辛王废立之事时，以《韩山李氏族谱》中所引王阳明诗来反证当时历史记载的混乱。

> 《韩山族谱》引王阳明诗“昭代凌烟梦独遥”之句，序云郭景纯梦中来言王茂弘事，此则反为辛氏之证，抑又何也。①

《韩山族谱》中所引王阳明“昭代凌烟梦独遥”之诗句不见于《王阳明全集》，不知是从何处援引而来，但上文提及的序无疑是指王阳明的《纪梦并序》，意指王阳明假托郭璞之口议论王导为奸雄之事，借以反证高丽末年改朝换代之时辛王废立问题中存在未解之谜。而王阳明《纪梦并序》中的托梦诗也成为崔锡鼎议论历史问题的有力证据。

阳明学传入朝鲜后，经过了从禅学异端到学界公敌的过程，否定指向的阳明观成为朝鲜朝学界主流。当然，一些学者如郑齐斗、申纬、李种徽等人忍受着周边人的指责和唾骂，表明并坚持自己的阳明学立场。与此同时，也有一些阳明学者最终选择了向性理学主流派别妥协，抑或最终抛弃阳明学的道路。

---

① ［朝鲜］崔锡鼎：《明谷集》卷十一《论圃隐遗事》。

阳明学者郑齐斗的门人沈錥作为江华学派领袖，俨然受阳明心学影响颇深。这可从其论道诗《本心》《致知》《唤醒》略见端倪。

> 烁烁光中指此心，肆行胡走认真心。不教天理为存主，纵说良知亦本心。(《本心》)①
>
> 人应深浅有些知，不着而寒不食饥。从此推明天下理，心官一一要精思。(《致知》)②
>
> 看取虚灵不昧时，死灰枯木便无知。倘教炯炯心常在，是处人称俨若思。(《唤醒》)③

三首诗论述了心、真心、天理、良知、致良知等心学范畴的概念，认为人人都有此心，都有此知，只要此心炯炯常在，人人都可致其良知。然而到了晚年，沈錥在赠给尹拯门人李震炳的"示志诗"中，却透露出自己因被王阳明误导，误入心学歧途，对此颇有悔意。

> 君衰吾亦老，同病每相怜。生死俱安命，行藏不负天。心将追圣轨，志欲洒陈编。所恶阳明说，潜教别路迁。④

---

① ［朝鲜］沈錥：《樗村先生遗稿》卷二十一《本心》。
② ［朝鲜］沈錥：《樗村先生遗稿》卷二十一《致知》。
③ ［朝鲜］沈錥：《樗村先生遗稿》卷二十一《唤醒》。
④ ［朝鲜］沈錥：《樗村先生遗稿》卷二十一《寄遁谷示志》。

沈錥在此诗中说“心将追圣轨，志欲洒陈编”，是说自己将追随圣人轨迹，有志于从“四书”“五经”中求得道学真谛。而“所恶阳明说，潜教别路迁”，表明自己后悔追从阳明心学走上了歧途。如果这首示志诗确可做此解读，那么沈錥何以到了晚年才对心学思想产生怀疑？这种说法显然需要从更多的资料中获得印证。他在写给李震炳的书信中说：

> 区区于阳明独然者，以其气魄文章，有足以动人者，故入其说尤易，当如淫声美色以远之矣。想必以弟言为过于分数耶。①

沈錥信中有注：“此以下己巳以后，不记年条。”则上文至少写于己巳年（1749），沈錥时年65岁，已到了晚年。从信的内容来看，沈錥向李震炳解释自己之所以受阳明心学迷惑，主要是由于阳明的气魄文章“有足以动人者，故入其说尤易”。同时，他表示自己将像对待淫声美色一样远离阳明学的诱惑。这封信可作为他晚年决心摈弃阳明心学的旁证。当然，沈錥态度的前后变化，还需要借助更多的文史资料加以论证，不可轻易定论。在程朱理学占据绝对统治地位的朝鲜王朝，像郑齐斗那样自始至终明确自身的阳明学者姿态，并以治心学为学术依归的学者可谓凤毛麟角，更多的学者像沈錥一样，出于各种原因，采取了向程朱理学妥协的态度，甚至最终转向性理学立场。

---

① ［朝鲜］沈錥：《樗村先生遗稿》卷二十七《与遁谷》。

随着阳明心学在朝鲜朝的传播，王阳明的诗文也被朝鲜文人广泛研读。在此过程中，有关王阳明的各种诗话也被朝鲜文人收录于诗话集中，甚至发生了一些令人啼笑皆非的失误。

安鼎福作为李瀷高足，是朝鲜朝后期与丁若镛齐名的著名实学者、历史学家。他在《橡轩随笔》中指出，南龙翼编纂的《箕雅》涵盖了自新罗至朝鲜仁祖朝的 497 位诗人的诗集，其中错把王阳明的《又次壁间杜牧韵》诗错记为朝鲜某位诗人之诗而收入东人诗集中，这种缺乏考证的失误之举实“太涉卤莽”①。

丁若镛有《陪家君行次星州》诗，此诗为哀悼在 1728 年因镇压李麟佐叛乱而战死的庆尚道观察使黄璿之作。诗文如下：

画阁星州路，黄璿有勒碑。文章须直笔，韬略出英姿。未见鏖兵处，长怀奏捷时。阳明真善士，劳绩讼褊裨。②

结句中的“阳明”二字在汉译本中被解读为“疑似指黄璿碑的作者名字”，笔者认为并非如此。

王阳明有镇压宸濠之乱的功绩，丁若镛在这里引用了王阳明的典故，认为黄璿之所以未能奏功而身先死，是因为没有像

---

① ［朝鲜］安鼎福：《顺庵先生文集》卷十三《橡轩随笔下 · 东人错引古诗》。

② ［朝鲜］丁若镛：《与犹堂全书 · 诗集》卷二《陪家君行次星州》。

王阳明一样的韬略，未能把一切可以利用的人才加以发掘利用。丁若镛认为，黄璿功绩碑的碑文作者没有做到“文章须直笔”，碑文没有指出黄璿失败的根本原因在于缺乏胜战的韬略、未能知人善任。而王阳明在这一点上则较为高明，真正做到了点石为兵、出奇制胜，是有大韬略之“真善士”。

五、结论

王阳明身为一代大儒，开创了明代学术新风气，其哲学思想辉耀千古。他具有济世情怀，提倡经世致用，有杰出的军事才能，集文治武功于一身，成就了三不朽的历史功勋。

本文首先论证了阳明心学东传朝鲜的时间和传播经纬，由此大致确定了阳明心学的东传时间和韩国阳明学的发祥地。王阳明的《传习录》早在其“平濠”之年（1519）即由朝天使节金世弼购入朝鲜。后金世弼在忠清道忠州知非川上的“工字堂”与朴祥、金安国等人一起研习探讨。阳明学思想也因此以汉诗唱酬、讲学评论等方式得以传播。同时，本文基本确定了阳明之文东传的时间，即《传习录》为 1519 年，嘉靖版《王阳明集》为 1558 年或更早，《王文成公全书》（《阳明全书》）为 1600 年或更早。

作为传统文化的巨人，王阳明的诗文书法自成一家，在当时诗坛独树一帜。朝鲜正祖称“王守仁博学通达，诗亦秀发，如披云对月，清辉自流”，为明三百年间作家第一。

由于阳明心学对朝鲜朝性理学造成了巨大冲击，朝鲜朝文人对待阳明学的姿态已经超出了学术范围，上升到了政治和党争层次。因此，历代朝鲜国王尤其是宣祖和正祖对陆王心学予以特别关注，其中正祖更是将《阳明集》常年置之案上，爱若至宝。国王的这种姿态无疑促进了阳明学在朝鲜朝的存续和发展。

朝鲜朝五百余年间汉诗作家辈出，从有关阳明心学的汉诗作品中也可以看出朝鲜文人阳明观的变化过程和特征。本文选取了退溪李滉、西厓柳成龙、畸庵郑弘溟、南塘韩元震等人的有关汉诗作品做了具体考察，这些汉诗对王阳明异国形象的塑造及其学术思想在朝鲜的传播起到了特殊作用。朝鲜朝历代诗人十分喜爱吟诵王阳明的诗句，也格外关注有关王阳明的诗话和禅话。

不可否认，阳明学传入朝鲜后，否定指向的阳明观便成为朝鲜朝学界主流。当然，有一些学者始终表明并坚持自己的阳明学立场，也有些阳明学者最终选择了向性理学主流派别妥协，抑或最终抛弃阳明学的道路。王阳明诗文在传播的过程中也发生了一些错引、误读、误译现象，甚至引发了政治诉讼和学术官司。

总体来说，本文从汉诗层面在一定程度上揭示了阳明心学在朝鲜朝的传播情况，但未对韩国阳明学的整体发展情况及其学术成就做具体考察，对中韩两国学界的研究成果也少有征引，于此拟作为后续课题进行更加深入的研究。

文德之敷化四瀛：纪晓岚与燕行文人

李学堂

一、引言

纪昀（1724—1805），字晓岚，别字春帆，号石云，道号观弈道人、孤石老人，直隶河间府人，乾嘉时期名臣、文学家，官至礼部尚书、协办大学士，曾任《四库全书》总纂官。在中国文化史上，纪昀是一个颇具争议的人物。其门人盛时彦曾评说："河间先生以学问文章负天下重望。"（《阅微草堂笔记》原序）与纪晓岚同修《四库全书》的朱珪在《知足斋诗集·续集》"五老会诗"中，对纪晓岚做了如下评价：

> 宗伯河间姹，口吃善著书。沉浸《四库》间，《提要》万卷余。抑扬百代上，浩博衡锱铢。是为脉望蟫，神仙吞丹符。

此评看似多有讥讽，实则赞誉有加。如诗中所述，在时人眼中，纪晓岚可谓超凡脱俗。与此不同，鲁迅、唐弢等人则认为纪晓岚主编的《四库全书》是一部阉割中国古代文化的“集大成”之作，而以纪晓岚为代表的编书者也被清朝统治者的高压政策和频繁兴起的文字狱“阉割”了思想和精神上的创造性，变成了一个个“精神上的太监”而不敢写直抒胸臆、真性情的作品。其实，鲁迅对纪晓岚本人还是十分欣赏的。他在《中国小说史略》中写道：“昀又‘天性孤直，不喜以心性空谈，标榜门户’（盛序语），其处事贵宽，论人欲恕，故于宋儒之苛察，特有违言，书中有触即发，与见于《四库全书总目提要》中者正等。且于不情之论，世间习而不察者，亦每设疑难，揭其拘迂。”他还说，纪晓岚“很有可以佩服的地方：他生在乾隆间法纪最严的时代，竟敢借文章以攻击社会上不通的礼法、荒谬的习俗，以当时的眼光看去，真算得很有魄力的一个人”。可见，鲁迅对纪晓岚所具有的“处事贵宽，论人欲恕”的品性极为欣赏，并且盛赞其对封建礼教的批判意识和过人魄力。

笔者发现，纪晓岚“真算得很有魄力”还表现在担任礼部尚书期间，通过拜访、笔谈、诗文、馈赠、代购书籍等多种方式，诚恳主动地结交包括朝鲜使节在内的属国文人，并受到对方广泛赞誉和衷心敬佩，为中华文化和儒家文明在汉字文化圈的传播做出了巨大贡献。

从朝鲜朝文人的记载来看，纪晓岚先后与洪良浩、李德懋、柳得恭、徐滢修、朴齐家等人有过直接交游和诗文唱和。另外，在《燕行录》或者文集中以各种方式言及纪晓岚的朝鲜朝文人有李晚秀、成海应、丁若镛、赵秀三、徐有榘、金祖淳、申纬、洪奭周、郑元容、金正喜、李尚迪、李裕元、金允植等人，时间跨度为乾嘉到民国时期。

本文以纪晓岚年届古稀到去世前（1790—1805）的十余年为考察时间段，通过考察纪晓岚与徐滢修、洪良浩为代表的朝鲜朝两大名门世族，以及与朴齐家、柳得恭等北学派文人诗文交往的方式、内容及在此过程中结成的跨国文缘所具有的文化史意义，究明中华文化所特有的生命力、感召力、传播力与感染力，以探讨进一步增强中华文化对外交流说服力和影响力的途径和方法。

二、纪晓岚与徐氏家族的交游

明清时期，朝鲜朝以王命出使中国的使节多出身名门大族，而且往往会出现父子、兄弟相继受命朝天燕行的情况，金尚宪的金氏家族、朴趾源的朴氏家族、徐滢修的徐氏家族、洪良浩的洪氏家族都是如此。综合来看，一是这些家族都是朝鲜朝的名门豪族，历朝文臣辈出，深受李氏朝鲜国王信赖；二是这些家门子弟大都受过良好的诗礼教育，且博学多闻，适合担任事大外交之使者；三是这些家族世代同上国高层文臣及民间文人多有交往，较有顺利完成李氏朝鲜国王赋予的各种使命的把握，因此往往呈现家族成员间踵迹而游、世代交往的情况。本文所考察的徐氏和洪氏即为其中具有代表性的重要家族。考察这些家族与中国文人的交流情况，可以呈现古代中外文化交流盛况的一个方面，对于了解如何以人的交流为媒介提升我国文化软实力有所助益。

徐滢修（1749—1824），字汝琳，号明皋。1799年，以进贺兼谢恩副使身份赴清。纪昀时年76岁，徐滢修时年51岁。在徐滢修之前，徐氏家族有着丰富的燕行经历和广泛的交游对象。其曾祖父徐文裕于1703年以谢恩副使身份赴清，开启了徐氏家族担任燕行使节的序幕。其祖父徐宗玉于1739年以副使身份赴清。其父徐命膺于1755年、1769年先后以书状官、正使身份两次燕行，并为朴齐家的《北学议》撰写序文。其长兄徐浩修先后于1776年、1790年以副使身份燕行。尤其是在1790年燕行时，徐浩修启请允许柳得恭、朴齐家以幕客身份随行，在清朝与纪昀、铁保、翁方纲、李调元、衍圣公孔宪培等清朝文人及西士汤士选、索德超等人有过直接或间接的交游。徐浩修读《浑盖图说集笺》翁方纲跋文后写道：

> 纪尚书、铁侍郎，皆谓翁阁学邃于历象，而余始闻致力于春秋朔闰，已疑其不解新法，今见跋语，益验其空疏。

从这则记载来看，徐浩修与纪晓岚无疑有过直接交游。而徐滢修在《与纪晓岚》中的叙述更是为此提供了明证：

> 仆于文章，童而习之，至于今白纷如，而乃所愿则义理以立论，绳墨以结篇，抑扬顿挫以作句，点缀关键以造字。又于其中，须要个凝聚骨子，如物之有黄尔。虽然，此亦愿之而已，苟非一代词宗磨砻而导谕之，下国后进，

> 纵有些才分智力，尚何所观法，而自脱于陈腐固陋哉。今幸天借其便，奉使朝京。而阁下以文垣盟主，与我先兄判书公有特契，于仆知不恝然。仆之就正有道，长进一格，此其机乎。兹将诗文若干篇，所撰《学道关》一书，冒尘高案，仍乞集序。数种士宜，非为物也，聊以将敬。①

《与纪晓岚》应该是1799年徐滢修抵达燕京之后，为向纪晓岚求书序而作。“与我先兄判书公有特契”句中的“先兄”指这年刚刚去世的徐浩修。徐滢修非常珍惜这次燕行机会，要把自己所撰诗文、道学文章“就正有道，长进一格”。此后不久，他就收到了纪晓岚所撰之序。对此，他说：“其中一段不可磨灭之光明宝藏，使慧眼者自得之，此但仆一人之私宝耶。即词林文圃，有数文字，而当与天下万世操觚俟斤者，共尸祝之也”，以至于“明当归国，不知后会何日，而王子安诗‘海内存知己，天涯若比邻’之句，阁下已教我矣”。② 即会效仿洪良浩，将纪晓岚视为海内知己。

徐滢修此次使行的主要任务是采购书籍，因此博学多闻的纪晓岚无疑是可以求助的最佳人选。

> 《朱子大全类编》，朱子后孙朱玉所编。诗文各体，一从年条编次，最有赖于初晚之考据。《朱子语类》，黎靖德

---

① ［朝鲜］徐滢修：《明皋全集》卷六《与纪晓岚》。

② ［朝鲜］徐滢修：《明皋全集》卷六《与纪晓岚》。

集诸刻合成一部者，而蜀徽两本中，欲得初刻古本。《朱子五经语类》，程川所编。《白田杂著》，王懋竑所编，闻于朱子书，用力至深，能辨别真伪，参考异同，其所发挥多前儒所未及者。《翁季录》，虽知李文贞之疏请刊布，而阁下以文贞之再传弟子，质言其家之并无一本，则当时未及施行，可以推知。此一种，今固不可得。而以上四种，南方藏书家必皆有之。窃愿次第博访，随得随寄，以卒嘉惠，区区之幸也。①

所委采办各书，陆续必有以报命。其《白田杂著》一种，本无是书，乃昀编定《四库》时，惜其全集之芜杂，转掩其考证之精确，为删定其书，改题此名，实非所自编也。近其孙得官县令，闻已从昀所编刻板，当即驰书索之耳。纸短情长，言不尽意，统为朗照。耳溪乔梓，匆匆不及另函，希代道相忆。纪昀顿首顿首，上明皋先生。九月二十七日。②

在呈上请求信并获得纪晓岚承诺之后，徐滢修放心归国等待。但购书过程似乎并不顺利，以至于他再次寄信催促“此系弊邦正学术明道法之一大事，切愿如数觅副，以卒嘉惠。而万一各种未及齐到，则以见在者，先付今便，未及到者，随到随付于后便，幸甚”。对此，纪晓岚回信说明情况：“承委买朱子各书，业已发札。托旧友代觅，道路迢遥，卷秩繁重，此时尚

---

① ［朝鲜］徐滢修：《明皋全集》卷六《与纪晓岚》。

② ［朝鲜］徐滢修：《明皋全集》卷六《与纪晓岚（附答书）》。

许而未至，然必有以报命也。”①

此后，徐滢修就购书事宜催办颇为急切：

（徐滢修问书）朱子书采访委折，金译袖传阁下所录示者，始悉为之谋忠之颠末。而魏陈两贤，皆系阁下门生，则其于师门之托，知应竭心妥办，早晚东出，使滢修获免于委命草莽之罪。何莫非台赐之殷厚也。②

（纪晓岚答书）所需之书，京师竟不能物色求之，闽中始有端绪。其中《白田杂著》一种，原昀家之抄本，敝通家陈粮道疑而反诘不知止。正副二本，正本已交官库，为《四库全书》之底稿，钤印秘藏，不可复得。副本，为白田之孙乞去刊刻，闻已刻成，而此公萍踪无定，故昀转求印本，而敝通家以为疑也。顷已札覆之，谅亦必办矣。久稽台命，颇切惭恧，谨以敝通家札中夹片呈阅，庶知昀未度外置之耳。附曹扇十柄，扬州香珠十串，聊以伴函，不足言敬也。今日敝同寅德大宗伯遽返道山，一面具奏，一面理其后事，匆匆不暇多及，统惟朗鉴。临楮驰溯，顺候近祉，不备。昀顿首敬启。七月十六日未刻。

（徐滢修问书）陈粮道观夹片曰：前谕寻买朱子诸书，即向闽中书坊查问，所有《语类》《全集》，俱已买得。卷帙繁重，道路迢远，必附土贡之船，始可以北上。其程川《五

① ［朝鲜］徐滢修：《明皋全集》卷六《与纪晓岚》。

② ［朝鲜］徐滢修：《明皋全集》卷六《与纪晓岚（附答书）》。

经语类》，据书坊云，系新板，现在坊中者，卖完，尚须另觅。其《白田杂著》一种，闻系抄本，现无此书，并称此抄本出于老夫子大人家中，不知何以转觅，并乞示知。门生观谨附禀。①

在几番催促与焦急等待之后，徐滢修委办的购书事宜终于有了较为圆满的结果：

辛酉壬戌贡使之还，连蒙《朱子语类》建安合刻本及《全集》闽刻本两帙之寄惠，此知是陈粮道书所云向闽中书坊买得者。长者之不忘旧要如此，后生所以激感于知己也，尤当如何。前托四种中未得二种，即程川《五经语类》、王懋竑《白田杂著》。而其《五经语类》，以简明书目所载解题观之，标其某人所录某年某月与朱子年若干岁者，大有助于初晚先后之考证。其《白田杂著》，曾闻翁覃溪言，知于朱子书能辨别真伪，参核同异，故必欲得见。而阁下前覆中并云谅亦必办，则间者或已齐到耶？敢恃宿诺，复烦至此，甚矣其不知足也。②

朝鲜国王心心念念的《朱子语类》等书已经购得并寄到，可以说大致完成了朝鲜朝的购书之请，至于《朱子五经语类》

① ［朝鲜］徐滢修：《明皋全集》卷六《与纪晓岚（附答书）》。
② ［朝鲜］徐滢修：《明皋全集》卷六《与纪晓岚》。

及《白田杂著》也基本有了购买的着落。在纪晓岚的帮助之下，朝鲜王朝终于获得了分析朱子思想最重要、最权威的原始蓝本。以此为契机，朝鲜朝儒学界对程朱理学的研究更是到了条分缕析、登堂入室的程度，对朝鲜朝特色性理学的最终形成及性理学成为朝鲜朝正统理念发挥了重要作用。

纵观徐滢修和纪晓岚之间的购书往复书信，纪晓岚可谓重诺守信之人，对朝鲜朝友人的托付不辞劳苦，竭诚相助，务求事成。此时的纪晓岚已是年过古稀之人，故尤显难能可贵。纪晓岚通过自己的不懈努力，赢得了朝鲜朝文人的由衷赞赏和爱戴，使其诚心诚意将自己视作海内知己。

归国以后，徐滢修在向朝鲜国王的奏书中，把自己对清朝朝臣的综合印象作为谢恩使行的正式文书内容予以呈报：

> 朝臣中，一辞公论，刚方正直，推刘墉①；风流儒雅，推纪昀。而墉则见其为人，视下而步徐，一入班行，位著为之肃然。去年传禅时临当受贺，高宗皇帝不肯与大宝，则墉止贺曰：古今安有无大宝之天子乎？遂即入奏高宗曰：陛下不能无系恋天位之心，则传禅可已。传禅而不与大宝，

---

① 刘墉，字崇如，号石庵，山东诸城人，清代政治家、书法家，刘统勋长子。乾隆十六年（1751）进士，官至吏部尚书、体仁阁大学士。刘墉以为官清廉著称，深得百姓信赖，早在任江宁知府时就获赞誉“少时知江宁府，颇以清介持躬，名播海内。妇人女子无不服其品谊，至以包孝肃比之”。嘉庆九年（1804）去世，时年85岁，追赠太子太保，谥号文清。刘墉书法造诣深厚，是当时著名的帖学大家，有“浓墨宰相”之称。

> 天下闻之，谓陛下何如主？半日力争，卒得大宝而出，始行贺礼，故今皇帝以定策元老待之云。昀则近日中原学术，类皆以声律书画，为粉饰涂泽之具，而稍进于是者，不过丛书小品之博洽而已。今行朱书购求时，当世所称藏书名儒如翁方纲者，与之往复质问，则自内阁书下之书目，间或不辨其何等义例，何人编刻。而独昀一人，取诸腹笥，年经月纬，始终源流，洞如烛照。且其所著古文，本之以经术，绳之以检柙，纯正优余，无愧为文垣宗匠。①

徐滢修的奏闻中共涉及三位人物：刘墉、纪晓岚、翁方纲。相对于刘墉的刚直方正，纪晓岚的风流儒雅更具有独特的人格魅力；相比于藏书名儒、考证名家翁方纲，纪晓岚被徐滢修称为中原学术之泰山北斗、文坛之宗主巨匠。这种见解在徐滢修与宁远州知州刘大观的交流中亦可窥见。

徐滢修记中原人物共有二传：一是《刘松岚传》，二是《纪晓岚传》。《刘松岚传》中纪晓岚相关纪事如下：

> （来程时）……余曰：即勿论朝廷草野，经学文章之为世眉目者，是谁？松岚曰：今礼部尚书纪公昀、鸿胪少卿翁公方纲也。……
>
> （返程时）……松岚曰：阁下今行，山川风俗之可以开拓心胸者，不在论也。身入大都，识得几个名世之贤？余

① ［朝鲜］徐滢修：《明皋全集》卷十《题奏谢恩使闻见杂事》。

曰：识一纪晓岚。此老腹笥，四部五车、九流七录、国典朝常、竹头木屑，无不毕具矣。松岚曰：两贤相对，倾囊倒庋，必多可闻矣。余曰：晓岚为序弊稿，幸先生取览评骘，仍以纪序授之。松岚览讫曰：愿得晓岚一言，以赌声价者，天下何限？而阁下乃得之于倾盖之间，须信有逸群之真才，然后可借伯乐之一顾，吾辈诚愧死矣。余曰：纪公文体，不欲偭背[①]规矩，亦不屑常谈死法。而平生踪迹，不离四库馆，博涉古今图书，储峙完具，逢源肆应，尽可谓不易得之一大家，最是文字与语录不同之论，尤为特见创论，看透从前作者看未到处。先生亦以为然否？松岚首肯曰：极是名言。仆于此事，心虽艳慕，愧未有真得实工耳。[②]

刘大观是乾嘉时期著名文人，为官有政声，工诗善书，是当时辽东地区最著名的诗人之一，高密诗派的中坚人物。徐滢修来程过宁远时路遇刘大观，刘主动示好结交，并告知“经学文章之为世眉目者”是“今礼部尚书纪公昀、鸿胪少卿翁公方纲也”，为徐滢修结交中原人物指明了方向。

返程时，两人再会，谈及纪晓岚，徐滢修谓纪乃“不易得之一大家，最是文字与语录不同之论，尤为特见创论，看透从前作者看未到处”，此说获得了刘大观的高度赞同。应刘大观要

---

① 偭背：违背。

② ［朝鲜］徐滢修：《明皋全集》卷十四《刘松岚传》。

求，徐滢修回国以后，将自己的诗文“因贡便抄寄三册”。松岚收到以后大喜过望，表示“仆将以此传布中州，使中州士大夫，咸知东国有此人，并使中州士大夫，咸知仆之交游有此友，岂非平生幸事哉”。两人因纪晓岚而结为至交，又因此把朝鲜文人的文名传布中原，可谓中朝文化交流史上的又一段佳话。

作为目标文本之一，本文以徐滢修所作《纪晓岚传》为重点分析对象，以期对这位清朝名臣的事迹和历史功绩有所补充。《纪晓岚传》可以分为五个部分，第一部分是“人物简介”：

> 纪昀号晓岚，直隶献县人也。其高祖坤号厚斋，以崇祯遗民著有《花王阁剩稿》行于世。晓岚长不逾中身，而容仪端洁，精英发越，年过七十，能不引镜作蝇头细字。性嗜烟，烟杯之大，几如小钟，终日不离口，人比之韩慕庐菼云。官至光禄大夫、经筵讲官、礼部尚书兼文渊阁直阁事，提调四库馆三十余年，撰《简明书目》。又有所著五种书合刻者，而《滦阳消夏录》，尤称博物巨观。

该部分内容涵盖了纪晓岚的名号、出身、相貌、嗜好、主要官职、著述等，虽然仅是对纪晓岚的人物刻画，但“长不逾中身，而容仪端洁，精英发越，年过七十，能不引镜作蝇头细字”等内容仍然对补全纪晓岚的人物形象具有一定价值。

接着在第二部分中，徐滢修交代了二人结缘的背景和经过：

> 我正宗己未，余以谢恩副使赴燕，时上欲购朱子书徽

闽古本，俾臣访求于当世之文苑宗工。故自山海关以后，路逢官人举人之稍解文字者，辄问经术文章之为天下第一流者，则无不一辞推晓岚。余于入燕后，先以书致意，并送抄稿请序，继以小车造其门，则晓岚颠倒出迎，欢然如旧。

可见，徐滢修这次使行的附带任务之一即购买“朱子书徽闽古本”，而这个任务显然并不是能够轻松完成的。因为这个版本即使在清朝国内也极为稀缺，甚至几无线索、难以寻觅。为了完成购书任务，徐滢修探知当世“经术文章之为天下第一流者，则无不一辞推晓岚”，并为此制定了结识纪晓岚的外交“攻略”。首先，以书致意，此即前述第一封《与纪晓岚》书信中之内容。其次，抄稿请序，这在第一封信中也已提到。最后，小车造其门，直接登门以礼拜访。这套策略显然百试不爽，以至于平素对朝鲜文人大有好感的“晓岚颠倒出迎，欢然如旧”。

第三部分是《纪晓岚传》的核心部分，即“对榻笔谈问答”。

关于两人笔谈的内容，笔者概括分类如下：第一，纪晓岚评论徐滢修之著作（诗文语录）。第二，徐滢修问晓岚序文之事。第三，“牛黄”之说。第四，纪晓岚评论徐滢修文章之根基，交代朱子书及前后《汉书》购书事宜。第五，纪晓岚著作之刊行。第六，纪晓岚论耳溪诗文。第七，两人铭记友情并约书信。可见，两人的对话主题主要是评论诗文及商榷购书事宜。

第四部分是“惜别及归国之后”。在笔谈结束后，两人依依话别：

> 余遂揖别而出，晓岚送之门外，握手恋恋，见上车然后乃入。其翌日，书送诗文集序。归国以后，邮筒往来，频致缱绻之意。所托朱子书诸种，亦次第觅寄焉。

在笔谈次日，纪晓岚即依约送来为徐滢修写的诗文集序。而且在徐滢修归国之后，两人书信往来不断。徐滢修陆续收到纪晓岚托人代购的几种朱子书，虽然几经周折，最后终于如愿以偿。纪晓岚不顾自身年逾古稀，尽心尽力，为帮助朝鲜国完成“寡君尊朱一念，殆所谓至公血诚，欲以朱子之学，为陶镕一国之炉锤”，为朝鲜朝实现以醇正的朱子性理之学治国理政做出了巨大贡献，可谓以实际行动推动和巩固了儒家文明圈的形成。

第五部分是“作者评”。

> 评曰：考证之学，盛于明末，其源盖出于杨升庵①，而及至顾亭林、朱竹垞，虽谓之郑服②之青蓝，不是过也。晓岚为学，亦主考证者，而其所著作，则布格严而无邅漫回

---

① 杨慎（1488—1559），号升庵，明代文学家，著有《升庵集》。

② 郑服，汉经学家郑玄与服虔的并称。清皮锡瑞《经学历史 · 经学分立时代》：“北学《易》《书》《诗》《礼》皆宗郑氏，《左传》则服子慎（服虔字）。郑君注《左传》未成，以与子慎。见于《世说新语》。是郑服之学，本是一家，宗服即宗郑，学出于一也。”

> 適之病，摛词雅而无隐僻奇邪之谭，命意庄而无支离浮靡之见，叙事整而无凌乱庞杂之篇。以其储蓄之富，文之以绚烂之才，而裒然成一家轨范。夫华藻见于外者谓之文，古今积于中者谓之学，则斯其成就，夫孰不曰真文学也乎。或以简明书目中多有砭朱之微词，疑其为陆学，而大抵考证家之不能不贰于朱门，为其名物诂训之间，往往有信不及处，未必皆因于祖陆也。况晓岚之学，远溯汉晋，而与宋讲学之传所入之门户，本自殊科也乎，又何有于朱陆之寻派哉。①

在这一部分，徐滢修主要从清朝盛行的考据学之源流定义纪晓岚的学问倾向，接着又从布局之严、用词之雅、命意之庄、叙事之整等具体特征，阐述纪晓岚文章的特殊品格，并从格局之大和才学之绚烂的角度评说纪晓岚的文学是自成“一家轨范”的“真文学”。由于朝鲜朝中期严于朱陆之辨、视陆王心学为异端，徐滢修担心朝鲜朝学界将纪晓岚之学视为贰朱祖陆，所以从汉学与宋学分野的角度予以分辩，以避免朝鲜朝各界因门户之见对纪晓岚之学产生误读。

从以上对徐滢修所作《纪晓岚传》的分析可以看出，他试图从与纪晓岚笔谈过程中的第一手资料和切身体会出发，通过人性的真实和学问的醇正两个方面对立传对象进行客观公正的定位。徐滢修《纪晓岚传》与《清史稿·纪昀传》相比，字数

---

① ［朝鲜］徐滢修：《明皋全集》卷十四《纪晓岚传》。

更多，达两千余字。后者仅以五百余字刻板地描述了纪晓岚为学为官的经历，简单评述了其编纂《四库全书》的学术贡献。而徐滢修在《纪晓岚传》中不仅介绍了纪晓岚的出身和为官经历，还对自己与纪晓岚面谈过程中产生的直接印象和总体评价做了概述，不仅内容上更加鲜活多彩，形式上也更加灵动，倾力塑造了一个有血有肉、风流儒雅的“君子纪晓岚”形象，使读者读后如见其人、如闻其声，倍感亲切。

作为徐滢修堂侄的徐有榘是《林园经济志》的作者，也是《明皋全集》的编者，他第一时间把自己读《纪晓岚传》的体会告知了叔父徐滢修：

> 《纪晓岚传》，谨查收编入于类稿中矣。纪之博学精识，曾所稔闻。而近见其所著书如《槐西杂志》《滦阳消夏录》诸种，则颇不离近世小品之习，而非大雅君子之所尚也，寻常疑之。往在辛巳冬，以右臂不遂之证，寻医在三湖之杏亭，偶从邻人借见《四库全书总目》二百卷，始哑然而笑曰：晓岚之眉目肝肺，尽在于是。余前所见者，即西湖之支流余派，而乃今见淡妆浓抹之真面目也。盖当时所聚天下四部之书，毋虑累千万种，而每一书冠以“提要”一篇。“提要”者提掇该书之义例，而系之以评品论断者也。其考据之淹贯，识解之精诣，虽谓之前无古人后无敌手，非过语笑矣。如晁公武之《读书记》，陈振孙之《书录解题》，不过一人一家之藏书耳。其所论著，亦止于撰人爵里义例概略，而至于今艳称为书目中大家数，况聚天下之载

籍。而著录源流则如周太史之说昭穆，区别良楛则如齐易牙之辨淄渑，博而不杂，详而不缛，古今目录家中不得不推为巨擘，断断非后世窾启之知，沾沾以小品自喜者之所可几及也。……盖晓岚之一生家计，只在《四库总目》一书。窃谓晓岚传中所宜大书特书不一书者，首先在此。而如《滦阳消夏录》等，出于一时游戏笔墨者，虽不书亦可也。未知如何？传文添删，恭俟指教。《纪文达集》累购之燕犊而迄未购来，闻其清贫之甚，镂板之在南方者，因纸楮艰乏，不得多拓广布云。伤贫之叹，何地不然。虽然《四库总目》，自可寿传无穷，《文集》之传不传，不须问也。①

上文中，徐有榘与其叔父徐滢修商讨的重点是纪晓岚作为《四库全书》总纂官的历史定位问题。徐滢修在《纪晓岚传》中有言，纪晓岚"提调四库馆三十余年，撰《简明书目》。又有所著五种书合刻者，而《滦阳消夏录》，尤称博物巨观"。徐有榘显然认为这类描述过于简单、笼统，不足以说明纪晓岚的学术和历史贡献。相较于徐滢修把《滦阳消夏录》称作"博物巨观"，徐有榘则认为"如《滦阳消夏录》等，出于一时游戏笔墨者，虽不书亦可也"。徐有榘在描述自己初次见到《四库全书总目》的感受时说："偶从邻人借见《四库全书总目》二百卷，

① ［朝鲜］徐有榘：《金华知非集》卷二《上仲父明皋先生论纪晓岚传书》。

始哑然而笑曰：晓岚之眉目肝肺，尽在于是。余前所见者，即西湖之支流余派，而乃今见淡妆浓抹之真面目也。”并且，他坚决主张“盖晓岚之一生家计，只在《四库总目》一书。窃谓晓岚传中所宜大书特书不一书者，首先在此”。这种观点看似不无道理。但徐滢修之所以没有按照徐有榘的主张在《纪晓岚传》中对《四库全书总目》一书的历史贡献大书特书，恐怕与他写作传记的立足点有关，即以叙述自己所感知的纪晓岚的人性和学术倾向为主，而不是以众所周知且非一人之功的贡献为主。

三、纪晓岚与洪氏家族的交游

如前文所述，朝鲜朝学者与清朝学者之间的交游主要是通过燕行实现的，其方式是书籍购入与流通、笔谈和诗文交流等。像徐氏家族一样，洪良浩的家族与纪昀等清朝学者间的神交起到了连接两国学界的作用，朝鲜朝学者的燕行体验无疑成为增进两国友谊和学术流通的重要途径。

洪良浩的堂侄洪乐游于1797年因充任冬至兼谢恩正使金履素、副使申耆的书状官而赴清燕行。洪良浩在写给侄子的饯行序中谆谆嘱托道：

> 公号晓岚，河间人，与我同年生，年近八耋，精力康强。今去吾行三年耳，车辙尚留南宫之外。汝乃复踵旧迹，纪公必欣然如见我矣。汝乃为我问安否，修旧好。噫，汝

与我相继宾上国，终未能履周汉之旧都，访齐鲁之故家，览吴楚之江山，是可恨也。虽然，纪公博学能文章，负一代重名，尝持节，穷黄河之源，蹑昆仑之西，远过张博望①旧辙，可谓尽天下大观者也。见斯人听其言论，亦足比苏子由大观②矣。③

洪良浩执朝鲜朝文坛牛耳多年，曾获兼任弘文馆与艺文馆两馆大提学的荣誉，于1782年和1794年两次赴清朝燕行，分别创作了《燕云纪行》《燕云续咏》两部燕行诗集。在燕京期间，洪良浩与纪晓岚等清朝硕学交游，探讨诗学等。归国之后，双方一直保持书信往来，这对朝鲜半岛接受和普及清朝考据学做出了贡献。洪良浩在上记序文中明确表示，他要求侄子求见纪晓岚的目的有两个：一是代己问安，以修旧好；二是学苏辙之见韩琦，以“尽天下之大观而无憾”。在该饯行序中，洪良浩还回忆了与纪晓岚从相遇、相识到相知、相忆的全过程：

甲寅再行，大宗伯纪公，颁赏于端门。余在旅庭之班，

---

① 张骞奉汉武帝之命两次出使西域，使西域同汉朝的关系日益紧密。汉武帝为表彰张骞的功劳封其为博望侯。因此，后世人们称张骞为“张博望”。

② 苏辙《上枢密韩太尉书》：“辙之来也，于山见终南、嵩、华之高，于水见黄河之大且深，于人见欧阳公，而犹以为未见太尉也。故愿得观贤人之光耀，闻一言以自壮，然后可以尽天下之大观而无憾者矣。”

③ ［朝鲜］洪良浩：《耳溪集》卷十一《送从子乐游赴燕序》。

> 望见其仪容，清癯秀朗老成人也。远不得越位语，纪公亦数目我，若有相感者然。及礼成而退，送人致殷勤，求见我述作，盖欲知东方文献也。余谦让不获，书示行中作诗文若干篇，公大赏之，各制弁卷文以还。其言历举中国文章之渊源，乃曰南宋以后古文亡，有明三百年，虽有一二作者，终未能上接坠绪。近世文章，则旁门盛而正脉微，寥寥乎不能大振。谓余诗文暗合古人，可验正脉一支，独传于东国云。余作书以谢之。既东归，又以诗章文房见赠，意惓惓不已。许之以海内知音，信乎易所谓同气相求者也。①

即在1794年甲寅燕行之时，洪良浩站在朝贡班列中，接受礼部尚书纪晓岚主持的端门颁赏。年逾古稀而且同庚的二人四目交会，结下眼缘；礼成退馆之后，纪晓岚求得洪良浩述作，并为其撰写序文，双方结下文缘；纪晓岚肯定洪良浩诗文暗合古人，为正脉一枝独传东国，双方结下心缘；洪良浩东归后，纪晓岚赠之以辞章、文房四宝等，表惓惓之意，许以海内知音，双方结下世缘。

上引序中道："今去吾行三年耳，车辙尚留南宫之外。汝乃复踵旧迹，纪公必欣然如见我矣。汝乃为我问安否，修旧好。"可见，洪良浩断定只要洪乐游登门拜访，"博学能文章，负一代重名"的纪晓岚必定欣然接见，并且会像见到他本人一样高兴。

---

① ［朝鲜］洪良浩：《耳溪集》卷十一《送从子乐游赴燕序》。

由此可见双方关系从眼缘—文缘—心缘—人缘—世缘的渐进式演变过程，也反映出中朝传统外交由形式礼仪到丰富内涵、从文化交流到人际情缘的升华过程。

纪晓岚在为洪良浩诗文集所作的序中，也记述了与洪良浩由眼缘到文缘的结交过程：

> 乾隆甲寅冬，判中枢府事洪君汉师，以职贡来京师。器宇深重，知为君子，既而知其先以壬寅奉使，与德定圃尚书、博晰斋洗马、戴莲士修撰，递相唱和。与之语，声音障碍，如郑樵之所云。索其诗，因出所著《耳溪集》，求余为序。①

纪晓岚在该序中说，洪良浩在与自己结交之前，先后与当时清朝著名文臣德保、博明、戴衢亨有过诗文唱和，补充了洪良浩与清朝文人交往的史实。纪晓岚强调自己曾尝试与洪良浩直接对话，但碍于言语不通，不能尽情交流。为此，纪晓岚举宋代郑樵之语以自嘲，并以此作为《耳溪诗集序》的开篇语：

> 郑樵有言：瞿昙②之书，能至诸夏；而宣尼之书，不能至跋提河③，声音之道，有障碍耳。此似是而不尽然也。夫

① 纪昀：《耳溪诗集序》，［朝鲜］洪良浩：《耳溪集》。

② 瞿昙，借指和尚或佛教。

③ 古代拘尸那揭罗国境内阿利罗跋提河（《大唐西域记》作“阿恃多伐底河”）的省称。后亦借指印度。

> 地员九万里，国土至多。自其异者言之，岂但声音障碍，即文字亦障碍。自其同者言之，则殊方绝域，有不同之文字，而无不同之性情，亦无不同之义理。故凡宣畅性情，辨别义理者，虽宛转重译，而意皆可明。见于经者，《春秋传》载戎子驹支，自云言语不通，而能赋青蝇，是中夏之文章，可通于外国；见于史者，《东观汉记》载白狼王慕德诸歌，具注译语，是外国之文章，亦可通于中夏。况乎文字本同者，其所著作，又何中外之殊哉？特工拙得失，视其人之自为耳。①

郑樵以声音之道有障阂解释与番邦国之外的异文之国交流时存在困难。纪晓岚则认为，这是局限于“异者”角度，即从声音和文字不同因素看问题的结果。如果从“同者”角度，即性情和义理因素看问题，则“虽宛转重译，而意皆可明”。其实，这与郑樵“取七音编而为志，庶使学者尽传其学，然后能周宣宣尼之书，以及人面之域。所谓用夏变夷，当自此始”的宗旨相辅相成。纪晓岚以为，“中夏之文章，可通于外国”“外国之文章，亦可通于中夏”，强调通过翻译及注释进行双向文化交流的可能性。

那么，在纪晓岚主动派人找洪良浩“索诗”时，洪良浩是否有诗赠予呢？以下的这首《赠礼部尚书纪晓岚匀。匀有日边，犯我讳，省之》即当时洪良浩的赠诗。诗题中的“犯我讳”指

---

① 纪昀：《耳溪诗集序》，［朝鲜］洪良浩：《耳溪集》。

的是纪昀的“昀”字犯朝鲜景宗李昀之讳。

> 乘槎往岁副行人，执玉今朝大使臣。迹似老驹能识路，身随候雁复来宾。山川跋履三千里，日月贞明①六十春。宗伯声名高北斗，清风难和颂昌辰。②

宗伯是礼部尚书的古称。洪良浩虽然与纪晓岚是同庚，但他鉴于纪晓岚在清朝的政治地位和如日中天的声名，加之自身作为番邦国来使，必须在赠诗中谨表仰慕之情并颂平安。在起句中，他回忆十二年前自己曾以副使身份燕行，十二年后再次受国王派遣以正使身份朝贡上国。由于是再次来朝，这次宾贡他就像识途老马、识时候鸟一样，从汉阳府到燕京长途跋涉三千余里。宗伯纪晓岚之文名像北斗一样，以至于洪良浩找不到合适的词汇恭祝安康。

“不学《诗》，无以言。”“不学礼，无以立。”（《论语·季氏》）洪良浩深谙事大诗赋外交的精髓，他的这首赠诗语言质朴无华、情感温润平实，正如纪晓岚对其诗风之评说“大抵和平温厚，无才人妍媚之态”③，合乎“发乎情，止乎礼义”的赋诗要义。

如果说上述赠诗属于传统的“古代外交的基本语言”形态，

---

① 贞明，指日月能固守其运行规律而常明。

② ［朝鲜］洪良浩：《耳溪集》卷七《赠礼部尚书纪晓岚匀。匀有日边，犯我讳，省之》。

③ 纪昀：《耳溪诗集序》，［朝鲜］洪良浩：《耳溪集》。

无过多情感流露的话，那么洪良浩踏上返程之时所作《纪晓岚宗伯，以清白文章，冠冕一世，实有知音之感。出都门，聊赋惓惓[1]之意二首》则情真意切，发自肺腑。

> 东国书生好大谈，奇材何处见樟楠。中州人物称渊海，稀世文章有晓岚。知己难逢天下一，大观方尽域中三。行行万里频回首，魂梦应悬北斗南。
>
> 河间生杰富文章，博雅儒林擅大方。足蹑河源二万里，手缗天禄三千箱。（纪公是河间人，尝奉命往寻河源。方带文渊阁直学士，编校《四库全书》。）百年只眼明如镜，诸子迷津涉有航。白首相逢宁偶尔，一言契合示周行[2]。[3]

在诗题中，洪良浩点明该诗作于“出都门”之时，为“赋惓惓之意”而写，因此全诗紧扣“诚”与“情”二字。

第一首诗起句与承句着力对比两国文人不同的格局。与朝鲜文人才短气促却喜欢夸夸其谈相比，中州人物一般深藏不露，而纪晓岚又是其中稀世的文章大手。转句直言得到纪晓岚这一知己的认可，仿佛阅尽天下大观，获得了极大的满足。合句更是大有讲究。“行行万里频回首”句，可能借用自《古诗十九

---

① 惓惓，诚恳、情切之意。

② 周行，通达大路。

③ ［朝鲜］洪良浩：《耳溪集》卷七《纪晓岚宗伯，以清白文章，冠冕一世，实有知音之感。出都门，聊赋惓惓之意二首》。

首·行行重行行》“行行重行行，与君生别离。相去万余里，各在天一涯”，也可能借用自北宋司马光《留别友生》“行行复回首，不欲着鞭频”，抑或从南宋张栻《游南岳风雪未已决策登山用春风楼韵》“行行重行行，敢起自昼叹”及《重九陪详刑护漕东西楼之集》“政须客里频回首，细话家山此日情”中化用而来，也可能与明代王守仁《元夕二首》“炎荒万里频回首，羌笛三更谩自哀”有所关联。“魂梦应悬北斗南”句中的“魂梦”即“魂牵梦萦”，典出宋刘过《醉太平》词“思君忆君，魂牵梦萦”。“北斗南”即“北斗南回”，指斗转星移，典出唐杨巨源《杨花落》“北斗南回春物老，红英落尽绿尚早”。诗中，洪良浩既表达了得到知己纪晓岚认可的喜悦，又因离别在即、再会难期而频频回首。

第二首诗以洪良浩意中人物为描写对象，以洪纪二人的白头相知收尾，着眼于“情”，亦落脚于“情”。起句说纪晓岚具有儒雅大方的品格，是儒林效仿的模范。承句典出纪昀等编纂《河源纪略》一事。该书记载了乾隆时期遣使探溯河源之事。1782 年，因黄河水患，乾隆皇帝派遣侍卫阿弥达至青海祭祀河神，并确定了新河源。这里洪良浩不知何故，显然误以为是纪晓岚奉命探寻河源。转句称赞纪晓岚辨别类书真伪，俨如明镜。合句认为，二人的相逢绝非偶然，而是言有所契、心有所感的结果。

可见，洪良浩滞留燕京期间，与纪晓岚由白头相识到兰契相知，结下了深厚的文人之谊。纪晓岚欣然命笔，为《耳溪诗集》和《耳溪文集》分别作序。

近体有中唐遗响，五言吐词天拔，秀削绝人，可位置马戴、刘长卿间；七言亮节微情，与江东丁卯二集，亦相伯仲。七言古体，纵横似东坡，而平易近人，足资劝戒。又多如白傅，大抵和平温厚，无才人妍媚之态。又民生国计，念念不忘，亦无名士放诞风流之气。观其《耳溪文集》，中有与人论诗数篇，往往能洞见根柢，深究流别，宜其酝酿深厚，葩采自流，所谓诗人之诗，异乎词人之诗矣。①

在《耳溪诗集序》中，纪晓岚从近体诗、五言、七言、七古等的形式、内容、诗风倾向、诗论见解多个层面，对洪良浩之诗给予了全面肯定。他称赞洪良浩诗为“诗人之诗”“实学之诗”，饱含诗人之“志”，“无名士放诞风流之气”“酝酿深厚，葩采自流”。这里需要强调的是，作为朝鲜朝后期主张富国强兵的实学派人物，洪良浩的诗极为关注国计民生，而纪晓岚也敏锐地把握住了洪良浩诗的实学倾向，宜乎被洪良浩视为知诗知人的知己。

除诗之外，洪良浩的文章又被纪晓岚称为本于六经的“载道之文”，所谓“洪君之文，其又胜于诗矣”。

洪君之文，虽畅所欲言，而大旨则主于明道。其言道也，不游谈鲜实，索之于先天无极。不创论骇俗，求之于

① 纪昀：《耳溪诗集序》，［朝鲜］洪良浩：《耳溪集》。

> 索隐行怪，而惟探本于六经。盖经者常也，万世不易之常道也。道者理也，事之制也。理明则天下之是非不淆，百为之进退有率，千变万化不离其宗，以应世则操纵咸宜，以立言则了了于心者，自了了于口，投之所向，无不如志。然则洪君之文，其又胜于诗矣乎。洪君之诗，其亦根柢于文矣乎。杜陵有言，文章千古事，得失寸心知。洪君见此，其亦相视而笑否耶。①

纪晓岚言，洪良浩之文明道、言道，既“不游谈鲜实，索之于先天无极”，也不“创论骇俗，求之于索隐行怪”，而是坚持以“常道”明理，谈论发乎本心的“志”。洪良浩念念不忘的仍然是事关国计民生的“实学”。在这个意义上来说，洪良浩之文宜乎杜甫所言“文章千古事，得失寸心知”。

纪晓岚断定，洪良浩看到该序，会与自己相视而笑。这是知己之间心念相通、心有灵犀的会心一笑，更是清朝名臣与朝鲜使臣之间基于文化认同而产生的精神愉悦。

从文化宗主国的立场来看，这种交流具有特殊的价值。正如纪晓岚所说：“俾四瀛以外，知‘诗也者，发乎情，止乎礼义’，此心此理，含识皆同，非声音文字之殊所能障碍。共相传习，一如朝鲜之儒雅，文德之敷其益恢益远矣乎。”即这种交流的价值，一是在同文之国弘扬《诗经》的根本精神，即“变风发乎情，止乎礼义。发乎情，民之性也；止乎礼义，先王之泽

---

① 纪昀：《耳溪文集序》，［朝鲜］洪良浩：《耳溪集》。

也”（《毛诗序》）；二是传布文德、推广中朝的礼乐教化，期待“文德之敷其益恢益远矣”的文化传播效果，使普天之下“一如朝鲜之儒雅”。

作为同文之国、礼义之邦的使臣，洪良浩在旅居上国期间，除得到纪晓岚所作诗集序和文集序之外，还得到了其精心选送的文房四宝。洪良浩为此作《宣德砚歌》：

> 纪公既赠以诗文二序，又贶以宣德砚一、玉如意一。……三韩使者赴王会，午门一接回英眄。文章契遇自古难，同气相求非我衒。许我门路近正脉，何以得此中州彦。四海同文无内外，叔季繁音庶一变。弘农石友更持赠，虞典周诰期钻研。……文思自此同泉涌，老夫用之气不倦。公乎惠我何郑重，中夜思之空婵媛。呜呼！千载知音今并世，山海迢迢独不见。①

在上记谢诗中，洪良浩对纪晓岚所期许的“文德之敷”完全心领神会。“四海同文无内外，叔季繁音庶一变”是指政治方面的教化之功。“同气相求”“千载知音”的郑重承诺则反映了二人灵犀交通，契若金兰。洪良浩曾作《玉如意歌》回应纪晓岚为己作序之举：

> 玉如意，君子手中器。……我自东韩执玉帛，公在南宫

① ［朝鲜］洪良浩：《耳溪集》卷八《宣德砚歌》。

颁圭瑞。不敢越位交言语，犹幸因人质文字。二篇长笺垂华衮，推引过情良可愧。上溯典谟探源委，下逮门户别真伪。……临分赠此别有意，勉我九仞加一篑。玉兮可比君子德，君子存诚贵无二。如意兮如我意，长随我兮无不利。①

玉象征君子之德温润如玉，而玉如意含有祝福君子吉祥如意的美好寓意。除为《耳溪集》精心作序以期“文德之敷”外，纪晓岚又赠之以玉如意。洪良浩认为，这是纪晓岚在勉励自己要践行存诚不二的理念。除《宣德砚歌》《玉如意歌》外，洪良浩又作《威斗铭》以谢赠：

晓岚纪公，赠以宣德砚、丹砂、研山、程君房墨、玉如意、威斗、葫芦茶注，俱是文房佳品也。研与如意，赋得长句；威斗、研山诸品，铭以识之，带书而谢，盖报瓜之意也。威斗范铜铸成，形如熨斗，色甚苍绿，柄长七八寸。在天成象，维北有斗。在人成器，其运以手。威如之吉，虚中乃受。四海同量，博施寡取。孝子用酌，以祈黄耇。缝女司火，燠彼寒蔀。出自金刀，宝如琼玖。故人赠心，式坚且寿。②

威斗作为器物，有显示威严之用。此处是纪晓岚出于祝福

① ［朝鲜］洪良浩：《耳溪集》卷八《玉如意歌》。
② ［朝鲜］洪良浩：《耳溪集》卷十七《威斗铭》。

洪良浩好运和长寿所赠。洪良浩对此感激不已，为之作铭以永记不忘。

洪良浩回国以后，二人的交流并未中断，而是以鸿雁传书的方式维持下来。以下《寄纪尚书》便是二人间以诗代信形式的书信：

> 彤庭①执玉忆新年，王会②同文厕末筵。北斗光瞻东海外，春风气接午门前。片言遽荷千金重，尺素遥飞万里传。欲识精神相照处，一轮明月半空悬。③

起句回忆当年朝贡之时，自己以同文之国来使身份受到清朝皇帝接见。承句说他有幸在午门前遥瞻纪晓岚宗伯北斗泰山般的气象。转句极言自身能够得到宗伯只言片语的肯定就如获千金褒奖，现在双方相隔遥远，只能凭借尺素传书遥寄心意。合句更是表达了望月思人、精神感通、“千里共婵娟”之意。

另有一封《寄晓岚纪尚书戊午二首》也是以诗代信的形式：

> 北斗以南见一人，片心相照绝畦畛。斯文正脉明华夏，

---

① 彤庭，汉代宫廷因以朱漆涂饰，故称；后泛指皇宫。亦作“彤廷”。

② 王会，旧时诸侯、四夷或藩属朝贡天子的聚会。《逸周书 · 王会解》：“成周之会，墠上张赤帟阴羽。”孔晁注：“王城既成，大会诸侯及四夷也。”

③ ［朝鲜］洪良浩：《耳溪集》卷八《寄纪尚书》。

多士模楷冠搢绅。海内知音慚后甲（公与余同甲辰生故称后甲），天门识面自前寅（余于甲寅，奉使如燕，公时以宗伯，立午门外颁赏，始识面）。殷勤宠贶无虚岁，争睹东韩百世珍（东归后，屡寄诗篇，兼赠文房珍品，故寄书以谢云）。

故人遥隔五云边，鸭水燕山路四千。河汉文章空入望，蓬莱消息有谁传。看花对酒应相忆，朗月清风独不眠。自恨白头何见晚，精神惟寄伯牙弦。①

第一首诗起句、承句称赞纪晓岚身为上国文坛的泰山北斗不设畦畛，对自己赤诚以待，以心相交，其作为华夏斯文正脉堪为士大夫之楷模。转句再次回顾二人结为知音的过程。合句对纪晓岚每年向自己馈赠礼物表达感谢，目前这些礼物已成为东国人人争睹的传世宝物。

第二首诗超脱时空，将精神情感寄托于山水之间。起句、承句描写二人虽然为山水阻隔，但仍然不断传递诗文。转句说在赏花对酒和朗月清风之时想起对方往往难以成眠。合句再次感叹与纪晓岚白头相识、相见恨晚，只能将精神寄托于琴弦。

在收到洪良浩的来诗以后，纪晓岚回诗二首。洪良浩为此又步韵回诗：

① ［朝鲜］洪良浩：《耳溪集》卷八《寄晓岚纪尚书戊午二首》。

端门执玉一睽分[1]，万里相思有片云。自幸苍蝇攀骥尾[2]，争瞻孤鹤立鸡群。人间乐事朋从远，海外神交古罕闻。珍重琼词要后约，白头何日更逢君。

风棱岳岳坐霜台，司马春卿历飏来。吉甫宪邦文武并，高阳会友子孙陪。壮游已蹑昆仑远，奇气应排积石开。一别三年山海隔，梦中犹复共含杯。[3]

第一首诗起句写自从燕京分别之后，万里之外相思不尽。承句写自己结交当世文豪纪晓岚，有幸瞻睹名士风采。转句写有朋自远方来的喜悦，而这种海外神交更是古来罕见的佳话。合句写二人以美好的诗句互道珍重，这种缘分再难遇到。

第二首诗起句写纪晓岚身为清朝栋梁风骨刚正。承句典出《诗经·小雅·六月》“文武吉甫，万邦为宪”，写纪晓岚子孙后代文武兼备。转句写纪晓岚远涉新疆，得到冲天气运加身。合句写二人分别已有三年之久，只能在梦中举杯共饮。

此外，洪良浩文集中还收录了二人间的往复书信，现择其要点讨论如下。

往复书信之一：

---

① 睽分，犹分离、离别。

② 骥尾，喻追随先辈、名人之后。“附人骥尾”典出《史记·伯夷列传》。

③ ［朝鲜］洪良浩：《耳溪集》卷八《丁巳冬，宪书赉官之回，晓岚宗伯寄诗，步其韵答之二首》。

不佞之托名于阁下之笔，诚旷世一遇也。岂惟一身之光荣，抑海东学者，胥将闻风而自励；岂惟海东学者而已，抑天下四方之士，皆称阁下好士之诚至及于遐远僻陋之人，则亦将有光于盛德宏规矣。(洪良浩)

先生身为国相，又为儒宗，愿谨持此义，以导东国之学者。登高之呼，必皆响应，久而互相传习，使文章正脉，别存一支于沧海之外，岂非盛事欤。(纪晓岚)①

纪晓岚曾为洪良浩《耳溪诗集》《耳溪文集》作序，洪良浩收到后撰文予以感谢。他在信中强调纪晓岚序中所给予的高度肯定对东国学者具有特殊意义，使得整个朝鲜朝之人都与有荣焉，对“宣德化以柔远人，柔远人而四方归之”的外交方略大有助益。纪晓岚在回信中则叮嘱洪良浩当为振兴斯道计，“以导东国之学者”，“使文章正脉，别存一支于沧海之外”。

往复书信之二：

手书七律一篇，词旨温厚，精神灌注，音节疏亮，擎读珍玩，如获拱璧。……归后赋得长篇，要作传后之资，敢此手写以呈，望垂斧教焉。(洪良浩)

不鄙昀之不文，以大集见示，文章尔雅，训词深厚，公余雒诵，宛然与君子面谈，叹有德有言，理诚不谬。……是

① ［朝鲜］洪良浩：《耳溪集》卷十五《与纪尚书昀书》。

真异地之同调矣。不揣弇陋，竟为徐无党之续。先生亦许以赏音，是我二人，彼此以知己相许也。夫人不相知，日接膝而邈若山河，苟其相知，则千万载如朝夕，千万里如庭除，清风朗月，傥一相思，但展卷微哦，即可作故人对语矣。前两接手书，俱已装潢成轴，付小孙树馨收贮。兹拜读华藻，亦并付珍弆。此孙尚能读书，俾知两老人如是之神交，亦将来佳话也。(纪晓岚)①

这次往复书信的重要之处在于二人要把情谊发展为家族间的世交之好，使这段文坛佳话传之后世。

往复书信之三：

昨年贡使之回，郑同知赍来华牍，手墨累纸，精神灌注，诚意勤挚，无减昵近崇范，亲聆雅音也。推许之过情，期勉之隆厚，有非浅陋所敢当者。至于文房各种，个个珍美，盥手爱玩，益感中心之贶也。五绝诸篇，韵格逼古，庄诵不已。况教以前后拙笔，付诸令孙，使之藏箧而传家，此何等至意盛眷耶！贱孙祖荣，年方弱冠，粗解文墨，亦使此儿摰收盛迹，以修永世之好也。……别幅西学事，即区区所欲言者……如赐洞劈源头，明示辨析，则大有光于辟异距诐之功矣。(洪良浩)

弟今年七十有五，学问粗浮，不敢自信。凡有诗文，

① ［朝鲜］洪良浩：《耳溪集》卷十五《与纪尚书书》。

大抵随手置之，不甚存稿。近小孙树馨，始略为摭拾抄录，未知将来能成帙否。傥其成帙，定当奉寄一本，刊正也。别简所言西洋教事，此辈九万里航海而来，前者甫死，替者续至，其志必欲行其教于中国，而究之万万无行理。彼所以能行于吕宋者，吕宋人，惟利是嗜，故为所饵。中国则圣贤之教素明，谁肯毁父母之神主，绝祖宗之祭祀，以天主为父母祖宗哉。此是彼法第一义，即是彼法第一碍，故人曰西洋人巧黠，弟直谓其谋所必不成，真一大愚而已矣。其书入中国者，秘阁皆有。除其算法书外，余皆辟驳，而存目已列入《四库总目》，印本新出，先生谅尚未见，今抄录数篇呈阅。至其法出于古法，先生所见，灼然不诬，亦发其凡于《四库总目》"《周髀》"条下，一并抄录呈阅，见此理中外相同也。临风驰溯，书不尽言，时因译史，冀接德音，统惟鉴照不备。纪昀顿首，敬启耳溪先生阁下。(纪晓岚)①

第三次往复书信时，二人再次表达了修永世之好的良好愿望。洪良浩托之以孙子洪祖荣，纪晓岚嘱之以孙子纪树馨，双方已经从神交发展为世交。纪晓岚在信中对于洪良浩咨询的天主教东传中国之事做了剖析，他的"辟驳"对于朝鲜朝廷上下以儒学辟异端、正确理解西学将大有助益。

1827年，洪良浩之子洪羲俊以冬至正使身份出使清朝，遵

---

① ［朝鲜］洪良浩：《耳溪集》卷十五《与纪尚书书》。

照洪良浩遗命博访纪晓岚子孙。申纬在为其所作饯行诗中道：

> 诵诗自是君家事，专对恩光萃一门。（先丈耳溪公、公弟巽斋公及巽斋公子梧轩尚书，皆膺使相之命，今君又有是命。）溪老书香传哲嗣，岚翁兰臭访名孙。（先丈文章，大为纪晓岚激赏，至比欧阳公。今君行箧，载公集一本，拟博访晓岚子孙而赠之云。）隆嘉物色依然在，鸿博风流半不存。逝水华年频枨触，行人到此几停轩。（乾隆癸丑，君以槐院正字陪使，距今为三十四年。）①

洪良浩之弟洪明浩（字巽斋）于1779年以冬至使书状官身份燕行，巽斋之子洪羲臣（字梧轩）于1819年以冬至兼谢恩正使身份燕行，洪羲俊（字贯翁）则于1782年陪同其父洪良浩初次燕行。正如洪良浩在1797年给堂侄洪乐游的嘱托一样，与纪晓岚家族“修旧好”是洪羲俊这次使行的重要目的。申纬诗中“溪老书香传哲嗣，岚翁兰臭访名孙”之句真实地反映了洪羲俊燕行之时，要将父辈结成的跨国友谊传承下去的意愿和行动。

后来，洪良浩之孙洪敬谟（字敬修，号冠岩、耘石逸民，洪乐源之子）分别于1830年、1834年以谢恩副使、进贺使等身

---

① ［朝鲜］申纬：《警修堂全稿》第十三册《送贯翁使相年贡之行》。申纬该诗中所涉及人物名号的解读承蒙韩国成均馆大学陈在教教授的指教，在此谨表谢意。

份出使清朝。申纬在题为《二月十五夜，洪敬修上价、李景福副价进香赴燕，同过和陶诗屋赏月，各示一诗，并次原韵》的饯行诗中，再次展现了两个异国家族的世交盛举：

> 馆人万里惯逢迎，五载君轻再此行。易水寒波终古咽，金台夕照①至今横。神交缟纻②堪论世，太史文章继起声。（敬修先太史耳溪公，与纪晓岚尚书，有文字至契。敬修前行，访晓岚孙，以讲世好。）燕子失巢长塌翼，临风雁北羡群征。③

诗中“神交缟纻堪论世，太史文章继起声”句歌颂两个异国家族的神交已经后继有人，成为真正的世交；“敬修先太史耳溪公，与纪晓岚尚书，有文字至契。敬修前行，访晓岚孙，以讲世好”的诗注更是表明洪敬修这次使行将代表洪良浩家族拜访纪晓岚家族的族孙，续修前缘，此举必将使中朝两国之间、两个家族之间的文人交流佳话传承下去。

四、纪晓岚与北学派文人的交游

学界一般把出现于18世纪中期，主张北学清朝先进思想和

---

① 金台夕照，旧时燕京八景之一。

② 缟纻，指交情笃深。出自《左传·襄公二十九年》。

③ ［朝鲜］申纬：《警修堂全稿》第二十一册《二月十五夜，洪敬修上价、李景福副价进香赴燕，同过和陶诗屋赏月，各示一诗，并次原韵》。

文化，通过利用厚生、富国强兵改变朝鲜朝封闭落后局面的知识界人士称作“北学派”。这个学派的代表人物有洪大容、朴趾源、李德懋、朴齐家、柳得恭、李喜经等，以燕行见闻为基础的知识共有和学术讨论为基础的思想开化成为这个学派的显著特征。目前，学界对于洪大容与清朝文士严诚、潘庭筠、陆飞交游的《燕记》《杭传尺牍》及朴趾源与热河太学文士交游的《热河日记》等燕行录的研究取得了丰硕成果，但对北学派与纪晓岚的交游却鲜少涉及。作为乾隆中后期主管外交和《四库全书》编纂等文化事务的实权人物，纪晓岚不仅与朝鲜徐氏和洪氏家族结为世交，对朝鲜朝北学派文人也以礼相接、以诚相待，成为宗藩国文人之间文化交流的成功典范。由于篇幅所限，下文重点考察纪晓岚与朴齐家、柳得恭之间的交游情况。

朴齐家，字次修、在先、修其，号楚亭、贞蕤、苇杭道人，著有《北学议》，与柳得恭等同为北学派学者、奎章阁初代检书官。朴齐家一生曾四次燕行，分别是：1778 年（乾隆四十三年），朴齐家与李德懋一起燕行，归国后以其体验与见闻撰述了《北学议》；1790 年（乾隆五十五年），为祝贺乾隆皇帝八旬万寿，与柳得恭一起燕行；同年，于归国途中以王命第三次燕行；1801 年（嘉庆六年），与柳得恭奉王命赴清购买朱子书善本。①

柳得恭，字惠风、惠甫，号泠斋、泠庵、古芸堂等，北学

① 参见［韩］安大会：《朴齐家的燕行与日常中的国际交流》，《东方学志·东亚知识流通与韩国特辑》第 145 卷，2009 年。

派学者、奎章阁初代检书官，与朴趾源、李德懋、朴齐家、徐理修等有所交游，主张学习中国的先进文物，振兴产业。柳得恭曾三次燕行。1778 年（乾隆四十三年），柳得恭以徐浩修幕官身份赴沈阳。同年，与朴齐家一起燕行。此时，由其叔父柳琴编纂，收录有柳得恭、李德懋、朴齐家、李书九四人汉诗作品的《韩客巾衍集》已经传布燕京。1790 年（乾隆五十五年），泠斋作为祝贺乾隆皇帝八旬万寿使节团成员，与朴齐家一起赴燕京，后其以本次旅程创作《滦阳录》。1801 年（嘉庆六年），他与朴齐家为购买朱子书善本再赴燕京，并以本次燕行作《燕台再游录》《热河纪行诗》。

朴齐家与纪晓岚的第一次会面应该是在其第二次或第三次燕行之时。第三次燕行期间，他曾与铁保、翁方纲、熊方受①等清朝大臣有所交游唱酬。在此期间，其与纪晓岚的具体会面情况不详，只知当年纪晓岚 67 岁，朴齐家 41 岁。第三次燕行归国以后，朴齐家先后写了六十八首怀人诗。其中，《怀人诗，仿蒋心余②》（后文省称《怀人诗》）咏曰：

---

① 朴齐家之子朴长馣整理其父与清朝文人唱酬诗篇而成《缟纻集》，其中有熊方受《诗序》（《缟纻集》第二册卷二）曰："乾隆五十五年八月，晤次修检书于庶常馆，铁冶亭侍郎、翁潭溪学士、纪晓岚尚书，争赠以诗，因作长歌，并录旧作数首，将以贻之，会有他故，不能卒册，即持赠次修，且附数语。不审何日更了此缘也。"

② 乾隆一朝，蒋心余（蒋士铨之字）诗名甚隆，与袁枚、赵翼并称"乾隆三大家"。

纪晓岚昀

晓岚今龙门，胸涵《四库》富。《滦阳》说鬼乘①，鬼亦嘲学究。推毂戴东原，遗书为我购。②

其《续怀人诗十八首・纪晓岚昀》中咏：

纪晓岚昀

执贽由来遍九州，鸡林弟子亦蒙求。翻惊岁暮怀人作，玉井珠泉万解流。③

在《怀人诗》中，朴齐家称颂纪晓岚博文多识，主修《四库全书》，著《滦阳消夏录》。《续怀人诗十八首・纪晓岚昀》中的"玉井珠泉万解流"句应该是追忆纪晓岚的《玉井研铭》。朴齐家次纪晓岚韵诗中曾提及：

辱题僧孺④馆，胜御李膺车。披扇惊文藻⑤，陈诗愧正

---

① 纪晓岚著成五书，分别是《滦阳消夏录》《槐西杂志》《滦阳续录》《如是我闻》《姑妄听之》，合编而为《阅微草堂笔记》，俶诡奇谲，字皆奇意，犹说千奇百怪、无奇不有。

② ［朝鲜］朴齐家：《贞蕤阁三集・怀人诗，仿蒋心余》。

③ ［朝鲜］朴齐家：《贞蕤阁四集・续怀人诗十八首・纪晓岚》。

④ 王僧孺（465—522），南朝梁诗人、骈文家。后半生颇不得志。好典籍，藏书万余卷，率多异本，与沈约、任昉并为当时三大藏书家。

⑤ 《三国志・魏书・文帝纪》评曰："文帝天资文藻，下笔成章。"唐蒋防《霍小玉传》："虽乏文藻，心尝乐贤。"

葩①。虫心犹慕鹄，驽足敢先骅。喜我书厨润，归沾玉井霞。(先生有《玉井研铭》，研今归鹤山副使。)

贡篚②趋王会，诗囊贮使车。清姿真海鹤，秀语总天葩。归国怜晁监③，题诗感赵骅④。他年相忆处，东向望丹霞。⑤

诗注中提到的“鹤山副使”即山水画家尹济弘（字景道，号鹤山、餐霞，曾任丰山副使）。从诗中“披扇惊文藻，陈诗愧正葩”句看，纪晓岚既曾赠诗扇，又曾赠诗。而“清姿真海鹤，秀语总天葩”句，更是表明朴齐家不仅曾与纪晓岚直接会面，而且有过交谈。《缟纻集》载录了纪晓岚赠朴齐家之诗《忆朴齐家》：

---

① 葩，华丽，华美。韩愈《进学解》：“《易》奇而法，《诗》正而葩。”

② 贡篚，指贡物、贡品。

③ 晁监，即阿倍仲麻吕，汉名晁衡，字巨卿，中日文化交流杰出的使者，日本奈良时代的遣唐留学生之一。归国前夕，王维赠给他的送行诗《送秘书晁监还日本国》，充分表达了他们两人的深厚友谊：“积水不可极，安知沧海东。九州何处远，万里若乘空。向国唯看日，归帆但信风。鳌身映天黑，鱼眼射波红。乡树扶桑外，主人孤岛中。”

④ 唐赵骅《送晁补阙归日本国》：“西掖承休浣，东隅返故林。来称郯子学，归是越人吟。马上秋郊远，舟中曙海阴。知君怀魏阙，万里独摇心。”

⑤ ［朝鲜］朴齐家：《贞蕤阁三集·次韵礼部尚书晓岚纪公昀诗扇见赠》。

偶然相见即相亲，别后匆匆又几春。倒屣常迎天下士，吟诗最忆海东人。关河两地无书札，名姓频年问使臣。可有新篇怀我未，老夫双鬓渐如银。

在此诗题下，朴长馣注曰："长馣案，尚书作此诗，出给（送致）先公之意书。请于我先大王，上即命先公入侍，面赐此诗，天颜和霁，顾谕侍臣曰：'以此观之，朴齐家非华国之才欤？'益异云。宁不慨然饮泣。"朴齐家关于此诗的次韵诗作于流配钟城之时：

白鸥何意绝还亲①，惯遣《秋笳集》② 里春。佳句自无霜后杰③，好音偏向日边人④。云山万解⑤新螺子，沧海千秋古雁臣⑥。忽梦颀然观奕叟，床前月色烂如银。⑦

① 唐刘长卿《题大理黄主簿湖上高斋》："闭门湖水畔，自与白鸥亲。竟日窗中岫，终年林下人。俗轻儒服弊，家厌法官贫。多雨茅檐夜，空洲草径春。桃源君莫爱，且作汉朝臣。"

② 吴兆骞，字汉槎，清初诗人，著有《秋笳集》。其诗风真率清雅，善于将苍凉萧森的境与凄楚悲怆的情紧密结合，感人至深。

③ 霜后杰，菊花。

④ 日边人，远方来的人。

⑤ 云山万解，典出《鱼游春水·秦楼东风里》"云山万重，寸心千里"。即使与男方相隔云山万重，佳人的心还是神驰千里之外，萦绕在他的身边。

⑥ 雁臣：古代逢秋到京师朝觐，至春始还部落的北方少数民族首领。

⑦ ［朝鲜］朴齐家：《贞蕤阁五集·追次晓岚见寄诗韵二月六日》。

诗中“佳句自无霜后杰，好音偏向日边人”句表明朴齐家回国以后，与纪晓岚音讯不断。《燕京杂绝，赠别任恩叟姊兄，追忆信笔，凡得一百四十首》的诗注也印证了这一观点。

> 纪公三达尊①，乙巳千叟②一。奚取于我哉，年年寄文笔。（纪公名昀，礼部尚书，号晓岚，尝称余诗多书卷气，海外大有人在也。每年必问安否寄诗，余以无外交之义③，不敢答来诗。）④

朴齐家在诗中表示，自己对纪晓岚这位上国名臣年年寄信示好之举十分感激。但纪晓岚的示好也没能改变朴齐家在朝鲜本国的悲惨命运。据成海应记载：

> 贞蕤朴在先诗集几卷，在先为文章，既自知其超诣，

---

① 三达尊，天下共同尊重的三个方面，即爵位、高龄、德行。《孟子·公孙丑下》：“天下有达尊三：爵一，齿一，德一。朝廷莫如爵，乡党莫如齿，辅世长民莫如德。”赵岐注：“三者天下之所通尊也。”

② 千叟，指千叟宴。千叟宴是清代宫廷大宴之一。康熙帝第一次举行千人大宴，赋《千叟宴诗》一首，千叟宴始成名。乙巳千叟宴，在1785年（乾隆五十年）举行。

③ 此句指“人臣无外交”，即臣子无君命不得私觌他国君臣。《礼记·郊特牲》：“为人臣者，无外交，不敢贰君也。”注：“私觌，以私礼见也。”

④ ［朝鲜］朴齐家：《贞蕤阁四集·燕京杂绝，赠别任恩叟姊兄，追忆信笔，凡得一百四十首》。

常爱惜之，虽片文只字，未尝漫弃。间尝经事变，亦无所亡失，裒然如此。东人之诗，局于地，虽以大家自命者，亦往往有恶诗，多为中州人所笑，钱牧斋集中云勿与高丽人相酬酢者是已。在先独能追古学，其格律声调，皆足师法，一洗东人之陋，要当见知于后世乎？在先既负高才，不肯随人俯仰，任真自得，发言风生，锋锷殆不可犯。人有难者，必务挫折，是故积谤喧轰，然其名不可得而掩也。正庙惜其材，常优容而荣耀迥出常格，由是忌者益众。上升遐，在先无以自存于世，卒为人所告，几毙桁杨，遂自伤而没。在先虽为诗，不过自娱于寂寞之滨，而直以峭性陷机阱，为材者不亦戒乎？在先好游燕中，与纪晓岚、潘秋廖之徒，相为跌宕。彼大邦人也，不设畦畛，以文章相推许。晓岚以内阁学士，自访在先于邸。蒙古诸王、安南使臣，亦为在先倾倒。而热河山川之雄奇，西山宫室之壮丽，足迹几遍。盖在先得意处也，不能得之于同国者，乃反得之于异域殊俗，亦可异也。在先既得罪窜钟城①，为人写屏。清差适见之，惊曰：此贞蕤先生笔也，何为于此？吾以晓岚家僮见先生至晓岚室，谈笑挥毫飒飒，望之若天上人，何为于此？为之叹咤。在先之名，噪于中国如此。且西南极边之夷，亦能知在先名，必有想见而不可得者，在先可无恨哉！彼仇家仇人，虽以气力加人，即已湮灭，

① 钟城，咸镜北道钟城郡。

无复知者，比之在先，果何如也？[1]

成海应在上记《朴在先诗集序》中，肯定朴齐家诗文“超诣”品格的同时，也展现出朴齐家“直以峭性陷机阱”“卒为人所告，几毙桁杨，遂自伤而没”的悲惨命运，以警示世人。同时，他借曾为纪晓岚家僮的清使之口，对朴齐家到访纪晓岚府邸时高谈阔论的情景进行了高度形象化的描写。

从相关史料来看，纪晓岚寄诗和朴齐家答诗均在 1801 年，即朴齐家第四次也是最后一次燕行之后。在第四次燕行之时，朴齐家与柳得恭均与纪晓岚交游并以诗文唱酬，其中一个重要目的是完成国王交托的购书使命。

其实，柳得恭家族与纪晓岚也是世交。柳得恭叔父柳琴早在 1776 年作为谢恩副使徐浩修的幕客燕行时便结识了清朝文人李调元，继徐命膺、洪大容燕行之后，再次开启北学派文人与清朝文人大举交游的序幕。柳琴《韩客巾衍集》在清朝刊行，并得到李调元与潘庭筠的“序评”。这成为清朝文人了解朝鲜朝文人汉诗水平，吸引双方积极进行诗文交流的绝好契机。柳得恭在《叔父几何先生墓志铭》中写道：

公游燕中，与绵州李调元深相交而归，遇其生朝，挂其像而酹之酒，闻之者或笑之。调元，乾隆进士、翰林，转吏部员外郎，以文章鸣世，寻弃官归成都，声伎自娱，

① ［朝鲜］成海应：《研经斋全集》卷九《朴在先诗集序》。

天下高之。友人李德懋及同志数辈踵入燕，因吏部之弟中书舍人鼎元，以游乎吏部之友当世鸿儒纪昀、祝德麟、翁方纲、潘庭筠、铁保诸人之间，与之扬扢风雅，始得歌行韵四声迭用之妙。今之人稍稍闻而为之，非复前日之陋矣。铁保，满洲人，蒙古镶黄旗副都统兼礼部侍郎，十余年宠任隆赫。纪昀为尚书，名重海内，世所称晓岚大宗伯者也。礼部主东客文书往复事，或不便象译，因缘声气，踵门而请，莫不立为挥霍，沛然无事。呜呼，公以布衣殁，寿不满五十，似无与于斯世者。一游燕而及于人者，果何如也？①

在两国文人大举交游的大背景下，纪晓岚对来自朝鲜的柳得恭、朴齐家等文人自然大加关注。柳得恭在《纪晓岚大宗伯见前》诗注中，载录了这次燕行时纪晓岚亲自到玉河馆拜访二人的情形：

海内词宗藉藉②名，萧然来访两书生。朱轮驻处留红刺，提督衙门半日惊。（晓岚来访馆里，值余辈出游，留红刺而去。）③

① ［朝鲜］柳得恭：《泠斋集》卷六《叔父几何先生墓志铭》。
② 藉藉，显著盛大貌。
③ ［朝鲜］柳得恭：《泠斋集》卷四《纪晓岚大宗伯见前》。

纪晓岚“萧然来访两书生”，使泠斋与楚亭二人备觉受宠，以至“半日惊”。纪晓岚来访后，他们二人自然借机到纪府回访，相互唱酬。

菊秀兰衰日，惭无可采诗。秩宗推雅望，昭代擅宏词。方曲①公应记，曲台②吾所师。为怜文物在，清泖绕箕祠。(柳得恭)

古有鸡林相，能知白傅诗。俗原娴赋咏，君更富文词。序谢《三都赋》③，才惭一字师。惟应传好句，时说小姑祠。(纪晓岚)④

从二人的诗语来看，应该是纪晓岚首先唱诗，泠斋次韵和诗。纪晓岚唱诗中的“惟应传好句，时说小姑祠”句引用了朝鲜文人金尚宪之诗。1626年，金尚宪以圣节兼谢恩陈奏使身份朝天使行时所作《次吴晴川大斌韵三首》诗中有“澹云轻雨小姑祠，佳菊衰兰八月时”句。泠斋和诗中起句“菊秀兰衰日，惭无可采诗”就是以该句的下半句作和。显然，他和纪晓岚均

---

① 方曲，竹织方扇，多用以障面。

② 曲台，常见于文言文，是秦汉时期宫殿的名称，在汉代主要为著记校书之处，亦指著述校书，后又引申为礼仪、礼制的代称。

③《三都赋》是西晋文学家左思所写都城赋。臧荣绪《晋书》曰：“左思作《三都赋》，世人未重。皇甫谧有高名于世，思乃造而示之，谧称善，为其赋序也。”后《三都赋》名满天下，一时洛阳纸贵。

④ ［朝鲜］柳得恭：《泠斋集》卷四《和赠纪晓岚尚书》。

对朝鲜朝文人与明清文人交游唱和的历史有着清晰的了解。金尚宪于出使明朝途中写下的诗篇经清初康熙年间王士禛的诗话推介而传唱不辍，在乾嘉时期更成为文人纪晓岚与泠斋诗文交流话语中的绝佳话题。

纪晓岚在与朝鲜文人交流的过程中，十分注意对其诗文做恰如其分的品评，这些品评主要是基于同文及宗藩体系下的“文德之敷”和诗礼传播。

> 泠斋诗天骨秀拔，味含书卷，语出性灵，与贞蕤一时之瑜亮。①

“天骨秀拔”，即类司空图《二十四诗品》之“清奇”“飘逸”似“修竹”。“语出性灵”则介于《二十四画品》之“高古”与“疏野”之间，或兼而有之。“味含书卷”语，则与论朴齐家诗的评语“多书卷气”基本相同。

柳得恭归国以后，在以诗评点中朝人物时，也往往以纪晓岚的观点为依据发表自己的看法，其在点评陈鳣和钱东垣时即如此：

> 考古家分讲学家，迩来风气变中华。《说文》《尔雅》休开口，陈仲鱼来诵不差。（陈鳣字仲鱼，浙江海宁人。纪晓岚云：迩来风气趋《尔雅》《说文》一派，余见仲鱼，

① ［朝鲜］柳得恭：《泠斋集评·李调元等》。

盖其最用力者也。）

可庐十种书曾闻，便有佳儿字既勤。郑志刊行家学畅，晓岚宗伯独推君。（钱东垣字既勤，江苏嘉定人。可庐，大昭子。辛楣，大昕从子。）①

在燕京期间，朴齐家、柳得恭二人与陈鳣、钱东垣等清朝著名藏书家交往频繁。陈鳣精于经学，与钱大昕、翁方纲、段玉裁等人多有交往，经常在一起研讨学问。他对于经学、史学研究尤深。柳得恭有《和赠陈仲鱼孝廉》诗曰："斯世嚣然古，其人可以师。形声穷解字，名义守笺诗。居恨云溟远，谈忘午景迟。相看俱老矣，宁有再来时。"② 足见柳得恭对陈鳣的推崇。而"纪晓岚云：迩来风气趋《尔雅》《说文》一派，余见仲鱼，盖其最用力者也"更印证了柳得恭对陈鳣学问倾向和成就的判断。

钱东垣父钱大昭是大学者，其叔父钱大昕更是在经学、史学、舆地、金石、典制、天文、历算及音韵等方面颇有建树，与纪晓岚合称"南钱北纪"。钱东垣与弟弟钱绎、钱侗俱研究经史金石之学，时称"三凤"。钱东垣还曾参与勘订郑志，著《小尔雅校证二卷》，故柳得恭诗中说"郑志刊行家学畅，晓岚宗伯独推君"。

柳得恭、朴齐家、朴趾源、李德懋等人归国以后，把纪晓岚、陈鳣、钱东垣、翁方纲、阮元等人的学问倾向及成就介绍

---

① ［朝鲜］柳得恭：《泠斋集》卷五《咏燕中诸子七首》。

② ［朝鲜］柳得恭：《泠斋集》卷五《和赠陈仲鱼孝廉》。

到了朝鲜，使得朝鲜学界考据学风大振，出现了以金正喜为代表的众多考据学者。这些学者后来多成为朝鲜朝后期的实学派或北学派学者，为振兴朝鲜朝学术做出了巨大贡献。

五、余语

综上所述，本文考察了纪晓岚于1790年至1805年间与朝鲜朝文人洪良浩、徐滢修、朴齐家、柳得恭等的交往情况，以及朝鲜徐氏家族、洪氏家族的世交情况。

从交流形式上看，主要有笔谈问答、诗歌唱和、书信往复、礼物馈赠、代购书籍等。在与多达十余名朝鲜使臣的直接交往中，这些形式普遍存在并起到了良好的效果。

笔谈是汉字文化圈所独有的以汉字为媒介的交流形式，共同的汉字文化修养使得纪晓岚与朝鲜朝文人会面时可以通过书写进行交流，内容涉及儒学及人物时评等诸多方面。笔谈手稿多为双方珍存，后经过整理和序跋成为各自诗话集的绝好谈资，并逐渐成为后世解读中朝文化交流史的珍贵资料。

诗歌唱和是中朝文人间自古以来约定俗成的文化交流重头戏，两国文人均以极高的兴致参与其中。朝鲜纯祖曾就纪晓岚致信朴齐家并赠诗之事说："以此观之，朴齐家非华国之才欤？"① 诗文得到上国文人的认可和称赞，在朝鲜朝被视作为国

① ［朝鲜］朴长馣：《缟纻集》第二册卷二《寄怀（次修）而后先生》。

家增添荣耀的大事件。

从中国著名文人处获得诗文集序通常是历代朝鲜朝文人借以提高身价的重要手段。李尚迪曾就各个朝代中朝文人的笔墨交流进行论说：

> 噫，中朝士大夫，与我东人投赠翰墨，不以外交视者。自唐至元明，若杜工部之于王思礼，高骈之于崔致远，姚燧之于李齐贤，李侍中之于李崇仁，皆能延誉无穷。近代则纪晓岚叙耳溪之集，陈仲鱼刊贞蕤之稿，风义之盛，由来尚矣。①

正如李尚迪所言，获得中原人士的翰墨甚至诗文集序，无疑能让朝鲜朝文士“延誉无穷”，辉耀朝鲜半岛。洪良浩曾得到纪晓岚为其诗集和文集精心所作之序文，这无疑是朝鲜朝文学史乃至中朝文学交流史上的一件大事，也是令中国文人十分羡慕的机缘。正如刘松岚对徐滢修所说：“愿得晓岚一言，以赌声价者，天下何限？而阁下乃得之于倾盖之间，须信有逸群之真才，然后可借伯乐之一顾，吾辈诚愧死矣。”② 纪晓岚对于朝鲜朝文人的诗文进行品评和褒扬，目的在于同文及宗藩体系下的“文德之敷”和诗礼传播。

在交游过程中，私人性质的馈赠无疑起到了良好的润滑作

---

① ［朝鲜］李尚迪：《恩诵堂集续集·文》卷二《子梅诗草叙》。
② ［朝鲜］徐滢修：《明皋全集》卷十四《刘松岚传》。

用。朝鲜朝文人通常赠以纪晓岚土特产，如高丽纸、高丽参等。而纪晓岚通常赠以精美珍稀的文房四宝。这些文房四宝后来往往成为朝鲜朝受赠文人家族的传世之物，对于中朝文化交流历史记忆的形成作用尤大。

黄俊杰在其《东亚文化交流中的儒家经典与理念：互动、转化与融合》一书中曾说：最近三百年来，东亚各国知识分子在东亚地域这个接触空间，展开文化与权力关系皆不对等的交流与互动。20世纪以前的“东亚”所展开的是以中国为中心的“华夷秩序”下的交流活动。虽然黄先生在此主要是为了批判日帝时期的文化侵略，立场是值得肯定的，但本文认为这种说法在表述东亚历史上文化交流的范畴和性质时存在以偏概全的问题，这样的逻辑展开容易引起歧义和误解。因为东亚历史上自然形成的文化、权力的不平等及华夷秩序，同文化歧视或侵略并不能混为一谈，其原因在于东西方文化人文内涵与交流形式不同，文化品格由此存在根本性差异。“宣德化以柔远人，柔远人而四方归之”的外交方略也决定了中华文化的海外传播绝不是采用“硬着陆”的方式，而是以“德化”为核心内容的“软着陆”方式，从历史上看其效果还是极为显著的。本文所考察的纪晓岚与朝鲜朝文人的交往过程即其明证。

在汉字文化圈形成过程中，中华文化以其仁义礼智信的人文内涵、温良恭俭让的礼仪秩序构成了深厚且极具魅力的文化品格，像磁铁一样对周边民族形成了吸附效应，此即本文结论中强调的中国与周边地域交流时所追求的“文德之敷”。这种以礼仪秩序和诗赋外交为主要内涵及形式的交流，其宗旨在于构建美好的大同世界。正如朝鲜朝后期文人尹仁泰写给申纬的信中所说：

> 庚申燕行时遇晓岚，出示《松园诗草》，晓岚即有诗，年前暂阅纪文达公集，此诗亦载刊本。病蛰昏昏中，犹有老骥伏枥之心，默念旧游，如梦依依。偶检得晓岚此诗，不堪独看，兹用尘览，并乞移写一本，诗韵墨妙，可以千古不朽，永珍箧笥，以遗子孙，不胜至愿也。①

可见，年逾古稀、德高望重的纪晓岚对待朝鲜王朝燕行使节依礼相接、以情相待的做法不仅体现了大国官员的待人之诚和人性之美，更使朝鲜文人如沐春风、永生难忘。而这正是基于“诗礼外交”的“文德之敷”式交流的魅力和意义所在。

① ［朝鲜］申纬：《警修堂全稿》第十册《花径剩墨七（癸未二月至八月）远照老人，病中检箧，得纪晓岚题松园集八韵诗，寄示仆，以仆亦松园客故耳。感旧次其韵》。

莫使呼耶在山谷：四佳徐居正的讽谕诗

耿　腾　李学堂

一、绪论

四佳徐居正（1420—1488）是朝鲜朝著名的文臣、儒学家、诗人。现存诗文集《四佳集》共收录汉诗六千多首，数量之多在朝鲜朝前期文人中实为罕见。徐居正的汉诗创作题材广泛，涵盖人文社会诸多领域，而且创作手法独辟蹊径，不落窠臼，极富特色。与徐居正同时代的文人任士洪在《四佳集序》中盛赞“先生穷抵古人之妙奥，深契其理，故虽率尔寓思，信笔点缀，而动中绳墨，咳唾成珠，先生其真三昧于诗者也欤。若夫规模之大，原委乎李杜；步趣之敏，出入乎韩白。而其清新豪迈，雅丽和平，备诸家而成一大家，先生其真集成于诗者也欤”①。任士洪对徐居正“原委乎李杜”“出入乎韩白”“成一大家”“真集成于诗者”的评价并非溢美，实契其人。

① ［朝鲜］任士洪：《四佳集序》。

《四佳集》中的汉诗多具有现实主义思想倾向，表现了徐居正对社会状况、百姓生活的关注、体察和同情，按诗歌题裁分类，可以归之为讽谕诗。近些年来，中韩学界对徐居正汉诗的研究成果时有出现，大多集中在对其《东人诗话》《东文选》《笔苑杂记》《太平闲话滑稽传》等著作的文学史意义及文学思想的探索上，而对《四佳集》所载汉诗的整体研究，尤其是聚焦徐居正讽谕诗成就的研究尚未出现。因此，对徐居正的讽谕诗进行研究是十分必要的，不仅可以弥补当前徐居正文学研究领域的空白，也具有一定的学术和社会文化意义。

据笔者统计，《四佳集》留存下来的汉诗作品中，讽谕诗多达500余首，其中蕴含着徐居正对社会状况及百姓生活的关注、体察，寄托着他对朝鲜社会政治现实的关心、对社会问题的关注、对社会发展的期待，抒发了他对社会理想的追求与面对现实的苦闷。这些诗歌对深入了解徐居正的文学思想特征、审美趣向等具有重要意义。

“讽谕”是文学的一种表现形式，“讽”指讽谏、劝诫，“谕”是晓谕、表明。总体来说，“讽谕”即指文学作品借用一定事例或思想，含蓄婉转地向统治者传达民情民风、批评时政，从而使统治者能够接受讽谏，革除时弊。讽谕文学主要的创作群体是以经国济世为己任并有远大政治理想的士人、文人。

中国唐代新乐府运动倡导者白居易首次提出“讽谕诗”的概念：“自拾遗以来，凡所遇所感，关于美刺兴比者，又自武德迄元和，因事立题，题为《新乐府》者，共一百五十首，谓之讽谕诗。”可见，讽谕诗就是赞美、歌颂好的事物的诗文和揭露、批判现实的刺诗，寄托了作者兼济天下的志向。白居易言，“文章合为时而著，歌诗合为事而作”，读书人应关注时代，关切现实社会，对改造社会、促进社会进步负起责任。他又对诗歌的创作提出明确要求：“首句标其目，卒章显其志，《诗》三百之义也。”可见，白居易认为诗歌创作应秉持《诗经》之志。

讽谕诗强调诗歌的社会性，主张诗歌应反映社会现实。《毛诗序》中说：“故正得失，动天地，感鬼神，莫近于诗。先王以是经夫妇，成孝敬，厚人伦，美教化，移风俗。”①《诗经》特别强调“刺”之功能，其中的讽谕诗内容大多是对统治者的讽刺、对国家的担忧、对家人离散苦痛的控诉等。《汉书·艺文志》中也提到诗要“观风俗，知得失”。杜甫以悲天悯人的眼光洞察世事，其笔下的诗歌“上悯国难，下痛民穷”。张籍继承了“感于哀乐，缘事而发”的现实主义创作手法，他注重通过生活中的典型事件，刻画底层普通百姓的形象，反映统治阶级的骄奢淫逸及百姓生活的穷愁困苦。

新罗末期诗人孤云崔致远的汉诗创作也深受《诗经》现实主义风格的影响，善于“讽谕时事”②。高丽中后期诗人李奎报

---

① 陈奂：《诗毛氏传疏》，北京：中国书店，1984 年。

② 参见季英：《崔致远对〈诗经〉词汇、诗句、诗旨的借鉴研究》，延边大学硕士学位论文，2020 年。

亦强调诗歌反映社会现实、劝诫君王的作用，主张诗歌应具有强烈的爱国悯民精神。[①] 丽末鲜初大儒权近在谈到《东国史略》一书的编纂目的时曾言："上而君相政理之得失，下而民俗习尚之美恶。"[②] 即上讽下谕，知晓国家治乱兴亡的原因，以明是非、辨忠奸、存劝诫。韩国实学集大成者、诗人丁若镛在其家书《寄渊儿》中提到"不爱君忧国，非诗也；不伤时愤俗，非诗也；非有美刺劝惩之义，非诗也"[③]，深刻揭示了诗文学的社会政治功能与文学本质。

从中韩学界对讽谕诗社会价值和文学意义的解读可以看出，讽谕诗作为《诗经》产生以来诗歌创作思想目的论和方法论的一个重要范畴，以文学的效用论为基础，强调诗歌的社会性，主要作用是揭露社会政治矛盾和民生疾苦，超脱社会现实，提出社会理想。本文拟以此为根据来定义与评价徐居正的讽谕诗。

"况文者贯道之器。"徐居正作为一代大儒，深受《诗经》传统和性理学的熏陶，强调文学的社会功用，主张文以载道，认为文章是传达"道"的载体，"道"才是关键，强调"道"的重要性。他曾言"不徒取其文词之美，隐然以维持世教为本"。本文所考察的徐居正讽谕诗并不是一个完全独立的诗体，

---

① 参见雷霆：《论李奎报诗歌的民本思想》，《延边大学学报（社会科学版）》2020 年第 4 期。

② ［朝鲜］权近：《阳村先生文集》卷十九《送裴仲员修撰晒史七长寺序》。

③ ［朝鲜］丁若镛：《与犹堂全书第一集诗文集》卷二十一《寄渊儿》。

一些述怀诗、田园诗、咏史诗、宫怨诗中也会有讽谕的内容。徐居正的这类作品主要以朝鲜时代的政治生活与农村问题为创作对象，注重写实性；同时，笔触生动，词句间充满着儒家的仁爱思想，笔墨间洋溢着忧国忧民的儒家情怀，蕴含着他对理想社会的追求。

本文基于“人”与“社会”的关联这一维度，拟从徐居正讽谕诗的社会性层面切入，选取徐居正关注社会问题和民生疾苦的作品为研究对象，在参考现有研究成果的基础上，基于历史唯物论与辩证法相结合的历史观，运用现实主义文学论、社会诗学、文化传播学等相关理论，以及文献分析与归纳总结等研究方法，结合徐居正的生平经历、所处的社会背景及所秉持的儒学思想、现实主义文学观，把握徐居正讽谕诗“细节的真实性”“形象的典型性”“描写方式的客观性”，具体分析徐居正讽谕诗的创作内容和艺术特征。

历史唯物论与辩证法相结合的文学批评论侧重于分析作家思想、作品内容所反映的历史与社会环境，强调“知人论世”；历史唯物主义美学观侧重于分析、评价作品的艺术成就、价值、美学特质等。① 因此，本文在选取和分析徐居正讽谕诗案例时，从思想和艺术并重的角度出发，立足于阐明徐居正作品的思想性、艺术性意义与价值。

现实主义文学论强调真实客观地再现社会现实，侧重于分

---

① 参见王成：《韩国古典散文与中国文化之关联研究》，北京：中国社会科学出版社，2021 年。

析文学作品“细节的真实性”，即通过真实的细节描写反映社会生活。“形象的典型性”，即运用现实的生活素材创造典型的人物、环境；“描写方式的客观性”，即通过对现实生活客观具体的描写呈现出作者的思想倾向。本文基于该文学理论展现徐居正讽谕诗的现实意义。

讽谕诗强调诗歌的社会性。因此，本文也将运用社会诗学的理论方法对徐居正讽谕诗的社会性进行分析。社会诗学具有普遍性、文本性和情境化三个特性，认为诗学是一种社会行为，也是阐述或解读某种文化模式的途径。同时，社会诗学也是一个跨学科的概念，它一方面揭示了人类学的“文化书写”和事实建构过程中所凭借的文学策略和修辞手段；另一方面扩展了文艺理论中有关诗学的认知和论述。[①] 这样就为人类学和文学跨学科研究提供了知识范式和媒介参考。运用相关的跨学科知识和方法，从社会诗学的角度审视徐居正的汉诗创作不仅可以阐释其文学价值和艺术特色，还可以借助对相关汉诗文本的分析还原和追溯其社会历史文化背景和深刻的思想内涵。

文化传播学是以传播学理论为基础，研究人类文化传播现象及其规律的科学，具有文学、文化学和传播学等学科的交叉性。本文以传播学的相关理论为基础，探究徐居正创作讽谕诗的思想背景及中国诗人李白、杜甫、陶渊明等对其诗歌创作的影响，寻求时代间的差异与联系，力图从多维度、多层面深化

---

① 参见王显星：《社会诗学视野下的宁肯小说创作研究》，广西大学硕士学位论文，2016 年；刘珩：《社会诗学》，《外国文学》2013 年第 2 期。

对徐居正讽谕诗的认识。文献分析与归纳总结的研究方法主要用于对收集到的《四佳集》《东人诗话》等文献资料进行分析研究，以便对徐居正本人做出历史的动态把握，归纳总结徐居正的思想观念、讽谕诗的创作内容与艺术特色。

二、徐居正讽谕诗创作的思想背景

徐居正是朝鲜朝初期著名的文臣、儒学家，擅汉文、汉诗，一生创作了近万首汉文诗，其讽谕诗不仅是对朝鲜朝初期社会现实的深刻反映，更是对其个人境遇与文学思想的充分体现。诗歌的创作与时代状况、诗人背景息息相关。特定的时代风貌，如社会状况、文化文风等是影响诗人诗歌创作的外在因素，个人的生平经历、思想观念等则是对诗歌创作起主要作用的主观因素，徐居正的诗歌创作也不例外。

本章拟就徐居正讽谕诗创作的思想背景进行考察，即主要从徐居正的生平与社会背景、徐居正的儒学思想与现实主义文学观两个方面来探讨徐居正讽谕诗的创作背景。一方面，对徐居正的生平进行简要介绍，对其人生经历做大致把握，同时简要梳理当时的社会政治形势，明确这些社会状况对徐居正讽谕诗创作产生的影响。另一方面，说明徐居正的讽谕诗是其儒学思想与现实主义文学观的重要载体，根植于现实主义诗歌传统，将诗歌与政治、社会紧密地联系在一起，起到了针砭时弊的作用。其讽谕诗创作并不是突然出现的，而是与当时朝鲜朝初期盛行的现实主义汉诗创作诗风密切相关，又受到《诗经》、《楚辞》、唐诗等的影响，由此形成了独特的现实主义汉诗创作风格。

（一）徐居正生平及社会背景

1. 徐居正生平

徐居正本贯大邱，字刚中、子元，号四佳亭、亭亭亭，谥号文忠，是朝鲜朝初期著名文臣、儒学家、诗人。母为阳村权近之女。徐居正自幼受安东权氏和家族文风影响，6岁即能读书写句，被称为奇童，后拜松月堂赵须、泰斋柳方善为师。赵须精通儒学和唐宋八大家之文，尤其精通韩愈诗文，曾任成均馆司艺等职。柳方善为岭南性理学大家，继承了圃隐郑梦周、阳村权近、春亭卞季良的学统。柳方善与其子同拜专攻杜诗的诗僧义砧为师，故均精通诗文且“能通杜诗”。柳方善在隐居原州期间，门下培养了徐居正、韩明浍、权擥、康孝文等著名文人。

徐居正交际广泛，日常以诗酒会友，与金守温、李石亨、李垲、姜希颜、申叔舟、柳允谦（柳方善之子）、成任、姜希孟、成侃、李坡、金时习、成伣等交游酬唱，创作了各类题材的汉诗。

徐居正学识超人，儒学、天文、地理、医药、卜筮无不贯通，且文章自成一家，尤擅作诗。1444年，文科及第，历任集贤殿博士、副修撰、应教、工曹参议、礼曹参议、吏曹参议等。1453年，以从事官的身份随首阳大君首次出使明朝。1456年，拔状元。1460年，以谢恩正使身份再次出使明朝，在通州馆中与安南使臣以诗歌唱和展现诗才。1476年，以远接使身份陪同中国使臣，以善酬唱被赞奇才，其诗多载《皇华集》。徐居正在朝鲜朝首次兼任弘文、艺文两馆大提学。历仕六代国王，侍经筵四十五年，主文衡二十六年，掌选二十三榜，为国家选拔了众多人才，为一代斯文宗匠，其道德文章为世人所尊崇。

徐居正擅长文学，颇有成就。其撰写的《东人诗话》，是朝鲜诗歌史上第一部以诗话命名的专集，为后世诗话创作树立了典范。其编辑的《东文选》是李朝珍贵的文学选集，收录了自新罗至朝鲜朝成宗时期的优秀文学作品，对保存朝鲜朝文化遗产、确立诗文赓续传统做出了重大贡献。徐居正还撰写了《笔苑杂记》《太平闲话滑稽传》等，拓展了文学评论领域并丰富了文学体裁。徐居正还精通史地之学，著有《三国史节要》，参与编纂了《东国通鉴》《东国舆地胜览》。其参与制定的《经国大典》规定了李氏王朝各方面的体制机制，成为朝鲜王朝立国、治国的基石。

徐居正在诗歌创作上继承了“诗言志”的传统，注重诗歌的情感特征及意境。在创新前提下，他提倡用典、用事等创作技巧，“信笔点缀，而动中绳墨，咳唾成珠”①，从而在汉诗创作方面取得了较高的艺术成就，开拓了朝鲜朝汉文学新局面。徐居正作诗技艺纯熟，共有诗集五十余卷，中录诗作万余首，现存六千多首汉诗。又有文集二十余卷，收录了序、记、说、碑铭、墓志等数百余篇。其中精品后被统一收入《四佳集》中。

作为一名儒臣，徐居正心系天下苍生，与只会歌功颂德、

---

① ［朝鲜］任士洪：《四佳集序》。

吟风弄月的文人士大夫有所不同，他并非简单地将写诗作为应酬交际、炫耀才华与博取官职的工具。徐居正继承了高丽时期李奎报以来的现实主义诗歌传统，创作出大量反映劳动百姓疾苦、揭露不合理社会现象的现实主义诗篇，具有深刻的社会意义。

2. 社会背景

徐居正生活在朝鲜朝封建社会的上升期。李成桂于1392年建立了朝鲜王朝，实行了以科田制为中心的若干社会改革，一定程度上缓解了大土地集中及底层百姓遭受盘剥的问题，从而缓和了底层百姓和统治阶级之间的矛盾，使得国内政治局势相对稳定，经济文化不断发展。但是阶级矛盾依然存在，统治阶级内部的争斗也持续不断。

一方面，朝鲜统治阶级仍以田税、贡物、徭役、杂税和高利贷等各种形式剥削百姓。随着官僚机构的膨胀，科田领受者官僚的数目不断增加，导致大批农民丧失了土地。在这种情况下，咸镜道爆发了李施爱领导的农民抗争，并迅速波及全国，但是最终被残酷镇压。另外，地主土豪和政府实行的“还谷制度”（高利贷的一种）使得更多的农民破产、丧失土地，从而沦为奴隶①。

另一方面，统治阶级内部争权夺利的斗争愈演愈烈。1453年，安平大君李瑢在“癸酉靖难”中遭到首阳大君李瑈的清洗。

---

① 参见韦旭昇：《韩国文学史》，北京：北京大学出版社，2008年，第173页。

1455 年，世祖发动宫廷政变。随之，成三问、朴彭年等集贤殿文臣发动反对世祖篡位的“死六臣”事件。自世祖篡位以后，豪强贵族兼并土地的现象重新抬头，豪强贵族与中小地主阶级的矛盾日益激化，由此形成两派政治势力：一派是占有大片土地、操纵政权的勋旧大臣；另一派是代表中小地主利益的士林。士林派批评勋旧大臣的土地兼并损害国家的根本利益，提出所谓“均田论”“限田论”。成宗继位后，为了牵制膨胀的勋旧派，任用了士林派代表人物金宗直等。从此，士林派逐渐得势并强大起来，同时与勋旧派的矛盾也越来越尖锐。

徐居正作为朝鲜朝前期勋旧派的馆阁文人，晚年颇受非议，屡遭诟病。他对当时的朝鲜社会深感失望，深刻意识到仅凭一己之力无法构建心中的理想社会，其社会理想逐渐破灭，这也影响到了文学创作层面。

朝鲜朝前期，性理学成为统治思想，汉诗作家们推崇儒家政教文艺观，在汉诗创作上不断强调诗歌的讽谕教化作用，将是否有益于世用作为评论作品价值的重要标准，体现出以性理学为基础、以实用为目的、以学问为涵养的平正典雅的诗歌创作倾向。特别是在儒家诗教的氛围下，杜甫诗歌得到空前重视，朝鲜王室“令集贤殿参校《杜诗》诸家注释，会粹为一”①，徐居正师从能通杜诗的柳方善，用现实主义的笔触揭露了当时的社会现状。

---

① 《朝鲜王朝实录》卷一百“世宗二十五年四月丙午”。

（二）徐居正的儒学思想与文学观

1. 徐居正的儒学思想

儒家历来重视“道”与“文”的关系。高丽末期对于儒家传统的接受以性理学为其特征，而“道文”已经被性理学者赋予了“道德”的内容，因此朝鲜朝初期关于“道文”的议论始终围绕“文以贯道”“文以载道”展开。徐居正在《成均馆尊经阁记》中，写道：

> 经者，载道之器。而道者，圣人之心，可不尊是经以究圣人之心，达是经以行圣人之道乎？师儒而体此，则书无不读，理无不通，而训迪明矣。贤士而体此，则穷理尽性，明体适用，而将大有施设矣。圣人培养人才，扶持世道之机，孰有过于此者乎。①

徐居正认为“经”是“载道之器”，“道”是“圣人之心”，已经开始意识到载道论的文学功用。徐居正认为，圣人之心、圣人之言和圣人之道可以通过观察天地的发育、流峙、生息，以及通过读解圣人经书得知，诗歌虽然是“小技”，却是必不可少的“世教”工具。

在徐居正看来，诗歌具备诸如“警戒规箴”“讥消”“自警”“劝诫”等“教化”作用，不能作为“小技”被忽视。他

① ［朝鲜］徐居正：《四佳文集》卷一《成均馆尊经阁记》。

以吟咏明皇贵妃之诗为例，分别引述了张祜、罗隐、韩驹、李奎报等的诗歌，强调“语虽工，非仁人君子之言”①，说明诗歌如果不能载道，那便不是符合圣人之道的“君子之言”。

作为一名儒臣，徐居正心系天下苍生，以民为本，具有浓厚的民本思想。《论语·颜渊》中言“百姓足，君孰与不足？百姓不足，君孰与足”，提出富民、教民、使民的思想。孟子进一步继承和发展了这一思想，形成了一套比较系统的以民为本的治国理论。在孟子看来“民为贵，社稷次之，君为轻。是故得乎丘民而为天子”②。这一理论为历代儒家所继承和弘扬，影响极大。孟子所奠定的民本思想强调“制民之产”的重要性，主张应该保障百姓基本的生存权利，是对孔子“富民”思想的具体化。

徐居正继承和发展了儒家的民本思想，主张保障百姓基本的生存权利，使民富足。徐居正在《昭格署雷声普化天尊祈雨青词》一诗中阐释了农业之于民生的重要性。他把农业放到国家根本的位置，认为“农者国之本，一谷不登则岁凶。食为民之天，三日不食则命殒”③，没有粮食，人就失去了赖以生存的资源。面对“春不雨，夏尚不雨”“魃为虐而如焚，苗则槁矣”的灾情，徐居正心急如焚，作祈雨青词一篇，祈祷可以早日下

---

① ［朝鲜］徐居正：《东人诗话》上。

② 《孟子·尽心下》。

③ ［朝鲜］徐居正：《四佳文集补遗二·昭格署雷声普化天尊祈雨青词》。

雨，缓解灾情，让百姓获得丰收，让百姓的日常生活得到保障。

另外，徐居正强调官吏的为政举措要有益于百姓，认为为政不易，“缓之则民慢，急之则民怨”，所以要“审缓急，济宽猛，治之以不易，乃所以易治”①。徐居正在《送朴先生出守密阳诗序》中阐释了守令一职的重要性，强调守令于国于民的重要作用：“守令，盖古之诸侯。于民，有父母之道；于吏，有君臣之分。推父母爱子之心爱民，则民悦；操刑赏威福之柄御吏，则吏畏。民不悦，失之苛；吏不畏，失之慢。其所系岂不重且大欤？古人以谓士君子功名事业，不能为宰相，当为守令。宰相，泽润生灵；守令，恩施一方。虽有大小名位之不同，其德于民，一也。”② 徐居正认为守令是最能贴近百姓、了解百姓疾苦者，应始终围绕百姓来做文章，“推父母爱子之心爱民，则民悦”。

徐居正心怀以民为本的儒者情怀，常常因百姓之苦而呜咽难眠，表现出对穷苦百姓的同情和关切。徐居正站在百姓的立场上，抒发百姓的怨情，从而让统治者体恤百姓疾苦。徐居正以民为本的儒者情怀，使其能够写出那个时代的讽谕诗佳作，抒发其胸怀天下万民的高尚情怀，也使其诗歌具有强烈的艺术感染力。

2. 徐居正的现实主义文学观

韩国汉文学肇始于新罗晚期的崔致远，受儒家仁政思想和

① ［朝鲜］徐居正：《四佳文集》卷五《送济州节度使梁公诗序》。

② ［朝鲜］徐居正：《四佳文集》卷五《送朴先生出守密阳诗序》。

家国情怀的影响，逐渐形成了忧国忧民、关注社会现实的传统。高丽中后期著名文臣、汉诗作家李奎报生活在农民起义频繁、国家遭受异族侵略、武臣专政、社会动荡不安的时期。这种内忧外患的局面和诗人坎坷的宦途，对诗人的创作风格产生了巨大的影响。李奎报提出了“主气”的观点，主张“诗以意为主”“意亦以气为主”的“新意论”，强调文学反映现实生活，这种现实主义文学观对徐居正的汉诗创作也产生了一定的影响。在对文学本质的认识上，徐居正承袭了李奎报的观点，提出“诗非徒诗也，心之发、气之充、辞之达”①，将“气”与“时运”相连，强调诗人与诗作受时代的影响，每个时代都有不同的诗风。

朝鲜朝建立以后实行的一系列社会改革，在一定程度上缓和了当时的社会矛盾。但是，随着社会的发展，各种矛盾又开始凸显出来。这些社会矛盾催生了带有社会批判倾向的现实主义作品。其代表人物有权近、李石亨和金时习等。

徐居正的外祖父权近，是朝鲜朝初期的文臣、儒学家，创作了众多体现社会现实的诗篇。如《宿岛上村家，闻邻妇夜哭，盖倭入寇害其夫也》一诗，就是描写百姓遭受战争之苦的诗篇。权近在诗中写道：“海贼侵孤岛，空村气惨然。可怜夫损命，唯有妇呼天。清血沾两袖，哀声彻九泉。”② 他以哀婉的笔调表达了倭寇铁蹄下失去亲人的无辜朝鲜妇女的痛苦。频繁的战乱给

---

① ［朝鲜］徐居正：《独谷先生集序》。

② ［朝鲜］权近：《阳村先生文集》卷六《奉使录》。

百姓带来了灾难，诗人对遭受战争之苦的朝鲜百姓寄予了深切同情，反映了朝鲜朝前期外敌入侵、民族矛盾不断加深的社会现实。

李石亨采用了接近劳动歌谣的诗歌形式，深刻揭露了朝鲜朝初期王室大肆修造宫殿而使百姓被迫从事繁重劳役的惨状：

> 呼耶呼耶在南北，呼耶之声何时息？千人输一木，万人转一石。华山之石拔几尽，白云之木斫几秃！石尽山秃宁可虞，填坑仆谷民可惜！民可惜，谁能识？恶卒捶督如电击。朝未食，夕未飧，可怜腰间空垂囊。犹唱呼耶口吻燥，口燥喉嗄声难作。声衰力尽一僵仆，尘飞溅血万人足。我愿天公生大材，不置山林置君侧——作我堂堂大厦之柱石。不劳万姓力，不为百姓瘼，莫使呼耶在山谷！①

诗人在开头反复唱出“呼耶”这一感叹词，把采石伐木者的疲劳和痛苦，有声有色地呈现给读者。接着，诗人为无数役夫因采石伐木而倒在山谷深坑发出叹息。最后诗人点出造成这种残酷现象的恰是君王的穷奢极侈，深刻揭露了新王朝的繁荣和新首都的威容背后所隐藏的社会矛盾。

与徐居正交好的金时习也创作了许多具有社会批判倾向的现实主义汉诗。金时习在七古《渔父》中，用简洁生动的语言，淋漓尽致地表现了官家逼税、渔民被迫逃亡的惨状：“去岁官家

---

① ［朝鲜］李石亨：《樗轩集》卷上。

渔税讨，挈家远入碧海岛。今年里胥来催科，卖家买艇依寒藻。”① 金时习曾亲历农耕生活，深知农民生活的艰难，因此创作了众多描述贫苦农民生活状况的诗篇，把批判的矛头指向官僚统治阶级。当时的朝鲜朝官场黑暗腐朽、贪污成风，金时习又在《啄木》② 一诗中希望啄木鸟就像啄掉树上的害虫一样，把人间社会的贪官污吏也啄光除尽。

如上所述，朝鲜朝前期诗人继承了现实主义文学传统，创作了许多反映社会现实的诗篇，形成了关注社会现实的诗风。徐居正的讽谕诗正是继承了这种现实主义精神。徐居正一生虽身居高位，但也有在杨州农村生活的经历，这使其能够深刻地体会到百姓生活的艰辛和苦涩。因此，徐居正试图通过对社会乱象的讽刺、批判，使统治阶层加深对底层百姓怨苦的了解，以起到警示和劝诫的作用。

徐居正汉诗现实主义倾向的形成，一方面是由于其深受高丽末期和朝鲜朝初期现实主义汉诗创作传统的影响，另一方面则源于其对《诗经》、《楚辞》、唐诗的学习和接受。

《诗经》广泛关注社会现实，大胆表达对现实生活的真实感触，这种真实的创作风格使其拥有了强烈的现实性艺术魅力。如《豳风 · 七月》《小雅 · 采薇》《唐风 · 鸨羽》等诗歌，即反映了社会黑暗和政治腐朽造成的民不聊生的社会现状。《诗经》中的现实主义创作精神和“美刺”“兴寄”的传统思

---

① ［朝鲜］金时习：《梅月堂诗集》卷九《游关西录》。

② ［朝鲜］金时习：《梅月堂诗集》卷五《啄木》。

想，对徐居正现实主义汉诗的创作产生了深刻的影响。徐居正认为："诗言志。志者，心之所之也。是以读其诗，可以知其人。"① 诗歌作为诗人情感的流露，其本身可以作为体察诗人创作激情的表征。徐居正认为，诗歌是用以言"志"的，"志"便是"心之所之"，所以"读其诗，可以知其人"。在徐居正看来，这种"志"不仅是单纯的伦理或者"道"，还是一种符合伦理道德的情感宣泄。这类情感必然会受到现实社会的影响。徐居正便是将自己从现实社会中体会到的情感用诗歌的形式表现出来，从现实生活出发，反映时事，抨击时政中的弊端。

《楚辞》是以屈原为代表的楚国文人们所创作的诗体。高丽末期，以李穑和郑梦周为代表的文人们开始接受《楚辞》。到了徐居正所生活的朝鲜朝时期，《楚辞》更加盛行。徐居正的一生看似平顺，但也有孤寂失意之时。"癸酉靖难"之后，集贤殿被废除，集贤殿同僚或被杀害，或退隐山林，同时士林派与勋旧派斗争激烈。徐居正身心俱疲，想借诵读《楚辞》来排解内心的忧郁，抒发忠君爱国之心，由此屈原的精神与《楚辞》的形式、风格融入其诗歌创作之中。

> 义冢者，至正戊戌，天下大乱。国门东，积尸如山。高丽人仕元朝，有资政院使者捐义财，作坑数十。每坑丛万尸葬之。设斋致祭，刻楮为钱，以资苦趣。时人义之，

---

① ［朝鲜］徐居正：《四佳文集》卷六《桂庭集序》。

> 号曰“万人坑”，当时题咏者皆名贤。今宗室富林君，妆潢为卷，求予辞云。噫嘻，义冢之为悲兮，曾戏唏予郁悒。哀万姓之不辰兮，值胡运之杌陧。干戈纷其麋烂兮，风尘澒洞兮六合。旌蔽日兮敌若云，士争先兮车错谷。凌予阵兮鏖战，天时怼兮神降毒。肝脑涂兮地为赤，曝万里兮白骨。杀气漫漫其无垠兮，白日翳翳其昏黑。魂耻耻而无依兮，莽洋洋而焉极。何所独无封狐毒蛇兮，迷不知其东西南北也。上乌鸢而下狐兔兮，亦蝼蚁之予夺也。嗟人为万物之秀兮，禀阴阳之精英。虽溘死而已矣兮，魂魄毅兮神灵。神以灵兮为鬼雄，目不瞑兮万古如生。苟非仁人之至性兮，孰能感乎中情也。……予生千载之下兮，亦幼好此奇。服纫芝兰以延伫兮，愿承风乎遗则。忽焉吊此游魂兮，沾予襟之涕挥。宋玉已逝兮，景差非些。招魂无路兮，赋无词些。魂兮有知，宜归来些。归来兮归来，上下四方，无可依些。①

徐居正的这首《悲义冢辞》是继承《楚辞》思想之作。徐居正通过对元朝“万人坑”历史事件的细致描写，表现出自己对国家前途、百姓命运的关注，仁人至性，感乎中情。徐居正认为仁政之施是关乎百姓生死的大事，统治者应施行仁政，爱护百姓，而不是让百姓遭难。结尾处，徐居正以招魂警示时政，祈愿不再发生惨祸。

① ［朝鲜］徐居正：《四佳诗集》卷一《悲义冢辞》。

杜甫是中国历史上伟大的现实主义诗人，其现实主义诗风对唐宋之后的中国诗坛产生了巨大影响。朝鲜朝初期，官方凭借着崇儒政策在朝鲜半岛掀起了杜诗热潮。徐居正以其独到的方式对杜诗进行了效仿，他以“忧国怜民”的杜诗为基础，在诗文中体现出对杜甫细腻的对句和律诗结构等作诗技巧的学习。杜甫《曲江二首》中的“朝回日日典春衣，每日江头尽醉归”，描写了作者因忧国而酒醉归家的场景。徐居正也在《杜甫醉驮》诗中写道：“草堂幽处皖花溪，驮醉归来山日西。遮莫傍人笑拍手，熊儿捉辔骥儿携。”① 该诗描绘了酒醉后骑驴归家的杜甫形象，由此可以看出徐居正对杜甫和杜诗的热爱和继承。②

此外，徐居正深受性理学的熏陶，提倡“文以载道”，强调世教的作用，重视文学的社会效用性。徐居正为政时始终以儒家的民本思想为基础，仁政爱民、利民安民，这一观念常散见于其讽谕诗中。徐居正也希望所有为政者都能做到爱民如子、以民为本，使民安居乐业，构建民吏和谐的社会。1453 年“癸酉靖难”之后集贤殿被废除，勋旧派与士林派的斗争越来越激烈，社会混乱不堪。徐居正无法接受当时的社会现状与他想要构建的理想社会间的巨大反差，政治理想受挫。另外，失去集

---

① ［朝鲜］徐居正：《四佳诗集》卷四十五《题双林心上人所藏十画》。

② 参见安末淑：《杜甫诗和韩国朝鲜时代诗研究》，山东大学博士学位论文，2005 年。

贤殿同僚的徐居正也深感孤独、疲惫，回归乡村之心愈加强烈，试图用闲适美好的乡村生活来抚慰自己心中的伤痛。

三、徐居正讽谕诗的创作内容

《诗大序》载“诗者，志之所之也，在心为志，发言为诗”，故诗贵言志。唐代诗人白居易在《新乐府序》中也说“为君为臣为民为物为事而作，不为文而作也”，即记录尘世烟火、反映时代现实、揭露社会黑暗的诗歌才能发人深省，由此诗歌的生命力和存在价值才得以彰显，反之只剩下一具所谓艺术形式的空壳，毫无灵魂可言，注定不会被历史铭记。

徐居正的汉诗作品从内容上大致可分为应制诗、自然诗、讽谕诗等。其中应制诗占比较大，诗风华丽、雄壮，尽显朝鲜王朝建国之初豪迈峻拔的国士气象。其自然诗以自然景物为主，赞美自然纯真，主张在自然中找寻自我。本文拟研究的徐居正讽谕诗则抒发了诗人忧国忧民的儒者情怀与超脱现实的志趣抱负，生动展现了朝鲜王朝前期存在的种种弊端及凄苦的社会现实，有着深远的现实意义。

《四佳集》所载五百余首讽谕诗，从内容上可以分为三类：一是宣扬忠孝与倡导仁政的汉诗，反映了忠君爱国理念和儒家善政理念；二是关注民生与抨击失政的汉诗，反映了以民为本的思想；三是反映对理想社会的追求与理想幻灭的汉诗，表现了儒家传统文人的内心世界。

（一）宣扬忠孝与倡导仁政

徐居正的讽谕诗继承了《诗经》的政治教化作用，具有以讽当政、教化万民的功能。《诗大序》言："上以风化下，下以风刺上。主文而谲谏，言之者无罪，闻之者足以戒，故曰风。"孔颖达在《毛诗正义》中解释说："臣下作诗，所以谏君，君又用之教化，故又言上下皆用此上六义之意。在上人君用此六义风动教化，在下人臣用此六义以风喻箴刺君上。"由此可见，"讽谕"即"上讽下谕"，通过"讽"，使君"谕"，使民"谕"，以诗歌教化君王、臣民。徐居正通过写作讽谕诗来服务政治统治，其讽谕诗尤其强调忠孝仁政观念对政治统治的作用，希望臣民践行忠孝观念、君主施行仁政。据统计，其诗歌创作中有关宣扬忠孝和倡导仁政的汉诗作品有一百五十余首，表明了徐居正对诗歌政治功用的重视。

徐居正在《题李蓝浦庐墓诗卷，用金乖崖韵》诗中说："自古求忠必求孝，人生忠孝外无余。"① 这化用了杜甫《暮春江陵送马大卿公，恩命追赴阙下》中的"自古求忠孝"一句，说明徐居正也如杜甫一般重视儒家的忠孝观念。在徐居正看来，为官须尽忠君王，但也莫忘侍奉双亲，忠孝须两全。

在君国同构的政治框架下，忠孝一体。由此，忠孝两全便成为古代士大夫毕生追求的目标，孝在于实现自我的道德修养，

---

① ［朝鲜］徐居正：《四佳诗集》卷四十四《题李蓝浦庐墓诗卷，用金乖崖韵》。

忠则在于实现治国的社会价值。实现忠孝两全最好的方式就是省亲。徐居正所作的有关省亲的诗歌，如《送权翰林荣亲之醴川二首》就反映出朝鲜文人“忠孝两全”的理想。

早登龙榜入金銮，今复荣亲衣锦还。绮席为开樽北海，瑶觞更献寿南山。乡间耸见挑灯话，亲戚齐声满坐欢。圣代崇文更崇孝，一时佳气蔼门阑。

紫宸阙下荷恩纶，具庆堂前一笑春。物色净兼秋色好，斑衣交映绣衣新。少年擢第多扬尹，晚节夸乡笑贾臣。为报声名当自惜，更将忠孝答君亲。①

这首诗是徐居正送权翰林荣亲之作，描绘了权翰林登科及第后衣锦还乡、光耀门楣的景象。一朝及第，远近闻名，士子急于回家与父母分享喜悦，归家后乡人相迎、邻里尽贺，这样“子孝亲荣”的省亲是为大孝。

又如徐居正在送梁同年出任镇海时所言“过家衣锦光辉动，忠孝须知更两全”②，描写了梁同年赴任省亲时游于乡里的场面，可谓满足了官员忠孝两全的心理。既能以优渥条件赡养父母，又能让父母得到精神性的荣耀，这比单纯居家侍奉父母是为更

① ［朝鲜］徐居正：《四佳诗集》卷五十二《送权翰林荣亲之醴川二首》。

② 徐居正：《四佳诗集》卷五《送梁同年之任镇海》。

大的孝，此时官员实现了“忠臣”与“孝子”双重身份的理想。

在当时儒家“忠”的观念影响下，积极谋求事功的朝鲜官员渴望实现自身的社会价值，为国效力，建功立业。“范老江湖亦忧国，杜陵一饭不忘君”①，表现了徐居正身居庙堂忧国忧君的思想。

徐居正重视儒家大义，主张对君主尽忠，希望官员都能尽心尽力奉公职守，遵守为官之道，做一个正直忠诚、为国为民的好官。

> 诸君衮衮上乌台，共指乘骢御史来。物议纷纷当自惜，某忠某直某奸回。②

> 某直某忠某诈回，谏官箴警久传来。劝君读我题名记，公论由来可惧哉。③

> 某贤某佞皆公论，流臭流芳两不欺。为报主人明眼看，古今得失在人为。④

上述三首诗提到了徐居正对忠直、奸诈、贤佞的看法。徐

---

① ［朝鲜］徐居正：《四佳诗集》卷五十《在村家，晚闻卢宣城拜右议政，不胜欣抃，吟成数绝录奉三首》。

② ［朝鲜］徐居正：《四佳诗集》卷四十六《题骢马图》。

③ ［朝鲜］徐居正：《四佳诗集》卷五十《贺权大司谏（其五）》。

④ ［朝鲜］徐居正：《四佳诗集》卷四《读史》。

居正认为三者皆公论，每个人皆可评说。正如北宋著名政治家司马光在《谏院题名记》中所说：“后之人将历指其名而议之曰：‘某也忠，某也诈，某也直，某也曲。’”徐居正同样认为官员自身的处事行为和态度决定着后人对他的评价。如果一个官员正直不阿、勇于进谏、为国为民，那么他就会受到百姓的爱戴，流芳百世；如果一个官员滥用权术、欺上压下、害人误国，必定是老鼠过街，人人喊打。徐居正以此警示官员，须遵守为官之道，承担为官之责，施行仁政，努力造福百姓，如此方不辱没士大夫的品格。

“仁”是儒家的核心思想，贯穿于儒家思想体系的全过程。在一定意义上说，儒家的学说就是“仁学”。儒家的“仁”指的就是要有爱人之心。仁者爱人，人人爱人，世界就会充满爱，社会就会和谐。而“仁”的其中一项具体体现就是“仁政”。

“仁政”是儒家“仁”思想体系的重要组成部分，表达了儒家所倡导的政治理念和施政纲领，是儒家治人之道的根本。徐居正作为一名传统的儒家知识分子，倡导仁政为民，怀着深厚的同情心为百姓呼号呐喊。他在《送黄海道权都事三首》中所说：“西关凋弊极，第一要安民。”① 西关一带经济凋敝，社会动荡不安、民不聊生，作为都事首先要做的就是安抚百姓，以民心为己心，多做为民之事。这是徐居正对权都事治世安民的期望。

---

① ［朝鲜］徐居正：《四佳诗集》卷四十四《送黄海道权都事三首》。

儒风溥畅，仁雨浸润，古代诸多士人胸中充溢着“修身齐家治国平天下”的强烈社会责任感和崇高的历史使命感。徐居正的一生大多时候抱着积极进取的入世态度，不论“穷”“达”，始终以“兼济天下”为己任。他着眼于当时政治、社会的实际情况，基于对儒家传统思想的深刻反思和对于社会现状的深沉思考，以及对本人身世遭际的深刻感悟，从自身所处的社会语境出发对“仁政”进行深刻诠释，希望君主仁政为民、广施恩惠。

在另一首诗中，徐居正以郭橐驼种树之道隐喻治民养民之道。

> 种树才完又种花，殷勤护惜亦情多。平生所得能多少，深愧当年郭橐驼。①

诗中的郭橐驼是唐代文学家柳宗元《种树郭橐驼传》中的人物。柳宗元由种树之道延伸到为官治民之道，批判了当时官吏繁政扰民的现象，指出为官治民不能“好烦其令”。而现实社会中统治阶级有时打着爱民、忧民或恤民的幌子，所行之政实则劳民伤财。“深愧当年郭橐驼”，说明他认为为官治民要像郭橐驼种树一样顺天致性，简政利民，真正做到为民谋福祉，使民安居乐业。其在《送永川崔使君》一诗中也谈及治民就好比种树一般，“大抵抚民如种树，须知为政似治绳。政

---

① ［朝鲜］徐居正：《四佳诗集》卷二十《种树种花于后园》。

当勿扰民当爱，舍此他求不可能”①，揭示了种树育人、治国养民的道理。

综上所述，徐居正强调诗歌的现实作用，尤其是诗歌的政治教化作用。基于此，徐居正创作了许多宣扬忠孝、倡导仁政的讽谕诗。这些讽谕诗中蕴含着“上”与“下”双向互动的过程：上层统治者通过诗歌来教化被统治阶级，达到为政治统治服务的目的；同时，上层统治者本身也是徐居正诗歌的教化对象。徐居正心怀忠孝思想，希望构建一个臣民心怀忠孝、为政者仁政为民的理想社会。其讽谕诗深度诠释了诗歌的政治教化功能，展现了儒生强烈的家国情怀与社会责任感，蕴含着对社会发展的期待。

（二）关注民生与抨击失政

讽谕诗除了具有政治教化作用，还具有讽刺时政、关注民生的作用。徐居正讽谕诗创作的目的是希望可以将民生疾苦记录下来，“下情上达”，为统治者提供社会信息，帮助统治者及时知晓民情，了解政治统治的反响，补察时政。这体现了徐居正作为文人的社会责任感，同时也寄托了其改善当时社会生活的美好志向。徐居正强调诗歌要体现时代的特征，要反映现实生活，对时政有所记录。其讽谕诗关注国计民生，揭露了朝鲜社会众多社会乱象，表现出对下层百姓的怜悯、同情，希望统治阶级能够体恤民艰。据统计，徐居正的汉诗创作中关注民生

① ［朝鲜］徐居正：《四佳诗集》卷五十《送永川崔使君》。

疾苦与抨击失政的汉诗作品多达二百余首，在其讽谕诗作品中占比较大，这也体现出他对下层百姓的关注及忧国忧民的儒家情怀。

徐居正后来虽身居高位，但是早年生活并不富足，同无数百姓一样生活在凄凉萧疏的地方，过着简朴的生活。因而徐居正能够想百姓之所想，愿百姓之所愿。徐居正心系百姓，关注天灾，期盼农民丰收，所表达的是一种祈祷、期盼；而抨击失政，叙说百姓被剥削奴役之苦，批判不合理不公平的社会现象，所表达的是一种叹息、痛心。

在科技相对不发达的封建时代，气候变化对农业生产起着关键作用，风调雨顺则丰收，遭遇旱涝则歉收。对于百姓来说，歉收会导致一家人忍饥挨饿甚至无法生存的苦难。徐居正关注气候变化，关注田间农业状况，风调雨顺之时与民同乐，遭遇天灾之际为民疾呼，饱含诗人对百姓的深切同情。

> 枯旱三春麦未胎，荒田不理没蒿莱。谁将泽润乾坤手，鞭起龙公送雨来。①

徐居正在这首诗中描写了田间荒芜、杂草丛生的田家现状。全诗无一字写民生之苦，可字字句句都流露着民生之艰。尾句的“鞭”字更是表现了诗人祈雨的急切心情。徐居正看到莲沼因旱尽涸、群鱼失所之景，怅然有感，甚至想“学得真人术，

① ［朝鲜］徐居正：《四佳诗集》卷四十四《春旱》。

鞭起行龙作雨来”①。其如万千遭受干旱之苦的百姓一般祈求下雨，祈求庄稼丰收，希望看到百姓的笑颜。

当然，自然也并非总是同人作对。百姓忍受了干旱的苦楚，也迎来了久旱逢甘霖之时。徐居正病中仍保持着对田家事的关心，听见暴雨声，兴奋地说道：“大慰云霓天下望，天工造物亦如神。”② 雨来意味着田间有望、收成有望。但是天旱少雨是灾，久雨不晴亦是灾。

> 苦雨叹苦雨叹，我叹苦雨何时干。今年大雨去年同，白浪拍拍连长空。江翻海溢忧怀裹，丘陵变作鱼龙乡。平田渺渺禾稼多，只今露骨为白少。去年害稼民未粒，死者相枕生者泣。今年害稼一至此，民靡孑遗而后止。雨势相续如翻盆，终日厌听通宵闻。我无筹策诛蛟龙，拔剑斫几空捶胸。空捶胸何可得，晨鸡无声雨复作。③

“叹”字道出了徐居正对大雨翻盆、久下成灾的慨叹及对雨停天晴的期盼。晨起鸡叫之时雨声依旧，让他不由得生出苍天弄人之感。“死者相枕生者泣”一句更是将对百姓遭受苦难的描写推上了高潮，视觉冲击力较强。

---

① ［朝鲜］徐居正：《四佳诗集》卷四十四《因旱，莲沼尽涸，怅然有感》。

② ［朝鲜］徐居正：《四佳诗集补遗一·久旱小雨喜作》。

③ ［朝鲜］徐居正：《四佳诗集》卷二十《苦雨叹，枕上作》。

徐居正《夜雨》一诗中有“作叹频思杜少陵”句，他慨叹百姓不易，民生艰难，想到了唐代的杜甫也曾如他一般感念苍生，久旱祈雨，久雨祈晴。“天意人心难自料，耕时欲雨艾时晴”①，徐居正感慨“天工天工岂无情，要使物物皆生生”②。灾年之际，百姓的生活更加艰难。

> 田家田家乐未乐，一家辛苦皆仰力。主翁白发亲扶犁，大儿小儿皆耕耨。去年种粟田力薄，充租纳粜犹未足。今年种秫因旱涝，一粒不收命如缲。南池菱芡犹未饱，昨夜府帖征青苗。欲向东邻卖黄犊，黄犊背疮蹄尽斫。蹄尽斫可奈何，门前催吏如火急。③

徐居正在这首诗中描写了百姓颗粒无收还要被催着上缴税赋的社会现实。百姓经历了旱涝灾害，生活本就艰难，但残酷的剥削比自然灾害带来的苦痛更加可怕。苛政猛于虎，百姓为了交租不得不卖掉自家养的黄犊。结尾处的“可奈何”不仅在感叹黄犊“背疮蹄斫”，更含蓄地表达出百姓的无奈与无助，具有隐喻的意味。15 世纪后半期，朝鲜朝的田税、军役、贡纳等制度更是加重了对百姓的剥削压榨，致使百姓生活在水深火热

---

① ［朝鲜］徐居正：《四佳诗集》卷二十《遇涝》。

② ［朝鲜］徐居正：《四佳诗集》卷八《积雨连旬，为患甚大，昨稍开霁，入夜复作，势甚剧，不能不有感于怀，晓起怅然有作》。

③ ［朝鲜］徐居正：《四佳诗集》卷二十九《田家行》。

之中。

面对庄稼歉收的局面，百姓自身尚且需要忍饥挨饿，更何况还要遭受被盘剥、被奴役的苦难。沉重的田税、军役等让本就拮据的农户难上加难。徐居正看到了百姓的苦难，将所见所闻、所思所想以诗歌的形式记录下来，抨击失政、劝诫统治者。

> 数间茅屋半山隈，今日寻梅走马回。鸡烂屡逢邻舍饷，酒香同举故人杯。户因逃赋年年减，吏为征兵日日来。剩借灯前一夜话，田家生理绝堪哀。世事疏才百不能，区区铅椠是吾曾。缘愁白发三千丈，随兴青山十万层。泥饮田家遭老父，重游野寺约高僧。更知多病交游冷，一字何曾有故朋。①

这首诗反映了徐居正因病到村家逗留数日的所见所闻。诗歌的开头呈现出一派祥和的氛围。接着，诗人话锋一转，这种祥和的气氛背后是赋税制度、兵役制度带给百姓的悲惨现实，使得讽刺性、批判性更强。“年年”“日日”二词更是表现了百姓遭受剥削之惨重。结句中诗人对田家生理表现出深深的担忧，表现了诗人对百姓境遇的关心、怜悯。

徐居正在《途中书所见》一诗中也通过前后景象的对比表达了对赋税制度、兵役制度等的讽刺、批判。

---

① ［朝鲜］徐居正：《四佳诗集》卷二《移病到村家，留数月》。

雪尽原头荠有芽，路傍采女竞喧哗。爷归出粜何时返，日午空肠不作歌。荒岁村村尽室逃，唯余老稚尚无聊。卖薪鬻菜徒辛苦，城市今年米价高。翁月赍粮赴水军，儿行营筑又经旬。新官不识民间事，业去家家税尚存。去岁新缫尚十斤，当时蚕绩正辛勤。终然输入他家粜，惭愧年年不掩裙。①

雪尽消融，春光荡漾，看起来一派祥和景象，但背后却是农户被剥削奴役的悲惨情境，与前文之景形成鲜明对比，烘托出一种凄凉的氛围。因是荒年，粮食的收成不足以维持生计，尽室逃难，只剩下老人与孩童因体弱而未出逃。虽然米价高涨，但新官不知民间疾苦，仍到百姓家里征税，役使百姓。尾句的“年年”一词更是反映了百姓的困苦生活不是一时的，而是持续性的。全诗讽刺性较强，揭露了沉重的劳役、军役给百姓带来的苦痛。

面对官吏过度的压榨，百姓只好过着四处逃亡、颠沛流离的生活，只剩手无缚鸡之力的老人与孩童在村中，这又导致田间无人耕作、农业荒芜的凋敝景象。官吏冷酷无情，只一味地征收税金。过度的压榨使百姓的生活难上加难，最终失农，抛弃生计，或沦为僧侣、雇工，或沦为奴婢，这种失政现象在朝鲜中后期尤为突出。

徐居正所处的朝鲜朝前期，民间的生计来源之一就是养蚕。

---

① ［朝鲜］徐居正：《四佳诗集》卷二《途中书所见》。

在自给自足的小农经济下，女性通常靠做衣换钱来补贴家用。身体的役使尚且难以忍受，何况是心理上的压榨。徐居正的这首《织妇行》细腻地描写了织妇心理上的苦痛：

> 霜风昨夜如箭瞥，机上丝头半冻裂。机边织妇续断丝，两手龟尽寒砭骨。理丝轧轧鸣寒梭，自恨身为他人织。织成下机催刀尺，官租私债迷缓急。官私两桌那可辜，此身宁忍无裙袜。呜呼既作田家妇，卒岁甘分无衣褐。终然不学娼家儿，为人歌舞衣满箧。①

这首诗以第一人称的口吻，紧紧围绕织妇的勤与贫着墨，层层递进，对比鲜明，语言质朴自然，着力于揭露民间疾苦。徐居正通过描写一位“为他人织”的“田家妇”的遭遇，揭露当时劳者不获、获者不劳的社会现实，叙述了织妇终年辛苦，在官府租税和私债剥削下连衣服都穿不起的情形，表现了织妇的愤懑之情，真实而深刻地反映了当时的社会矛盾，表达了诗人对劳动人民的深切同情。结尾处通过“织妇”与“娼妓”的对比，刻画了有气节的古代农家妇女形象。

徐居正抨击失政，揭露了统治阶级盘剥的苛酷，对劳动者劳而无获、被剥削奴役的凄苦处境深表同情。贫富差距所带来的不平等使底层百姓的生活更加艰难。徐居正作为大儒，奉行儒家仁爱的思想，对当时社会上为富不仁的种种现象深感

---

① ［朝鲜］徐居正：《四佳诗集》卷二十九《织妇行》。

痛心：

寒窗故故冬夜永，风饕雪虐天气恶。纸帐薄薄未遮寒，三幅冷衾坚似铁。幽人独坐耿无寐，疏髯飒爽层水结。茶瓯药瓶冻不温，瓦盆浊酒寒欲裂。童奴衣鹑无完裙，小婢破衫足无袜。东邻有家富且悭，自言一生不识寒。虎幕狸帐裘重重，满眼花罽红猩松。身上倒披黑貂裘，稳斟美酒生春柔。鸳鸯帐暖合欢床，但愿长夜长复长。呜呼噫嘻寒夜迟，此若富家宁得知。君不见官门虎柝守寒更，左手执鼓右手钲。铁衣生冰肌骨折，长夜如年天未明。两处苦乐迥不同，天工造物还不公。我今中夜三叹息，哀吟啾咽如寒蛩。①

在这首诗中，徐居正以叙事为主，选用多种素材细腻生动地刻画了穷人的悲惨生活与富人的享乐生活。以穷人的“纸帐”对富人的“狸帐”，以穷人的“衣鹑”“破衫”对富人的“貂裘”，以穷人的“浊酒”对富人的“美酒”，以穷人的“冷衾”对富人的“鸳鸯帐暖”，以穷人的“苦”对富人的“乐”。富人尽情享乐，盼望夜晚更长。反观穷人，彻夜劳作甚至都维持不了生计。

这是阶级身份的差异造成的社会现实。贵族（剥削阶级）不劳而获，穷人（劳动阶级）却衣不蔽体。徐居正通过社会贫

① ［朝鲜］徐居正：《四佳诗集》卷三《寒夜吟》。

富差距的强烈对比，将两种差异甚大的社会现象并举，既体现了其对劳动人民的同情，又表达了对剥削阶级荒淫无度、为富不仁丑恶嘴脸的不满。

“玉食九重天万里。”① 天工造物不公，下层贫苦百姓与上层贵族阶级的生活相差万里，徐居正对这种因身份差异而带来的不公平、不合理的社会现象表示愤慨。“国家重贵近，尊位厚其禄。”② 国家的不关心更是陷下层百姓于水深火热之中。

综上所述，徐居正的讽谕诗不是枯燥的政治说教，而是有感而发的“不平之鸣”。他心系百姓，体恤民艰，怜悯百姓被剥削、压榨的悲惨处境，揭露了统治阶级盘剥的残酷，对当时朝鲜社会中为富不仁的种种现象频频叹息，表达自己想要救民于水火的社会理想。徐居正的讽谕诗具有鲜明的时代特征，将底层百姓艰难生活的场景置于宏大的时空背景之下，真实地描绘了当时的社会面貌。徐居正通过这些讽谕诗歌的创作，为统治阶层提供了观风俗、察民情的途径，敦促统治阶层兴利除弊，改善百姓生活。

（三）对理想社会的追求与幻灭

讽谕诗又称社会诗，表现了诗人对社会生活的关注、对社会发展的期待及对理想社会的追求。徐居正正是因为饱含对理想社会的梦想与希望，才以诗讽刺和抨击失政；也正是因为对

① ［朝鲜］徐居正:《四佳诗集》卷十四《题景愚耕耘图》。

② ［朝鲜］徐居正:《四佳诗集》卷四《兔山村舍，录田父语》。

社会理想破灭感到苦闷、对社会现状感到失望，才会选择隐居避世。这无疑深化了徐居正讽谕诗的内涵，加深了其讽世和谕世的社会作用。

徐居正身为儒臣，其讽谕诗体现了兼济天下的儒者情怀，具有政治教化的作用。徐居正以“修身齐家治国平天下”为目标，以天下兴亡、民生国运为己任，高扬政治理想，积极入仕。但是在其晚年时期，朝鲜王朝统治阶级内部争权夺利的斗争愈演愈烈，士林派逐渐得势，与以徐居正为首的勋旧派的矛盾也越来越尖锐。这样的朝鲜王朝并不是徐居正所期待建成的理想社会。他常常因政见不同遭到同僚的排挤，仕途不顺。徐居正对当时的社会现状深感失望，意识到自己的理想抱负在这种政治条件下是无法实现的。理想与社会的乖离，使得徐居正想要通过隐居避世来排解苦闷。在此期间，徐居正创作了许多表现对理想社会追求的汉诗，想要效仿陶渊明隐居避世。

徐居正自 1444 年进入官场，有心中理想的官场法则。其号四佳亭，作品集名为《四佳集》，背后均有深刻内涵。1486 年，徐居正在《四友堂记》中对此做出了详细说明：“居正亦以四佳名亭。四佳者，春夏秋冬之谓。元亨利贞，君子之四德备焉。居正欲从四德君子之后尚友焉。”① 他主张要“尽天地物我之情，然忠君孝亲，忧国爱民”②，为君为民建立一番功业。徐居

① ［朝鲜］徐居正：《四佳诗集》卷三《四友堂记》。

② ［朝鲜］徐居正：《四佳诗集》卷一《无尽亭记》。

正在《梦桃源图为贵公子作十首》① 中就表现出对理想社会的追求：

> 武陵何处是桃源，无术跻攀款洞门。驰马分争几年代，鸡蚕生长已儿孙。

徐居正在这首诗中效仿陶渊明，表达了对理想社会的追求。陶渊明早年便有爱慕自然、企慕隐逸的倾向，所以当听到"应束带见之"的答语后，便义无反顾地解职而归，坚决走上了出世隐逸、归田躬耕的道路。陶渊明是这样描绘桃花源社会的：它是一个"与外人间隔"的"绝境"，这里生活富裕、和乐、安宁，没有战争和人剥削人的社会现象。这表明桃花源是一个与封建社会相对立的理想世界。陶渊明所描绘的"桃花源"社会，正是徐居正心中追求的理想社会。

徐居正在1474年第一次向当时继位不久的成宗递交了辞呈，请求辞官退隐，但屡次请辞都被拒绝。这个时期正是士林派与勋旧派斗争最尖锐的时期。成宗继位后，为了牵制势力过分膨胀的勋旧大臣，任用了士林派代表人物金宗直等，从此士林派在朝堂逐渐得势。身为勋旧派大臣的徐居正经常因政见不合遭到同僚的排挤，对当时的官场生活深感失望，又因无力改变当时的社会现实而感到苦闷。在对理想社会的

---

① ［朝鲜］徐居正：《四佳诗集》卷二《梦桃源图为贵公子作十首》。

追求破灭之后，徐居正想要逃离这个浑浊不堪、尔虞我诈的社会，效仿陶渊明避世隐居。徐居正创作避世意向的汉诗并不是单纯追求自然感受，而是想通过这些诗歌表达对社会混乱的批判。

公事无多早退衙，西风吹颤鬓边纱。曲阑闲立无人见，独对东篱黄菊花。①

读者通过这首诗的题目可以大致察觉出徐居正辞官隐退之意。尾句化用了陶渊明《饮酒》诗中的“采菊东篱下，悠然见南山”，也表达了徐居正对自然乡村生活的向往。

中国重阳节时有喝菊花酒的习惯。陶渊明嗜酒，认为“酒能祛百虑，菊解制颓龄”。菊花能让人延年益寿，而那凌霜雪的傲岸身姿又象征着陶公“不为五斗米折腰”的刚毅性格与隐逸精神。为此，徐居正也常以菊花自喻。其在《寄友菊斋借菊移种》一诗中提到“馨香君爱德，隐逸我怜才”②，公开称赞了菊花的隐逸馨香。再比如下面这首《菊径开樽》，也体现了其想效仿陶公“归去来”的理想。

金风蓦地昨夜霜，篱菊尽开无数香。看看一一自佳色，红红白白间黄黄。两人对酌侑深杯，十分潋滟葡萄醅。他

---

① ［朝鲜］徐居正：《四佳诗集》卷二十一《退衙》。

② ［朝鲜］徐居正：《四佳诗集》卷二十二《寄友菊斋借菊移种》。

年此乐我亦有，袖中已草归去来。①

菊花盛开的时节，佳色独好。徐居正运用了“一一”“红红”“白白”“黄黄”等叠词，描绘了所向往的生活：三两好友相聚，赏菊饮酒作诗。此时，徐居正已经拟好了辞呈，乡村之乐也将成为现实。

“更知身事与心违。”② 徐居正归心似箭，但最终没有如愿。成宗十九年，徐居正年近古稀，对官场生活感到厌倦，希望“七十明年当致仕”③。于是，他再次请辞，但事与愿违，又遭成宗拒绝。徐居正在《送崔直提学乞退还乡》《送人辞官还乡》等诗中流露出对友人辞官归乡的艳羡之情。他羡慕友人可以不用头戴朝冠，不用理会官场的是非纷扰，做一个物外闲人、致仕闲客，纵享江湖，以自然为友，过着闲适的生活。④

徐居正的为官生活因为友人的隐退变得更加孤独，他在寄给金时习的《病中书怀，寄金同年》诗中表达了自己的孤独之感：

已拟引年笺致仕，会当乞骨赋归田。旧交零落新知少，

① ［朝鲜］徐居正：《四佳诗集》卷四十四《菊径开樽》。

② ［朝鲜］徐居正：《四佳诗集》卷五十《感寓》。

③ ［朝鲜］徐居正：《四佳诗集》卷五十《重到诸富村墅》《同庚柳公，拜同副承旨，诗以戏贺》；同卷《七旬》中有“预喜明年当致仕”。

④ ［朝鲜］徐居正：《四佳诗集》卷二《送崔直提学乞退还乡》、卷五《送人辞官还乡》。

老病情怀益可怜。①

徐居正与金时习在1465年前后结为诗友，此后二十年间互相以诗歌酬唱。在《四佳集》中，徐居正为金时习作诗四十二篇，可见二人交情深厚。金时习是“生六臣”之一，因不满朝鲜世祖的暴政，焚毁书籍，撕碎儒服，削发为僧，四处云游，晚年在江原道雪岳山隐居。徐居正在寄给金时习的诗中表达了自己无法实现社会理想的苦闷、对社会现状的失望及回归乡村的意愿。

徐居正因屡次请辞被拒，便在自家庭院里建造了人工田园，这就是四佳亭的由来。他建构人工田园，从某种程度上来说是对于归田与宦路的平衡。《园中乐》一诗描绘了他在人工田园里种蔬栽竹之景：

> 四佳亭前多养竹，四佳园中唯种药。种药可却老，养竹能免俗。四佳园亭日无事，四佳老人头半百。不有竹君药君吾何归，高歌击樽月不落。②

徐居正晚年时期辞官遭拒，为了排解心中的苦闷，寻求心理平衡之法，他在后山建亭，种药养竹，聊以自慰。《园中乐》一诗描绘了四佳亭的景致，体现了徐居正的人工田园生

---

① ［朝鲜］徐居正：《四佳诗集》卷五十《病中书怀，寄金同年》。

② ［朝鲜］徐居正：《四佳诗集》卷二十八《园中乐》。

活。他既然无法离开官场，回归真正的田园生活，那么就建造起自己理想中的人工田园，来消解心理上的矛盾，这是当时徐居正精神世界的真实投影。徐居正还亲自巡园观察园内蔬菜的长势：

> 忙里谁知亦有闲，巡园聊复缓行看。荠菜已长菖蒲绿，红杏半开梅已残。①

徐居正在自己建造的亭园中体验四时之景，弄花种蔬，巡园赏景。田园是他休息、思考、寻智的空间，他的期待、理想等在这个空间里交汇融合。徐居正满怀对这个社会的关心、对社会发展的期待、对理想社会的构建，在田园这个学智的场所中修养身心。

徐居正进入官场后，便因出色的才华而为朝鲜王朝五任国王所宠信、重用。可以说，朝鲜朝国王为其提供了施展抱负、实现志向的极佳平台。徐居正怀揣着政治抱负与社会理想，但他的社会理想在当时的政治条件下显然是无法实现的，士林派的崛起使其倍感失意、深受打击，勋旧派与士林派的斗争使其身心俱疲。徐居正逐渐对朝鲜朝社会感到失望，对无法实现社会理想感到苦闷。在徐居正的笔下，有对桃花源的向往，有对辞官归隐的期盼，有对归园不得的无奈，有对人工田园的建造，均表达了其想要摆脱当时社会现实的心情。

---

① ［朝鲜］徐居正：《四佳诗集》卷二十《巡园即事》。

综上所述，在讽谕诗的创作上，徐居正着眼于朝鲜朝的社会现状，揭露社会问题，表现自己对社会现实的关心、对社会发展的期待。分析徐居正讽谕诗的内容，有助于我们对其生活的社会背景有更为全面的认识。

四、徐居正讽谕诗的艺术特色

徐居正才高学博，一生笔耕不辍，作品甚多。他创作的讽谕诗众体兼备，艺术成就很高。1476 年，明使祁顺、张瑾等人出使朝鲜期间，徐居正作为远接使及馆伴前往陪同使节。祁顺盛赞徐居正的汉文学素养，十分欣赏徐居正的才学，说："如公之才，求之中朝，不过二三人耳。"在《与国王书》中，祁顺曰："因参赞徐居正送别将还，专此奉达。居正有文学，乃王所信任者，而遣以相陪，周旋日久，则王所以厚斯文之意岂浅哉！"① 徐居正于 1460 年以谢恩使身份赴燕京途中，在通州馆中与安南使臣诗歌唱和，诗作传布安南，可谓以诗华国。

徐居正在用典手法上，主张"新意论"，注重诗意的创新，反对拟古蹈袭、无病呻吟，同时从讽谕诗的现实主义思想出发，展现朝鲜社会的生活群像。其诗语中和平实，尽显含蓄之美，而且贴近社会实际，生动展现了诗人的社会意识、情感世界。本节结合徐居正讽谕汉诗的作品内容，从用典手法、形象塑造及诗语构思三方面归纳徐居正讽谕诗的艺术特色。

---

① 严从简：《殊域周咨录》卷一《朝鲜》。

(一) 用典手法

徐居正对典故的引用和化用十分熟练，在他的许多讽谕汉诗中都可以看到这种手法。

用典，又称用事、事类，是一种重要的修辞方法。刘勰在《文心雕龙》中以“事类”来称“典故”。① 钟嵘在《诗品》中言“夫属词比事，乃为通谈。若乃经国文符，应资博古；撰德驳奏，宜穷往烈。至于吟咏情性，亦何贵于用事”，提出了“用事”一词。罗积勇先生在其《用典研究》一书中称用典是“为了一定的修辞目的，在自己的言语作品中明引或暗引古代故事或有来历的现成话”②。典故，是存在于古代典籍中，并为后人广范征引的一类特殊的语料群。典故运用得当，可以使诗歌更为凝练、含蓄，也能令诗人想要表达的思想观念更具说服力。即借典故之意，诉诗人之心。但是如果典故使用过多或者使用不当，便容易使作品流于因袭的形式主义。因此，苏轼在谈到用典的原则时，力主“以故为新”的新意论，认为诗歌用事要从故实中化出新意。

高丽中后期，随着对宋诗的提倡及苏黄诗风的流行，李奎报在诗歌创作方面也主张“新意论”，指出：

---

① 刘勰著，周振甫注：《文心雕龙注释》，北京：人民文学出版社，1981年，第411页。

② 罗积勇：《用典研究》，武汉：武汉大学出版社，2005年，第2页。

> 夫编集之渐增，盖欲有补于后学。若皆相袭，是沓本也，徒耗费楮墨为耳。吾子所以贵新意者，盖此也。①

李奎报针对当时高丽文坛编集因袭之作居多的现象提出此论。崔滋在评价其汉诗作品时称“李文顺公奎报，气壮辞雄，创意新奇”②。高丽后期的李齐贤也曾在《栎翁稗说》中言“直述其事，而无新意”，开始重视含蓄的诗学。

徐居正继承了高丽中后期与朝鲜初期的现实主义诗歌传统及李奎报等人的诗学观念，主张“新意论”，强调创作要有新意、个性，“自成一家”。徐居正提倡大量的用事，但主张运用典故时要做到“无斧凿痕”，反对一味地模仿、蹈袭。徐居正在《东人诗话》中道：“古人作诗，无一句无来处。”徐居正倡导“无一句无来处”，即认同诗歌的妙处在于用事，明引与暗引结合。

从用典内容上来看，徐居正讽谕诗的用典来源主要有山林隐士类、忠孝名士类、李杜作品语辞化用类三种。

其一，山林隐士类。徐居正在后期所作隐居避世的诗歌中提到了李愿、林逋、张志和、郑子真等具有侠隐风格的人物。李愿是唐朝隐士，早年有志于功名，但涉世而不得志。看透了世态炎凉之后，他毅然告别同乡故友，隐居盘古。徐居正在政

① ［高丽］李奎报：《东国李相国全集》卷二十六《答全履之论文书》。

② ［高丽］崔滋：《补闲集》卷中。

坛失意之时，曾表明自己有“仍归李愿盘”①、“躲山钓水谋”②之意。林逋是宋代仁宗时期的诗人，经常放鹤湖中，不仕不娶，悠然自适，以梅为妻，以鹤为子，有“梅妻鹤子”之称。梅花、仙鹤均是志行高洁的象征，这也从侧面反映出林逋是位超然物外的高洁隐士。林逋中年以后，厌倦漂泊，“结庐西湖之孤山，二十年足不及城市”，在西湖畔的孤山过着极其清苦的隐居生活。

> 欲访西湖处士家，梅花淡淡竹枝斜。笼中有鹤须开放，已道山中客到多。③

徐居正以林逋潇洒出尘之态自抒胸臆，在运用林逋这一隐士的典故上独辟蹊径，通过林逋放鹤之景表达超尘脱俗的人生理想，暗含着他厌倦官场、欲挣脱樊笼的心情。诗中，徐居正借“笼中有鹤须开放”一句表达自己不想像鹤一样被困在笼中。

“昔日陶元亮，今时郑子真”④，徐居正一连称颂了陶渊明、郑子真两位隐士，赞叹他们视名利为浮云的隐逸精神。陶渊明志存高远，当意识到在现实社会无法实现他的社会理想时，毅然选择了避世隐居。郑子真生于西汉，耕读不仕，隐逸民间。

---

① ［朝鲜］徐居正：《四佳诗集》卷四《送梁直学井明辞官归养》。
② ［朝鲜］徐居正：《四佳诗集》卷五十《重到诸富村墅》。
③ ［朝鲜］徐居正：《四佳诗集》卷五《林和靖放鹤图》。
④ ［朝鲜］徐居正：《四佳诗集》卷四《村家》。

汉成帝时王凤以礼相聘，而子真不为利所诱，不为威所屈，断然拒绝出仕，实乃真正的隐士。徐居正在其讽谕诗中，通过运用陶渊明、郑子真等隐逸诗人的典故传达自己在社会理想破灭之后隐居避世的心境。

其二，忠孝名士类。徐居正的讽谕诗在用典时多次涉及辅佐君王建立不朽功业的忠臣及尽心尽力侍奉双亲的孝子，这表现了徐居正对儒家忠孝观念的宣扬。

> 南山北阙两悠悠，聒耳西风又一秋。辅主忠良周霍在，论诗筹策贾晁优。浊醪自与黄花约，清梦相寻白鸟谋。若待云台麟阁后，青山何处不菟裘。①

徐居正心怀儒家“兼济天下”“立功不朽”的功名观念，凡是历史上能辅弼君王建立不朽功业的人物都是他崇拜和咏叹的对象。“辅主忠良周霍在”一句引出了两位辅佐幼主的忠臣周公和霍光。周公尽心辅佐当时尚且年幼的周成王，又平定叛乱、制礼作乐，为西周的安定繁荣做出了重大贡献。霍光是西汉时期的政治家，尽心辅佐朝政，开创了昭宣中兴的繁荣景象。徐居正在诗中通过运用周公和霍光这两位忠良之臣的典故，表达了建功立业、麟阁题名的政治理想及忠君爱国之心。

徐居正在讽谕诗中还以刘殷天芹、董永贷钱、伯俞泣杖、王祥剖冰、闵损芦衣、刘氏孝姑、田真荆树、曾参孝亲、郭巨

---

① ［朝鲜］徐居正：《四佳诗集》卷四《偶题》。

埋儿、杨香扼虎[1]来告诫世人需对父母尽孝，遵守儒家的纲常伦理。

其三，李杜作品语辞化用类。李白与杜甫是中国文学史上爱国忧民、勇于揭露社会黑暗的伟大诗人，因此得到了包括徐居正在内的朝鲜文人的高度推崇。徐居正在其诗话集《东人诗话》中，对杜甫的引用频率颇高。[2] 徐居正熟读李杜诗歌，其讽谕诗中大量化用了李杜等的诗歌词句，表达了其关注民生疾苦的儒者情怀。

徐居正经常自比杜甫，其创作的讽谕诗中也多次出现诸如“自笑前身杜陵老”[3]、“前身杜甫君休笑”[4] 等诗句：

> 先生茅屋依山前，三年不茅屋已穿。昨夜屋上雨兼风，旧茅亦尽随飞蓬。大漏雨势如翻盆，小漏雨脚如垂筒。屋中走避无干处，坐此浪浪空达曙。呼儿编茅俄补疮，茅薄又为风取去。先生仰天空叹嘘，岂无厦屋庇君居。山南屋材多于织，一取可使成渠渠。风雨纵恶乃君何，从前茅屋真蘧篨。[5]

---

① ［朝鲜］徐居正：《四佳诗集》卷三十一《孝子图十咏》。

② 徐居正《东人诗话》中对中国诗人诗词引用条数统计：杜甫 17、苏轼 15、李白 6、韩愈 6。

③ ［朝鲜］徐居正：《四佳诗集》卷三十一《春怀，寄吴邻兄》。

④ ［朝鲜］徐居正：《四佳诗集》卷十二《三和四首》。

⑤ ［朝鲜］徐居正：《四佳诗集》卷二《茅屋叹》。

这首《茅屋叹》诗在诗歌意蕴和意境上沿袭了杜甫的《茅屋为秋风所破歌》，表达了徐居正忧国忧民的情怀。“屋中走避无干处”对应杜甫诗中的“床头屋漏无干处”，表现了茅屋破烂不堪不足以遮蔽风雨的状况。“岂无厦屋庇君居”是对杜甫诗中的“安得广厦千万间，大庇天下寒士俱欢颜”的化用。徐居正并非孤立地描写“先生”屋破又遭连夜雨的苦况，而是借描写“先生”一人的痛苦表现天下千万人的痛苦，以此展现社会的苦难、时代的苦难。

徐居正在感叹社会黑暗、民生艰难的苦况之时，经常化用李杜二人的诗语，比如李白的“君不见”、杜甫的“呜呼”等，吸取了李杜善用散文化语言入诗的特点。

> 呜呼我民生，何以得生恩。我今闻此语，中夜独呜咽。①
>
> 呜呼暂蹶真可怜，壮志亦复思三千。不如长为大仓鼠，自饱自肥自容与。②
>
> 君不见白日道路猛虎游，血肉狼藉无人收。③

“呜呼”表现了徐居正对当时民生之艰的叹息。“君不见白日道路猛虎游，血肉狼藉无人收”一句是对杜甫《兵车行》中

---

① ［朝鲜］徐居正：《四佳诗集》卷四《兔山村舍，录田父语》。

② ［朝鲜］徐居正：《四佳诗集》卷二十八《老马行》。

③ ［朝鲜］徐居正：《四佳诗集》卷四《夜宿瑞城村家，书所见》。

“君不见，青海头，古来白骨无人收”的化用，用“君不见”引起对后文内容的强调，突出当时百姓所遭受的苦难。

徐居正在表达隐居避世之意时，追求“新意”，将数量词与隐逸典故相结合，反复咏叹身在宦海的怅惘、无法实现社会理想的苦闷。其中，数量词多用十年、十载、七十年等，并与白头、鸥鸟等意象相结合。

魂梦已迷尘世界，十年沙鸟未盟寒。①
辜负鸥盟今十载，白头犹自恋朝闹。②
十载鸥盟愧已寒，何时归去老江干。③
自古功臣少到头，十年归梦到闲鸥。④
千年往事思黄鹤，十载深盟到白鸥。⑤
广津山水今无恙，欲买扁舟老白鸥。⑥
十年往事浑如梦，辜负鸥盟事又非。⑦

“鸥盟”指与白鸥盟誓为友，喻避世隐遁，语出《列子》：

---

① ［朝鲜］徐居正：《四佳诗集》卷四十四《题李参议季基积城别墅》。

② ［朝鲜］徐居正：《四佳诗集》卷四十五《又用前韵寄七休》。

③ ［朝鲜］徐居正：《四佳诗集》卷九《又用前韵》。

④ ［朝鲜］徐居正：《四佳诗集》卷十《又次李之安诗韵》。

⑤ ［朝鲜］徐居正：《四佳诗集》卷五十一《福庆归广州，因忆望月峰》。

⑥ ［朝鲜］徐居正：《四佳诗集》卷二十八《漫兴》。

⑦ ［朝鲜］徐居正：《四佳诗集》卷八《次韵日休见寄》。

“海上之人有好鸥鸟者，每旦之海上，从鸥鸟游，鸥鸟之至者百数而不止。其父曰：‘吾闻鸥鸟皆从汝游，汝取来吾玩之。’明日之海上，鸥鸟舞而不下也。”由于徐居正屡次上疏请辞均遭拒绝，因此这一时期他的诗中呈现最多的便是辜负与白鸥之约的内容。

> 北阙辞明主，南州慰老颜。求忠必求孝，谋道岂谋官。
> 且读何蕃传，仍归李愿盘。如君高义少，须向古人看。①

诗中“且读何蕃传，仍归李愿盘”涉及两位历史人物，一是不遇于时、无法施展才能的太学生何蕃，二是涉世不得志而隐居盘古的李愿，表现出优秀之人无法施展理想、一展抱负的遭遇。诗中，何蕃与李愿的典故衔接得十分顺畅自然，与诗相融，丰富了诗歌韵味。

综上所述，李白、杜甫等人是徐居正最经常拿来自比的历史人物。徐居正对国家百姓的关注、对社会问题的揭露，以及对理想社会的追求幻灭之后想要归隐的心境转变，是其诗歌中的最强音。徐居正大量使用典故，在前人的基础上进行创新，力求斧凿无痕，丰富了讽谕诗的内涵。

（二）情境交融的形象塑造

徐居正在其讽谕诗中刻画了许多栩栩如生的人物形象，如

---

① ［朝鲜］徐居正：《四佳诗集》卷四《送梁直学井明辞官归养》。

施行仁政、念及民生的君王，忠孝两全、直言进谏的贤臣信士，为富不仁、骄奢淫逸的上层贵族，辛勤劳动、善良淳朴但遭受剥削、生活艰难的底层百姓等，包含了社会关系中的各个阶层，生动展现了朝鲜朝前期社会的生活画卷。

在刻画底层人物形象时，徐居正继承了乐府诗“感于哀乐，缘事而发”的传统，以点带面，即通过描述一个人物的形象，来反映社会底层百姓的整体命运，从而达到反映社会问题的目的，同时表达希望国家安定、百姓富足的政治理想。

徐居正笔下的战争场面宏大而残酷，但在此场景之下，底层百姓的形象则是被动而无奈的。

> 闻说边防急，州官又点兵。旌旗阴大野，鼓角动江城。
> 执戟丁男尽，赍粮妇女行。何当清漠北，民物乐春耕。①

为了应对边关危机，州官再次到家家户户征兵。起句的“又”字，说明年年征兵使得民不聊生，百姓怨声载道。承句的“阴”“动”两个动词将战争场面形象地刻画出来。转句的“尽”“行”两个动词则突出了战争使得男性几乎全部丧命而只得动员妇女运送军粮的残酷现实，揭露了战争及兵役制度给百姓带来的苦痛。结句表现了诗人对战争结束、恢复生产的热切期盼。这首五言律诗以“战争”和“百姓”为主题，烘托了诗人对战争的厌恶和对底层百姓的同情。全诗选用精练的动词加

---

① ［朝鲜］徐居正：《四佳诗集》卷四《书事》。

强了现场感和真实性，将场景和诗人的情感紧密结合，达到了情境交融的艺术效果。

江边洗姑颜如花，小小澼绕为生涯。朝洗白足如雪色，暮洗白颜如霜华。朝朝暮暮洗复洗，一身自洁心自多。缲白白于冰茧丝，夜夜白月鸣寒梭。织成纤缟裁为衣，细于鲛绡轻越纱。①

徐居正在诗中运用“颜如花”“白足如雪色”“白颜如霜华”等一系列的比喻手法塑造了一个年轻貌美的洗姑形象，寥寥数笔而人物神情毕肖。洗姑没有华丽的妆饰，让人感觉纯洁无瑕。“洗”“织”“裁”等动词生动地描绘了洗姑每日洗衣织布的场景，其与洗姑这类人为生计所困的状况结合起来，表达了诗人对洗姑困苦生活的同情，也反映了当时下层百姓遭受盘剥的悲惨处境。“洗”字贯穿全诗，可谓“诗眼”。

山西白发卖药叟，卖药得钱即沽酒。沽酒健倒鲸吸川，醉乡日月无中边。行年七十无一妻，无屋可居田可犁。朝昏不继粥与饘，是非忧乐皆蹄筌。君不见长安无数将相贤，富贵炙手仍熏天。功名役役焦精神，保全终始知几人。卖药叟尔可怜，一生不窃大仓钱。方其卖药赌醉时，天崩地

---

① ［朝鲜］徐居正：《四佳诗集》卷二十八《洗姑叹》。

拆那得知?[1]

在这首诗中，徐居正刻画了年老无妻、无屋可居的卖药叟形象。“一生不窃大仓钱”是卖药叟对这个社会的回应，纵使自己生活困苦，也绝不像老鼠一样偷窃粮食财物。在徐居正笔下，卖药叟生活艰难，只能通过狂饮来慰藉内心的怨苦。徐居正通过描绘卖药叟的遭遇，揭露了一手遮天的权贵掠夺百姓的社会现象，以卖药叟个人的艰难生活来展现当时朝鲜社会中普遍存在的状况，讽刺了腐败的社会现实，有很强的社会典型意义。

值得注意的是，徐居正通常将底层百姓作为一个群体进行刻画。

徐居正在《移病到村家，留数月》中叙述了“户因逃赋年年减，吏为征兵日日来”[2] 的“境”，在这种“境”之下，他想到自己只是一介书生，只会吟诗作赋，对此有心而无力，由此“缘愁白发三千丈，随兴青山十万层”，由“境”到“情”，情境交融，表现了他对遭受盘剥的底层百姓的深切担忧。

徐居正讽谕诗中的底层百姓形象具有“社会实录”性质，反映了特定时代底层百姓的精神面貌。徐居正刻画了许多饥寒交迫、衣不蔽身的底层人物，对其或同情，或怜悯。通过塑造典型的底层人物形象，徐居正揭露了当时繁重的赋税给广大百姓带来的苦难。徐居正不仅为这一群体人物画像，对他们身处

① ［朝鲜］徐居正:《四佳诗集》卷五十《卖药叟》。

② ［朝鲜］徐居正:《四佳诗集》卷二《移病到村家，留数月》。

底层所受的戕害深表同情，同时思考这些人物悲剧命运产生的根本原因。徐居正《兔山村舍，录田父语》云："去岁官没田，吏胥右豪猾。贫家无立锥，空余悬磬室。仅仅起废丘，年荒税不足。吏来日征督，令严如火烈。剜肉未医疮，逃窜匿崖谷。饥火煎肠肚，颜色日黧黑。"① 这一段描写了因失农逃窜、面黄肌瘦、不惜剜肉医疮的田父形象，以及狡猾奸诈、欺压百姓的官吏形象。结尾处，徐居正揭露下层百姓之所以失去生计、四处逃窜，正因为"国家重贵近，尊位厚其禄"。徐居正借田父之语描述了社会的不公平，表达了愤懑之情。

徐居正笔下描绘的底层百姓多因遭受官吏欺压而生活困难，他们要服兵役、缴赋税，还承受着颠沛流离的苦痛。《途中书所见》中写道："卖薪鬻菜徒辛苦，城市今年米价高。"② 由于灾荒，田间几乎没有任何收成，政府下令农民以低价出售粮食，然而由于贪官污吏从中作梗，市场上的粮食并未减价。老百姓卖薪鬻菜换来的粮食寥寥无几，却也只能接受这种不平等的交换。诗人既刻画了逆来顺受的劳动百姓形象，又讽刺了那些不为老百姓着想的贪官。

徐居正早期在农村生活，与农民接触十分密切。在徐居正的笔下，劳动百姓的生活是困苦的，心灵是美好的。徐居正以农村生活为创作题材，通过对所见农村生活图景的描绘，塑造了纯真质朴的底层劳动百姓群像。

---

① ［朝鲜］徐居正：《四佳诗集》卷四《兔山村舍，录田父语》。

② ［朝鲜］徐居正：《四佳诗集》卷二《途中书所见》。

田家二月啼布谷，南村北村雨新足。泥融无块田可耕，原头叱叱驱犊声。老翁秉耒筋力强，大儿小儿行踉跄。家妇布衫无完裳，日午野饷芹蕨香。麦穗渐黄稻新绿，满眼新缫飞雪白。里闾相逢无异说，勖尔辛勤事稼穑。稼穑可乐还可怜，十年不见大有年。待得有年议婚姻，携壶挈肉相醉眠。田家田家风俗真，不比垅断争利人。袖中已草归田诗，他时争席知我谁。①

徐居正在这首诗中塑造了每日辛勤劳作却依然难以维持生计的农民形象。这首诗以百姓真实自然的田间生活为描写对象，把全家辛勤劳作和生活的困苦结合起来，结句又将田家人与争利人进行对比，突出了田家的淳朴，表达了诗人对社会上追名逐利现实的批判。

徐居正诗歌中塑造的底层百姓形象具有自然真实感，他既能站在理性的高度在诗中客观描绘朝鲜朝前期底层百姓困顿的生活状态，也能以别具诗意的眼光审视辛勤劳作的百姓，将其看似平常的生产生活描写得富有艺术情趣。徐居正在《村人送鱼蟹》《谢李村老寄美梨》《谢村人送芹子》《村人送新黄黍》等诗中，感谢村人为其送来美梨、芹、黄黍、蟹等，展现了劳动百姓之善和诗人对底层百姓特殊的亲近感。

徐居正在其讽谕诗中还表现出对女性人物的关心，关注她们的身世遭遇和内心世界，塑造了田妇、织妇、洗姑等困顿拮

① ［朝鲜］徐居正：《四佳诗集》卷三《田家谣》。

据的悲苦妇女形象。

徐居正针对底层劳动女性这一群体，常以“荆钗”暗喻她们困顿拮据的生活与凄清无奈的情感。荆钗为贫穷女子日常所用，与使用者的命运息息相关。徐居正在《田妇叹》《田妇汲水》等诗中描写田妇形象时都运用了“荆钗”一词。如“蓬鬓荆钗紫茜裳”，诗人将“荆钗”与“茜裳”平铺并列，散发出浓厚的隐喻意味。诗中女子发髻上所戴钗饰并不是贵重的金钗银钗，也不是普通人家负担得起的铜钗，而是极为寒酸的荆钗，衣裳也粗简到无任何花俏的装饰，足以推断其经济状况十分不理想。徐居正在《老妪叹》诗中写道：“花冠玉簪复珠履……蜀锦越罗满箱箧。”① 富家女头戴花冠插玉簪，有着满箱的蜀锦越罗，而贫家妇女生活处境艰难，连温饱都难以解决，纵然有爱美之心也是枉然。

徐居正刻画了底层女性人物不幸的人生境遇，对她们寄寓了深切的关怀，同时努力发掘她们的闪光点。她们并未因生活贫苦而堕落，依旧自食其力，不卑不亢，凭借双手养活自己。如《织妇行》中“终然不学娼家儿，为人歌舞衣满箧”② 的织妇，纵使无裙袜蔽体，也不学娼妓被人羞辱来换取华丽衣物。

徐居正饱含深情地记录下底层百姓的困苦生活，体现了儒家的仁爱精神。徐居正对百姓在怜悯之外还有一份可贵的尊敬。不论是田妇，还是洗姑，都具有不辞劳苦、勤俭持家、无私奉

① ［朝鲜］徐居正：《四佳诗集》卷二十九《老妪叹》。

② ［朝鲜］徐居正：《四佳诗集》卷二十九《织妇行》。

献等可贵品质。她们甚至主动担负起对国家、对社会之责。在记录这些苦难中的女性时，徐居正以真挚之情刻画她们的生命情态，展现了女性对家、对社会的主体意识和崇高情怀，通过美好的妇女形象进行道德宣扬、实现对女性的劝谏和教导。

综上所述，徐居正以如椽巨笔描绘朝鲜朝前期社会中不同的人物形象，通过场景的典型化抒发情感。他通过具体的场景真实地展现了各阶层人物的精神面貌，揭示了人物命运形成的社会历史背景。他对其诗歌中的人物形象注入了极大的情感，与他们一同欢笑、一同哭泣。他以天下苍生为念，揭露官吏的剥削压迫带给百姓的痛苦，为民请命。总之，徐居正以绝妙的笔触、独具匠心的艺术手法，使笔下的人物形象个性鲜明又具有典型性。同时，他在塑造人物形象过程中彰显出以己度人、以情度人的儒者心怀。

（三）中和平实的诗语构思

诗歌是一种抒情言志的文学体裁，以诗歌语言为媒介，传达给读者或清晰或朦胧、或直率或含蓄的丰富情感。

杜甫是中国唐代讽谕诗的创作大家，其讽谕诗慷慨激昂，坦白直率。如《送韦讽上阆州录事参军》中的“必若救疮痍，先应去蟊贼！”又如，《醉时歌》中的“德尊一代常坎坷，名垂万古知何用”“但觉高歌有鬼神，焉知饿死填沟壑”。白居易的讽谕诗也表现出强烈的讽刺性与批判性。白居易在谈到诗歌语言时，认为“至于讽谕者，意激而言质”，讽谕诗要表达诗人胸中的激愤，注重诗歌的说教性。

徐居正与杜甫、白居易等的诗风有所不同，其讽谕诗注重运用中和平实的语言反映现实。

徐居正强调诗歌的政治教化作用，在诗中针砭时弊，但这种批判并不是暴风骤雨般的情感宣泄，而是以“中和”为美，用中和的语言表露讽谕主题。

徐居正通过中和的语言，在诗中对事情的来龙去脉娓娓道来，虽然也会让读者对诗歌中的贪官污吏等反面形象产生憎恶之情，但并不会到让人扼腕切齿的程度。正如，他在《寒夜吟》《兔山村舍，录田父语》《老马行》等作品中表达对贫富差距悬殊、官吏压榨下层百姓的批判时，多是点到为止，及时收笔，不会如滔天巨浪一样重创人心，让人产生强烈的激荡感。

徐居正在《兔山村舍，录田父语》诗中，借田父之语描述了不合理的社会现象，深刻揭露了民生现实，但结尾处以“中夜独呜咽”戛然而止。

杜甫《石壕吏》① 一诗亦描绘了官吏的丑恶行径。杜甫于乾元二年春赴华州上任时，曾投宿石壕村，正遇着官吏捉人从军。杜甫在这首诗中表现出对官吏丑恶嘴脸的尖锐批判。“吏呼一何怒！妇啼一何苦”一句明确表达了诗人对酷吏的憎恨之情，全诗无处不透露着对黑暗现实的批判。

---

① 《石壕吏》：“暮投石壕村，有吏夜捉人。老翁逾墙走，老妇出门看。吏呼一何怒！妇啼一何苦！听妇前致词：三男邺城戍。一男附书至，二男新战死。存者且偷生，死者长已矣！室中更无人，惟有乳下孙。有孙母未去，出入无完裙。老妪力虽衰，请从吏夜归。急应河阳役，犹得备晨炊。夜久语声绝，如闻泣幽咽。天明登前途，独与老翁别。”

杜甫在描写恶吏形象时情感激烈，饱含憎恶、痛恨之情。而徐居正侧重于对当时百姓的遭遇表示同情与悲伤。也正是因此，徐居正的《兔山村舍，录田父语》一诗没有剑拔弩张的压迫感和紧张感。

此外，徐居正的讽谕诗又具有语言平实的特点。其讽谕诗少用奇僻古奥之词，通俗浅近，整体有朴实之感，兼具穿透力与感染力。

其《将如村舍，夜有大雨，江涨怅然有作》一诗云："田园无废日，江汉有晴时。"① 全句通过一有一无表现了诗人对回归田园的期盼，读来明晓畅快。又如，《遇涝》云："天意人心难自料，耕时欲雨艾时晴。"② 诗人看到洪水泛滥之状，感慨天意和人心一样难以预料，耕作之时要下雨，耕作停罢又天晴。诗人没有追求语言的新颖独特，也没有运用华美的辞藻，而是以最平实的语言抒写了对田间农民的同情，情真意切，令人动容。

徐居正还经常使用口语化、生活化的诗语来表现其讽谕诗平实的语言特点。在《书怀》中，他说："不如归去田园好，无可奈何齿发疏。"③ 这句诗就像诗人随笔写就的一般，不加任何雕琢，运用"不如归去"与"无可奈何"这种口语化的表达，简单明了，拉近了与读者的距离，使读者更易体会诗人对归田

---

① ［朝鲜］徐居正：《四佳诗集》卷三十《将如村舍，夜有大雨，江涨怅然有作》。

② ［朝鲜］徐居正：《四佳诗集》卷二十《遇涝》。

③ ［朝鲜］徐居正：《四佳诗集》卷三十《书怀》。

的渴盼。

综上所述，徐居正的讽谕诗诗风质直浑厚，少有特别尖锐的批判与讽刺，多侧重于表现对国家、社会、百姓的担忧。如《老马行》中的“呜呼暂蹶真可怜，壮志亦复思三千。不如长为大仓鼠，自饱自肥自容与”①。又如，《寒夜吟》中的“两处苦乐迥不同，天工造物还不公。我今中夜三叹息，哀吟啾咽如寒蛩”②。在这两首诗中，徐居正并没有针对当时底层百姓所遭受的苦难来批判统治者，更没有提出解决因贫富差距带来的各种不合理问题的方法，只是以一个旁观者的角度叙述事实，表达自己的感叹。但不可否认的是，徐居正的讽谕诗对于朝鲜朝现实主义诗文的创作起到了启迪作用，一定程度上发扬了文学的社会功能。

① ［朝鲜］徐居正：《四佳诗集》卷二十八《老马行》。

② ［朝鲜］徐居正：《四佳诗集》卷三《寒夜吟》。

沧波凝湛写天光：高峰奇大升的儒韵汉诗

徐友英　李学堂

一、绪论

奇大升是16世纪李氏朝鲜著名的性理学家。他与李滉进行了长达八年的“四七论辩”①，这不仅夯实了奇大升个人性理学思想的根基，也为李滉思想的成熟提供了良好的切磋之助，促进了韩国性理学的发展并使其走向巅峰时代②。奇大升不仅在性理学上造诣颇深，在文学和史学领域也多有建树。李滉赞其为“通儒”，他在奇大升中举之后说：“今举多得人，有奇大升者学问人物，过于前所闻。圣朝得此儒用，实斯文大庆也。”③ 洪万宗在《诗评补遗》中高度评价奇大升的汉诗：

---

① 关于这场辩论的名称，说法不一。常用的有四端七情之辩、四七论辩、四七论争、性情理气之辩等。为了行文方便，本文均采用“四七论辩”的说法。

② 参见权美花：《论朝鲜朝奇大升性理学思想观照下的文学观》，《东疆学刊》2018年第4期。

③ ［朝鲜］李滉：《退溪先生文集》卷十九《答黄仲举》。

“作语天然，各尽妙处，其性情之正，得于诗者，由此可见矣。”可见，奇大升的汉诗受《诗经》影响极大，追求自然雅正的诗风。

奇大升留存至今的诗歌共 449 篇、764 首，其中不乏思想深刻、感情真挚、格调高雅的佳作。但是，学界对奇大升汉诗的研究相对较少，大多聚焦于奇大升性理学思想的研究。究其原因，主要是奇大升性理学家的身份名闻遐迩，其性理学思想自然得到了学界的普遍关注。在朝鲜朝儒学思想史上具有重要意义的“四七论辩”的主人公就是李滉和奇大升。李滉创立了“退溪学派”，在朝鲜朝儒学史上具有举足轻重的地位。奇大升与李滉之间的这场辩论自然就受到了儒学研究者的重点关注。

“诗以言志，文以载道。”文学不仅是表情达意的工具，其中也包含着作者的人生观念和思想倾向。孔子确立了儒家诗教观：“《诗》，可以兴，可以观，可以群，可以怨。迩之事父，远之事君，多识于鸟兽草木之名。”（《论语·阳货》）孔子把诗作为教化和养成人才的重要方法，十分重视诗学的社会和教育功能。以韩愈和周敦颐为代表的唐宋时期文人普遍继承了孔子的诗教观，从理论上定义和深化了文与道的相互关系，使之成为历代正统文学观念。

周敦颐、程颐、朱熹等理学家将这种文学观念进一步发展为修养实践论，从而确立了文以载道的理论体系。① 从朝鲜朝初期开始，东国文人儒士深受宋代性理学思想的影响，尤其是16世纪的士林派文人，对朱子思想推崇备至。奇大升作为士林派的性理学者，不仅注重修己治人、知行合一的修养工夫，在汉诗创作上也深受“载道论”文学观念的影响，认为“道为本，文为末”，主张文以载道的文学观。因此，对奇大升的诗文作品进行研究，不仅有着文学史价值，对理解其性理学思想也具有一定意义。

韩国学界对奇大升的研究范围比较广泛，研究成果也较为丰硕，研究领域主要涉及其哲学思想、教育思想、文学思想等，其中针对奇大升哲学思想的研究成果，尤其是有关“四七论辩”的内容最多。代表性的学位论文有《高峰奇大升的性理说研究》② 和《十六世纪朝鲜性理学特征研究——以退、高、栗、牛论辩为中心》③；代表性的学术论文有《高峰性理学及其修养论》④、《高峰奇大升四七说中“气发”的意义变化》⑤、《高峰

① 参见权美花：《论朝鲜朝奇大升性理学思想观照下的文学观》，《东疆学刊》2018年第4期。

② ［韩］南智万：《高峰奇大升的性理说研究》，高丽大学校博士学位论文，2009年。

③ ［韩］全浩根：《十六世纪朝鲜性理学特征研究——以退、高、栗、牛论辩为中心》，成均馆大学博士学位论文，1997年。

④ ［韩］姜熙福：《高峰性理学及其修养论》，《韩国哲学论丛》第31辑，2011年。

⑤ ［韩］南智万：《高峰奇大升四七说中“气发”的意义变化》，《孔子学》第14号，2007年。

奇大升的太极理气论》[1]、《退溪—高峰四七论辩的根本问题》[2]等。在教育思想、文学思想等方面，虽然相关论文数量不多[3]，但考虑到奇大升并没有对自己的教育思想、文学思想等进行系统论述，后代学者只能从零散的文字中进行提炼归纳，由此看来目前韩国学界在这些方面的研究可以说已经具备了一定的研究深度。

在文学研究方面，现有的研究成果也极为有限。其中，《高峰奇大升的诗文学研究》是较早出现的一篇博士论文。该论文分别对奇大升的写景诗、送别诗、酬唱诗、禅诗、说理诗做了笼统的归类分析，进而阐述了奇大升汉诗在韩国文学史和思想史上的意义。[4] 但作者对奇大升不同类型汉诗的思想内容和文学特色缺乏详细具体的剖析。《高峰奇大升的说理诗研究》以

---

① ［韩］崔正默：《高峰奇大升的太极理气论》，《儒学研究》第 23 辑，2010 年。

② ［韩］李相翊：《退溪—高峰四七论辩的根本问题》，《退溪学报》第 146 卷，2019 年。

③ 关于高峰教育思想的研究主要有：［韩］李润守：《高峰教育思想研究——以教育钻研过程及其思想为中心》，全南大学校硕士学位论文，1995 年；［韩］郑乐灿：《高峰奇大升的教育思想》，《教育哲学》第 26 辑，2004 年。关于其礼学思想的研究主要有：［韩］韩宰勋：《退溪李滉和高峰奇大升的理学论争》，《韩国东洋政治思想史研究》第 17 卷第 2 号，2018 年。关于其学术思想的研究主要有：［韩］李英子：《高峰奇大升的学问观》，《人文学研究》第 37 辑，2010 年；［韩］崔光满：《高峰奇大升的学术生涯研究》，《教育史学研究》第 17 辑，2007 年。

④ ［韩］曹桢林：《高峰奇大升的诗文学研究》，朝鲜大学校博士学位论文，2004 年。

奇大升的说理诗为研究对象，探讨了奇大升的理学思想与诗歌内容之间的内在联系，分别从古人道心、知足的理致、圣学之路三个方面对奇大升说理诗所蕴含的思想内容进行了分析。①《高峰奇大升的文学研究》对奇大升汉诗的美学特征进行了探讨与研究，阐释了奇大升汉诗所具有的典正平雅、自然雄健的特点。②

中国学界对奇大升的研究相对比较匮乏，大多着眼于奇大升的性理学思想尤其是围绕奇大升与李滉之间的“四七论辩”来进行。陈来《略论朝鲜李朝儒学李滉与奇大升的性情理气之辩》从四七论辩的始末、论辩双方各自所持的观点、四七论辩的结果及评价三个部分进行了具体阐述。③ 但之后的二十年里，国内学术界对奇大升的性理学思想关注较少。2015 年开始，奇大升的性理学思想再次得到学界的关注。例如，李甦平在《论奇大升理气混沦的儒学思想》一文中详细论述了奇大升的理气观，并提出奇大升的儒学思想具有理气混沦的特点。④ 王元琪在《朝鲜时期“四端七情”之辩述论》一文中则系统论述了朝鲜

---

① ［韩］李贞和：《高峰奇大升的说理诗研究》，《韩国思想与文化》第 88 辑，2017 年。

② ［韩］金秉国：《高峰奇大升的文学研究》，《泮桥语文》第 30 辑，2011 年。

③ 陈来：《略论朝鲜李朝儒学李滉与奇大升的性情理气之辩》，《北京大学学报（哲学社会科学版）》1985 年第 3 期。

④ 李甦平：《论奇大升理气混沦的儒学思想》，《社会科学战线》2015 年第 1 期。

朝时期李滉与奇大升、成浑与李珥先后进行的四七论辩。①

在奇大升的文学研究方面，权美花的博士论文《高峰汉诗研究》从理气论和四端七情论两个方面着手，在探究其性理哲学观的基础上，将奇大升汉诗分为儒家实践及教化、对理想世界的憧憬、山水田园之乐、怀人回顾的抒情等主题进行了分析，进而归纳出奇大升“文以载道”和“因物起兴”的文学观念。②

权美花《论朝鲜朝奇大升性理学思想观照下的文学观》从奇大升的性理学思想视角出发，考察了奇大升的文学观，并对奇大升的性理学如何与其文学观相联系等问题做了进一步的探讨。③

综上所述，从研究内容上来看，中韩两国学界对奇大升的研究，主要集中在以理气论为主的性理学思想上。虽然有相关论文涉及奇大升汉诗的研究，但比较笼统模糊，缺乏对某一类型汉诗细致具体的分析。因此，本文将在前人研究成果的基础上，通过对奇大升儒韵汉诗的研究，分析奇大升儒韵汉诗的思想内容和艺术特色，探究奇大升儒韵汉诗与其儒学思想的关系，以期为奇大升的思想研究和文学研究提供一些借鉴。

---

① 王元琪：《朝鲜时期“四端七情”之辩述论》，《西北大学学报(哲学社会科学版)》2023 年第 1 期。

② 权美花：《高峰汉诗研究》，延边大学博士学位论文，2011 年。

③ 权美花：《论朝鲜朝奇大升性理学思想观照下的文学观》，《东疆学刊》2018 年第 4 期。

二、奇大升的生平与儒学思想

（一）生平及交游

奇大升（1527—1572）出身幸州奇氏，字明彦，号高峰，又号存斋，谥号“文宪”。本节主要依据《高峰集》中的年谱、行状、谥状及张维所作《高峰先生集序》等文献资料，对奇大升的生平经历、交游情况等进行考察，进而分析人生经历和社会环境对其儒学思想、文学观念产生的影响。奇大升在短暂的四十六年人生旅程中，作为朝鲜朝时期著名的性理学家、政治家、诗人，为后人留下了颇多思想遗产，树立了士人精神的典范。为了更加清晰地梳理奇大升生平，也为了方便起见，本节将奇大升的一生划分为三个时期：坎坷波折的童年阶段（1~8岁）、刻苦奋进的求学阶段（9~31岁）、践行理想的出仕阶段（32~46岁）。

奇大升于1527年出生于光州召古龙里松岘洞第，原本为幸州高阳郡人，但由于其叔父奇遵在“乙卯士祸”中被罪致死，奇大升的父亲奇进便举家南迁到了光州。奇大升所居住的光州召古龙里松岘洞第一带依山傍水，风景怡人，这养成了奇大升热爱山水自然的真性情。从年谱和行状来看，奇大升7岁起接受童蒙教育，不过这时候他并未开始学习儒学典籍。真正的学习阶段要从奇大升9岁时阅读《孝经》算起。“先生自五六岁，凝重若成人，视群儿游戏，微哂而已。”① 奇大升幼年经历坎坷，8 岁时丧母，翌年悉心照顾自己生活起居的外祖母也不幸离世，这给童年奇大升的身心造成了莫大影响。在十分需要母爱呵护的小小年纪就遭遇失去至亲的切肤之痛，这使得奇大升的性格更加内向孤僻、少年老成。不过，奇大升虽然在幼年时期承受着身心的巨大伤痛，但他并没有走上意志消沉、自怨自艾、萎靡不振的道路。他化悲痛为力量，凭借着坚忍不拔的意志，秉持着追求圣贤之学的笃定信念，毕生致力于钻研圣贤之道，不断躬身自省，终成一代名儒。奇大升自幼就勤奋好学，仰慕圣贤之道。“先生十岁，每日晨起，静坐一处，诵读不彻”，“终夜不寐，翌晓往依于书堂……兼诵童蒙所学《中庸》《孟子》等书”。② 有人问奇大升读书之苦，奇大升不以为然，回答说：“吾自乐此。”由此可见，奇大升不仅天性好学，还有着良好的学习习惯和苦中作乐的学习态度。正是凭借着对学问孜孜以求的精神，他在 15 岁之前就熟读“四书”“五经”等儒家典籍和《史略》等历史典籍，对五行、卜术、地理、医学等领域均有涉猎。“十二岁，读《中庸》《古文真宝》《孟子》等书。十三岁，读《史略》，文理涣然。……先生十四岁，常好《纲目》，逐日览尽一卷，闭户静观，至忘寝食。”③ 据《高峰先生年谱》记载，奇大升的第一位老师金公缉要求奇大升做联句，奇大升脱

① ［朝鲜］未详：《高峰先生年谱》

② ［朝鲜］未详：《高峰先生年谱》。

③ ［朝鲜］未详：《高峰先生年谱》。

口而出“食无求饱君子道”，老师因此对他赞赏有加。奇大升的第二位老师是郑鹭。郑鹭见奇大升15岁的年纪便做了一首一百三十句的《西京赋》，对其赞不绝口。他称该篇“思远而气壮，语高而辞达。虽间有生涩，特是小疵，一蹴便到古作者列”①。由此可以看出，奇大升天资聪颖、文采出众，在诗文学领域是一位可造之材。奇大升正式系统地学习诗文学要得益于他的第三位老师——当时的诗文学大家宋纯。宋纯是16世纪朝鲜朝湖南地区诗文学巨匠，留下了六百余首汉诗、《俯仰长歌》等三十余首歌辞和时调。1544年，时任光州牧使的宋纯意欲在光州地区选拔一批青年才俊加以培养，奇大升便是其中之一。

在宋纯的教导之下，奇大升一边勤加学习《孟子》、前后《汉书》等经典著作，一边系统地学习诗文创作，其在诗文学领域的才华逐渐展露出来。后来，奇大升特意为宋纯作《俯仰亭记》以表师恩难忘之情。奇大升勤勉好学，20岁时参加乡试进士科考试，便入格二等。21岁进入成均馆学习。23岁中司马两试（生员试和进士试）俱二等。25岁赴谒圣试，遭到尹元衡迫害而落第。28岁赴东堂乡试夺得魁首。29岁时，父亲奇进因病去世，奇大升回乡守丧三年，期满后潜心研究性理学，并编纂了性理学研究著作《朱子文录》。此后，奇大升通过与宋纯、金麟厚、郑之云、郑澈等文人墨客的交游活动，学问日益精进。

与李滉的往来是奇大升交游活动中最浓墨重彩的一笔。奇大升32岁那年，中文科乙科第一人，与时任成均馆大司成李滉

---

① ［朝鲜］奇大升：《高峰先生续集》卷二《自警说》。

结识，受到李滉的赏识与器重，这成为奇大升人生的分水岭和转折点。奇大升针对郑之云《天命图说》中李滉修改的部分写了一篇《上退溪四端七情说》，向其提出质疑。朝鲜明宗十四年(1559)，李滉表明自己的四端七情之说尚需修正。三月，奇大升针对李滉答书，写了一篇长文并附说明，这就是《答退溪论四端七情书》。后经过八年的论辩，奇大升将自己的观点整理为《四端七情后说》《四端七情总论》。

在论辩过程中，随着学问交流的加深，年龄相差足足 26 岁的二人成为交情极好的忘年之交。李滉和奇大升亦师亦友，两人都是 16 世纪朝鲜朝时期的名儒兼性理学者，学养深厚、知识渊博，而且志趣相投，精神契合，都仰慕圣贤之道，并努力将修身治人的儒家理想践履于现实生活中，堪称良师益友的典范。44 岁时，奇大升辞职还乡，修建“乐庵”作为退栖之所。“乐庵”取自李滉写给奇大升信中的“贫当益可乐”一句。李滉去世后，奇大升悲恸不已。

(二) 社会背景及湖南诗坛的形成

16 世纪的朝鲜朝时期，政治局势混乱，勋旧派与士林派之间矛盾凸显，党争不断。这一动荡不安的社会背景给当时的朝鲜朝文人造成了不小的影响，特别是 15—16 世纪的“四大士祸”对朝鲜朝士林派文人造成了严重打击。“四大士祸”指的是戊午士祸、甲子士祸、己卯士祸和乙巳士祸。其中，1519 年发生的己卯士祸对奇大升一家的影响很大。奇大升的父亲奇进和叔父奇遵早年于静庵赵光祖门下求学，赵光祖主张至治主义，是当时力主改革的代表人物。由于改革举措损害到了掌权势力勋旧派的利益，士林派因此受到严重打压，最终改革也以失败告终。奇遵受到士祸牵连而被处死，奇大升之父亲奇进也因痛失爱弟，对仕途感到心灰意冷，便举家迁往湖南地区的光州。奇大升从孩童时期便因耳濡目染，对士林派的文人如赵光祖等十分尊敬，这一点从他的《祭赵文正公文》也可以看出。1545年，奇大升 19 岁，“及闻士林之祸，终日废食垂泣，闭户不出”①。到了明宗年间，奇大升成为士林派的代表。② 1563 年，奇大升 37 岁时因遭到权臣李樑的排挤，而贬黜流放。朝鲜宣祖继位后，奇大升担任经筵侍讲。受到士林派至治运动的影响，奇大升特别主张通过任用贤能之士治国理政。“是时，群才方进，急于经济，多所建明，论议纷然。而公则请以立志求贤委任责成，为大纲先务。盖志在正本，先教化而后法制，故颇与更张之议相左。”③ 比起大刀阔斧的改革举措，奇大升认为最重要的是人才，强调教化和修养的作用。由此可见，奇大升继承了金宗直、赵光祖一派的学问道统观念。

“国家不幸诗家幸，赋到沧桑句便工。”奇大升所生活的年代局势颇不宁静，士林派接二连三遭到打压，许多士林派文人过着流放或者隐居的生活，这无疑加剧了他们心中的愤懑不平

---

① ［朝鲜］未详：《高峰先生年谱》。

② 参见［韩］南智万：《高峰奇大升的性理说研究》，高丽大学校博士学位论文，2009 年。

③ ［朝鲜］李植：《谥状》。

之气。由于赵光祖等人在己卯士祸中被处死，士林派文人不再热衷于经世治国，而是将埋头研习学问作为自己毕生的追求。这恰恰推动了朝鲜朝文学的鼎盛。士林派文人纷纷拿起手中的笔，将生不逢时、郁郁不得志的无奈与不满、对国家政治命运的担忧、对圣贤之道难行于世的悲叹通过文学的方式淋漓尽致地表达出来。奇大升在听闻乙巳士祸事件之后，悲痛不已，也发出了生不逢时的感慨，写就了《自警说》一文。“故自此以来，慨怀劳思，中夜起坐，度时揣己。悲来填膺，言之不可已。乃编次往事，迹其所践之如何。一以为戒，一以为劝。而又自悲我生之不辰也。”①

可以说，16世纪是朝鲜朝汉文学史上的一个重要时期，是优秀诗人和杰出作家辈出的时代。其中，尤以湖南地区文风最盛，文人辈出。李睟光在《芝峰类说》中如是言：“顷世诗人多出于湖南，如朴讷斋祥、林石川亿龄、林锦湖亨秀、金河西麟厚、梁松川应鄀、朴思庵淳、崔孤竹庆昌、白玉峰光勋、林白湖悌、高苔轩敬命，皆表表者也。”许筠在其《惺所覆瓿稿》中也高度评价了这一时期的湖南文坛。“在靖陵朝，湖南人才之显于时者甚多，如朴讷斋昆季、崔舍人山斗、眉庵昆季、梁校理彭孙、罗提学世缵、林牧使亨秀。金河西、林石川、宋三宰纯、吴赞成瑓最著。其后朴思庵、李一斋、梁松川、奇高峰、高霁峰，或以学问，或以文章显于世。”湖南文坛的文人们经常举行以文会友的交游活动，他们于依山傍水之处修建了许多亭台楼

① ［朝鲜］奇大升：《高峰先生续集》卷二《自警说》。

阁，一度发展成为“楼亭诗坛”。其中，以宋纯为首的“俯仰亭诗坛”和以林亿龄为首的“息影亭诗坛”较为有名。

> 历尽山无等，来寻息影亭。坐间排玉烛，松里见疏星。醉兴浑抛盏，狂怀欲卧庭。
>
> 明朝有何事，幽磴不须扃。清风吹老树，白日丽春亭。美酒倾三亥，嘉蔬对五星。从容见山水，偃蹇在门庭。君与吾同趣，徘徊云满扃。①

这两首诗描写了文人相会于息影亭饮酒赋诗的交游盛况。从诗中也可以看出，当时湖南文坛的文人们所作酬唱诗以抒发交游之兴、山水之乐为主。

（三）“四七论辩”与奇大升的性理学思想

李滉与奇大升之间的“四七论辩”对奇大升性理学思想体系的建立有着重要影响。这场论辩的始末如下：李滉见郑之云所作《天命图说》，肯定了其“四端发于理，七情发于气”的思想。后来奇大升与郑之云论《天命图》，对上述说法提出质疑。李滉在得知奇大升的反对意见后，致书奇大升，将郑之云的说法修改为“四端之发，纯理故无不善；七情之发，兼气故有善恶”。奇大升答李滉书，并作《四端七情说》，再次针对李

---

① ［朝鲜］奇大升：《高峰先生续集》卷一《次息影亭韵五言四韵二首》。

滉的说法提出质疑，由此二人进行了长达八年的“四七论辩”，开启了朝鲜朝性理学界探讨心、性、情问题的先河。“四七论辩”主要的争论点是四端七情的所从来问题、四端与七情的关系问题及四端七情的善恶问题。本节将从李滉与奇大升之间“四七论辩”的主要争论点入手，对奇大升的性理学思想加以考察。

奇大升和李滉二人在来往书信中数次针对四端七情的所从来问题进行了争论。李滉从最开始主张“四端发于理，七情发于气”到后来主张“四端之情，理发而气随；七者之情，气发而理乘之”。从中可以得出以下两点判断：一是李滉始终坚持四端与七情来源不同；二是李滉以为理和气是相分离的，“四端”与“七情”应当分而言之。针对李滉“四端理之发，七情气之发”的观点，奇大升认为四端与七情来源一致：“愚谓四端七情，无非出于心者。而心乃理气之合，则情固兼理气也。非别有一情，但出于理而不兼乎气也。”（《答退溪论四端七情书》）奇大升以“心统性情”论作为四端七情同出于心（理）的佐证。针对李滉理气相分离一说，奇大升反驳道：“夫理，气之主宰也；气，理之材料也。二者固有分矣，而其在事物也，则固混沦而不可分开。”（《附奇明彦非四端七情分理气辩》）二人在理气观上为何会产生如此大的分歧呢？主要是因为他们对七情的理解不同。李滉认为，四端为善的情感，七情为除四端以外的其他情感。奇大升则将七情看作人的一切情感，认为七情是一个泛指的概念。李滉曾用“浑沦言之”和“分而言之”来概括奇大升与自己理气观的区别，虽然这一说法受到了后代学者的批判，但其基本把握住了两人理气观的主要特点。

通过上述对比分析可以看出，奇大升理气观的主要特点是“理”与“气”不可分，理气是浑然合一的。这一理气观直接影响了他对“四端七情”问题的看法。奇大升认为，四端属于七情的一部分，“非七情之外复有四端也”。理、气是“同实而异名”，但不能把二者归为同一事物看待。也就是说，四端与七情是部分与整体的关系，七情包四端。关于这一点，奇大升有如下论述：

> 盖性之乍发，气不用事，本然之善得以直遂者，正孟子所谓四端者也。此固纯是天理所发，然非能出于七情之外也，乃七情中发而中节者之苗脉也。

奇大升认为，四端七情都是由理和气构成，中节的七情和四端都发于理。因此，奇大升反对李滉将七情和四端对立起来、四端七情分属于理气的观点。此外，四端与七情的善恶问题也是“四七论辩”的主要争论点之一。李滉认为：“四端之发纯理，故无不善；七情之发兼气，故有善恶。”意思就是，四端发于性，纯善无恶，七情发于气，有善有恶。对此，奇大升反驳道：“是七情不出于性，而四端不乘于气也，此语意不能无病。”奇大升认为，既然七情四端兼具理气，“理弱气强，理无眹而气有迹，故其流行发见之际不能无过不及之差，此所以七情之发或善或恶，而性之本体或有所不能全也”。即情有善有恶不是因为根源上有善恶之分。四端七情的根源都是性（理），没有好坏之分。四端属于七情的一部分，是情“发而中节者”。“发而不中节”的七情流为不善，是“理弱气强”的缘故。情感的善恶是受到的气禀有所偏差而导致的。

综上所述，奇大升在“四七论辩”中形成了自己的思想体系，如强调“理气浑沦”思想。他认为，理就是理，气就是气，二者相离不杂，又不能分而言之。一切事物必须由“理”与“气”共同构成，二者缺一不可。“理”与“气”浑沦而不可分，这是奇大升理气思想的一个基本观点。关于四端与七情的关系，奇大升认为七情中包含着四端，四端并不是七情之外的情感，而是七情中的“发而中节者”，是七情中善的情感。依据朱子学“性发为情”“情根于性”的基本观点，奇大升认为，四端七情本质上是无区别的。四端七情同发于心，心是理气之合的产物；四端七情又同属于情，情是兼乎理气的，所以四端七情也是兼乎理气的。在四端七情的善恶问题上，奇大升则认为四端纯善无恶，七情有善有恶。七情流为不善，是其中“理弱气强”所致。奇大升的性理学思想主要来源于朱熹的“理气不离”思想和中国明朝朱子学“主气”的思想倾向。奇大升理气浑沦、四端七情同质等学说对以后的朝鲜朝性理学思想产生了重要影响。

三、儒韵汉诗的思想内容

诗歌是一种抒情言志的文体，《诗大序》载：“诗者，志之所之也，在心为志，发言为诗。”南宋严羽《沧浪诗话》又云：

“诗者，吟咏性情也。”文人骚客们通过诗歌抒发个人情感，吐露个人政治及人生理想，表达生活态度，构建精神世界。奇大升也不例外。结合奇大升的生平经历和所处时代背景分析其汉诗，有助于深入理解和把握他的人生观、自然天理观、学问观念及理学的涵养工夫。《高峰集》中收录的诗歌共有764首，其中原集342首，续集422首。其中，律诗和绝句占据了相当大的比重，这恰恰是当时朝鲜朝文人诗歌创作风尚的反映。

奇大升所作汉诗主要可以分为抒情写景诗、送别诗、酬唱诗及哲理诗等。其中，哲理诗主要由两部分组成：一部分充满着禅味和仙趣，表达了奇大升对佛道思想的接受；另一部分则具有儒家底蕴，为表达其儒学思想和人伦教化倾向的儒韵汉诗。本文主要对其儒韵汉诗进行探讨。儒韵汉诗不同于其他汉诗之处，就在于其中蕴含着丰富而深刻的儒学思想。本文选取儒韵汉诗的依据是看其是否具有儒家哲理韵味、典型的儒家审美意识和艺术追求等，而不按照传统的诗歌分类方式展开分析。本节将从“天人合一”的天理观念、“修己治人”的人生理想、“安贫乐道”的人生态度及“居敬穷理”的为学之道四个方面，对奇大升儒韵汉诗所具有的思想内容进行探讨分析。

（一）“天人合一”的天理观念

在性理学者的眼中，自然景色不仅是纯粹的观赏对象，而且是领悟“道”的途径，可以此锤炼个人的涵养工夫。基于这样的态度，性理学者们在创作写景诗的时候，陶冶心性之余，往往也在做着哲理性的思考。

热爱和依恋山水田园，希望逃离纷繁复杂的世俗社会，对桃花源式理想生活满怀憧憬等想法存在于多数文人骚客的心中。可以说，这是一种来源已久且具有普遍性的情绪。他们把对美好生活的憧憬和摆脱琐碎、劳苦现实生活的想法付诸笔端，以诗文的形式表达出来。对于性理学者来说，自然是显示天理之道的空间。①

苍苍月出山，海岸实高峙。尘踪阻探历，岁暮心不已。今来亦何慊，一荡胸中滓。矫首试俯瞰，开豁无依倚。茫茫附地山，渺渺接天水。北极庶可攀，扶桑想如咫。岩溜滴成坎，龙迹亦奇诡。迥立溯长风，贰观元始气。玄机一震荡，融结自有理。休将太空中，拟诸微尘里。默识庶得之，强揣真妄矣。反求心地初，妙用亦如是。②

诗歌的前半部分侧重于写景。诗人登高望远，看到一轮明月自山间升起，滚滚波涛击打着海岸，心中不禁油然而生一股澎湃不已的情绪。面对高山、大海和明月，诗人的心胸被涤荡着。俯瞰山下，顿时豁然开朗，任思绪驰骋于天地之间。天海茫茫，水天相接，极目远眺仿佛可以到达北极，直通扶桑。后半部分侧重于说理。诗人站在山巅，面对萧萧长风，感受天地

① ［韩］宋载卲：《韩国汉文学思想研究》，李学堂译，济南：山东大学出版社，2009 年，第 63 页。

② ［朝鲜］奇大升：《高峰先生文集》卷一《登九井峰四望》。

之气、天地之理。我们不需要去浩渺的宇宙中探寻天理，因为世间万物自有其天理，即使是渺小的微尘也能见出天理。最后，奇大升强调于默识中体认天理，反求诸己，躬省体察，便可做到真实无妄，感悟理气妙用之道。

性理学家还通过对自然界中昼夜更替、时序转换等自然现象的观察，感悟出自然界的运行法则和发展规律，并进一步体悟到天理的存在；通过格物致知的修养工夫，穷究具体事物之理，于特殊性中发现普遍性，领悟万事万物共有的普遍规律，体认宇宙的普遍之理。“天地之化，一息不留，而来者无穷。其磅礴万物流行今古者，必有所以然乎。若以一岁而言之，则自春而夏，夏而秋，秋而冬，冬而又春也。气序之流易，而寒暑之相推。其生物之荣悴消息，势若有所迫，而不能自已者，亦必有所以然乎。”① 奇大升认为，万物化育流行，寒来暑往，生命生长都有其“所以然”。“所以然”指的就是事物发展的普遍规律，也就是天理。

> 昆仑无外运阴阳，赫赫当空万汇光。夜昼降升谁复测，夏冬纾缩亦难量。天心自觉兴神物，圣智端能发秘藏。揲策远推知不忒，明时授历意何长。②

本诗名“迎日推策”，该词出自《史记·五帝本纪》，相传

---

① ［朝鲜］奇大升：《高峰先生文集》卷二《藏春亭记》。

② ［朝鲜］奇大升：《高峰先生文集》卷一《迎日推策》。

黄帝“获宝鼎，迎日推策”。这首诗中，奇大升将昼夜更替、夏冬轮转的自然变化作为体悟天理流行变化的途径。

“观天之道，执天之行。”观察自然现象，体悟天理流行变化之道，目的在于指导人类的实际生活，为社会秩序，人与自然、人与人之间和谐关系的形成提供基本遵循。性理学者希冀通过对天地自然充满虔诚的敬畏，达到与天地合其德、与日月合其明、与四时合其序的“天人合一”境界。奇大升在《理解》一文中这样论述天人关系：“以本然观之，则物亦我我亦物，何物我之有？推而至于天地，人亦物也，何人之有？推而至于太极，天地亦物也，何天地之有哉？推此以观，本无彼此，安有物我？天地与吾同体，万物与吾同气。反身以观天地之道，亦可知矣。”在《立春》一诗中，奇大升看到“檐日浃凌仍滴午，野烟迷雪乍凝晨”这样一派积雪消融、阳气复苏的景象时，不禁发出“循环节序终为始，受谢风光故得新。推测讵堪征一气，扩充真足验吾仁”的感慨，并从中感悟到万物生生不息之理和以仁为本的天道。奇大升认为将此理加以扩充，便可以达到天人合一、物我相谐的境界。

除了通过对自然界中自然现象的体察来感悟天理，性理学者们往往能敏锐地在日常生活起居中发现天理。某种程度上来说，天人合一就是在日用人伦中做到天地所教导的“中道”①。除前文提到的诸如《迎日推策》《立春》《日月行黄道》这一

① 参见张赛赛：《〈周易〉象数哲理的现象学阐释》，山东大学博士学位论文，2018 年。

类通过开门见山的方式直接阐述性理观念的诗歌外，奇大升也有许多直白说理的诗作。这些诗歌展现了诗人对日常生活中鸟兽虫鱼、一草一木等的细致观察，融景入理，既充满着哲学意味，又不乏艺术底蕴。

鸢鱼非但指为然，仰有青天俯有渊。偶上小台情境妙，向来辛苦对陈编。①

潭上行吟恍醉醒，潜思明训意无宁。纵然自取由清浊，今日真堪濯我缨。②

金土沦精妙结形，随波隐见理难明。狂澜荡击终无奈，天许孤根老不倾。③

天渊台、濯缨潭和盘陀石都位于陶山书院附近。奇大升在陶山书院与李滉谈论学问期间，做了以这三处地点为题的诗歌各一首。“鸢飞鱼跃”是自然界中极为寻常的事情。在普通人眼中这没有什么值得称颂的地方，但在理学家们看来，其中蕴含着颠扑不灭的真理。鸟在天上飞、鱼在水里游，这是符合它们自身特质，并且顺应自然秩序的现象。将此理推及开来，我们

① ［朝鲜］奇大升：《高峰先生续集》卷一《天渊台》。
② ［朝鲜］奇大升：《高峰先生续集》卷一《濯缨潭》。
③ ［朝鲜］奇大升：《高峰先生续集》卷一《盘陀石》。

可以领悟到人类社会应当遵循的秩序和准则。

（二）“修己治人”的人生理想

修身齐家治国平天下是儒士们普遍具有的政治理想，奇大升身为16世纪朝鲜朝时期通晓性理学的“大儒”，一直将“修己治人”作为学习践履的人生目标。“修己”指的是个人道德品质及心性层面的存养工夫；“治人”是在“修己”基础之上，身体力行，诚心正意，心怀一颗忠君爱民的赤子之心，用儒家的治国理念来辅佐君主、治理国家、教化百姓，最终达到“内圣外王”的境界。

> 男儿系一方，耳目不开张。此日神都去，平生宿愿偿。山河恢地理，日月焕天章。感遇应增慧，归来补舜裳。①

奇大升的朋友金时晦作为朝鲜使节团的一员将要踏上燕行之路，离别之际，奇大升写下这首诗为朋友送行。这首诗不仅饱含着奇大升对朋友的深深赞许和美好祝愿，同时表现了他个人的理想抱负。大丈夫生于天地之间，当志在一方，胸怀天下。奇大升殷切嘱托朋友在出使中国期间要努力增长学问本领，以报答朝鲜君主的知遇之恩；归国之后尽心尽力，追随尧舜等圣人的步伐，定社稷，稳民心，使朝鲜成为一个河清海晏、政治清明、人民富足的国家。

---

① ［朝鲜］奇大升《高峰先生续集》卷一《送书状金时晦》。

从“修己”的个人层面来说，奇大升十分注重“克己省察”的道德涵养工夫。《送朴右相赴京》一诗中，奇大升在表达对朋友的殷切寄托时，也表明了自己的心志和操守：“谋食竟为科第误，系官还被利名侵。吾常望子学明德，子岂忘吾励素心。此义固应拼到死，只怜人事有浮沉。”奇大升的父亲从小就教导他不应“以取禄为意”①。奇大升谨遵父亲教诲，一直将淡泊明志、廉洁奉公作为自己为官为人的准则。他认为正人君子不能像小人一样，为名利所累，而要明德笃行，保持内心的清净明澈。君子不取不义之财，不恋蜗角虚名。任凭世事浮沉、风云变幻，正直的操守及光风霁月的君子之道都是不应发生改变的，这是儒士必须坚守一生的理想信念。

奇大升在注重个人心性存养的同时，还关心百姓疾苦，是一位真正知行合一的君子。《送朴右相赴京》一诗中“归来启沃多裨补，坐见黎元疾苦蠲”② 两句表达了他期盼友人学成归国后能为黎民百姓造福，为消除人间疾苦而尽心尽力的衷心愿望。《叹霖》一诗描述了奇大升在回乡调养期间看到庄稼接连遭受春旱和夏涝等自然灾害时发出的慨叹：“天意终何在，人心自不宁。聊兴野老叹，谁彻玉宸听。”当他看到一场甘霖到来，庄稼丰收有望时，顿时笑逐颜开，喜不自胜。在《喜雨》一诗中，奇大升这样写道：“已觉滂沱均率土，还将丰穰祚明君。郊原浩

---

① ［朝鲜］奇大升：《高峰先生续集》卷二《过庭记训》。

② ［朝鲜］奇大升：《高峰先生续集》卷一《送朴右相赴京（其二）》。

渺犹翻日，涧谷苍茫欲涨云。”这都体现了奇大升以民为本的儒家思想。

在“治人”的国家层面，奇大升始终怀着“致君尧舜上，再使风俗淳”的崇高理想。他特别强调以仁为本和以德治国的重要性：

> 茫茫宇宙渺无垠，立君制治天其仁。君难独理万机繁，引贤作相任经纶。调元抚世百责萃，安危之机系一身。忠邪正伪各类应，抗捏荣怀咸有因。杜陵野老述短章，感时慕古颇颦呻。当时天下似溃瓜，谁为稷契能亨屯。间关梓阆泪不收，怅望息兵情酸辛。宇县风尘鸿未开，岩廊坐筹知何人。归来后世只一辙，漆室岂免忧邅迍。择人毋使栋干挠，只在宗子心精纯。小臣惟欲赞皇猷，委任贤哲风俗淳。千秋求昌宏达业，熙熙寿域开阳春。①

宇宙浩渺无边、广阔无垠，“仁”的思想是天理所当然。君主受命于天，就应该遵循天理，施行仁政。君主日理万机，公务繁忙，很难做到面面俱到、事无巨细，这就需要贤德的臣子加以辅佐。但尽管如此，国家的安危荣辱、治乱臧否，仍然取决于君主是否贤明有道。遥想杜子美当年感叹山河破碎、难遇明君的无奈与悲痛，抚今追昔，奇大升认为国家兴盛、民风淳朴的关键在于君主能够任用贤明之士。“自古圣帝明王，欲兴太

① ［朝鲜］奇大升：《高峰先生文集》卷一《安危大臣在》。

平之治，不但先修吾身而已，聚集人材为急。国事万机，不得已与贤者共治，不得人材则何以治国事乎？”① 君主治理国家要广揽德才兼备的人才、充分发挥人才的作用，这样才能励精图治，成就千秋大业，开创太平盛世。《舜殿歌薰风》这首诗淋漓尽致地表达了奇大升经世济民的政治追求及以德治国的政治理念。

> 垂衣延五载，作乐化群生。击拊烦陈器，弦歌独写情。南风来小殿，新曲畅余声。愠解财还阜，薰凝恃更亨。悠扬怜复静，熙洽欲无撄。窅窅思犹邃，徐徐韵自萦。俗恬仍气顺，形佚自心平。四海功咸戴，千秋德莫京。明良今幸遇，惰脞最宜赓。愿展忧勤意，施恩及寡茕。②

奇大升通过这首诗描绘了舜帝爱民如子、体恤民情的事例，歌颂舜帝以德治国、用礼乐教化民众的化育之功，同时寄寓了自己愿辅佐明君一展抱负的恳切期望。《南风歌》是一首中国的上古歌谣，相传为舜帝所作。《礼记·乐记》记载：“昔者，舜作五弦之琴以歌《南风》。”诗歌原文为：“南风之薰兮，可以解吾民之愠兮。南风之时兮，可以阜吾民之财兮。”“薰风”指温暖怡人的东南风。烈日炎炎、暑气日蒸，百姓在盛夏时节辛勤劳作，苦不堪言。此古谣以舜帝口吻，描绘了一幅世间万物

① ［朝鲜］奇大升：《高峰先生论思录》卷上《戊辰正月十二日》。
② ［朝鲜］奇大升：《高峰先生文集》卷一《舜殿歌薰风》。

迎承薰风恩泽、百姓欢欣愉悦的场景，抒发了古代先民对“南风”既赞美又祈盼的感情，同时表达了百姓对舜帝的爱戴及舜帝爱民如子的民本思想。“明良今幸遇，惰脞最宜赓”化用了《尚书·益稷》中的典故。舜帝告诫众臣不要“面从”，一定要敢于指出君主的错误。这一典故体现了君臣应当遵守的儒家之道。也就是说，君主要善于用人、信任臣子，做到从谏如流；为人臣子，则应当尽心勉力、忠君爱国，同时敢于直谏。奇大升仰慕上古圣贤，在此表达了自己对理想社会和君臣之礼的向往与追求。

而在《南宫观察使歌谣三首》中，奇大升盛赞南宫观察使赴任之后，勤政爱民，使得一方百姓安居乐业的卓越政绩。全诗引经据典，将南宫观察使的功绩与上古的召伯相提并论。南宫观察使到来之后为老百姓做了很多好事，使得当地人民摆脱了“水旱近荐臻，哀哉民力竭。卿其务熙育，赤子慰饥渴”的贫穷状态，过上了“士咸崇礼让，俗自安耕垡”的和乐生活。奇大升始终怀着济世安民的政治理想，希冀通过儒家的德政和礼乐思想来治理国家、教化民众。这一点在其七言古风诗《点瑟天机鸣》中得到了很好的体现。

老安少怀夫子志，四海遑遑还否亨。当时侍坐偶四子，仲由曾点求赤并。从容问酬俾无隐，展才治国多婴情。中有一人独鼓瑟，胸次洒落金天晶。天机动处沕相谐，岂有不便然后鸣。洋洋万物与同流，意思妙绝韶与经。铿然而舍吐所怀，想见沂上春风清。圣师喟然叹且缺，规规三子徒自惊。堪嗟此声久埋没，回视百代谁能赓。①

这首七言古诗是奇大升对《论语·先进》中“曾点之乐”的理解和感悟，表达了诗人崇高的政治理想。“曾点之乐”是由北宋理学家周敦颐明确提出的，后被程颐、程颢二人继承并发扬。② 二程对此进行过讨论，他们认为曾点虽然未必能行圣人之事，却了解圣人的志向。孔子的志向是“老者安之，朋友信之，少者怀之”，使万物各得其所、各顺其性。孔子之所以不认同子路、冉有、公西华等人的治国理想就在于他们三人只是将治国平天下看成最终目的。而曾点“浴乎沂，风乎舞雩，咏而归”的逍遥闲适却是建立在天下大治、内圣外王基础之上的。在曾点那里，治国不是最高理想，最高理想是国泰民安，人人各得其所、各尽其分，过上闲适从容的生活。他的思路与二程基本是一致的，认为曾点是一位悟得天机、胸次洒落的得道高人，“洋洋万物与同流，意思妙绝韶与经”。奇大升认为，曾点已经到达了天人合一、物我相谐的境界。在诗的最后，奇大升发出“堪嗟此声久埋没，回视百代谁能赓”的感慨，抒发了对圣贤之道的向往和对古代圣贤的仰慕之情。

（三）“安贫乐道”的人生态度

“邦有道，则仕；邦无道，则可卷而怀之”的仕隐观一直为

---

① ［朝鲜］奇大升：《高峰先生续集》卷一《点瑟天机鸣》。

② 李昌舒：《论北宋理学的“孔颜之乐”及其美学意蕴》，《学术界》2019 年第 9 期。

历朝历代的儒士所信奉。可以说，从孔子开始，儒生们就将达则兼济天下、穷则独善其身的高洁操守当成了基本的道德信条。到了宋代，随着科举制的发展及其规模扩大，许多寒门士人得以通过考试改变命运，跻身仕途，但真正能够成为人中翘楚的寒门子弟还是少之又少。大部分士人阶层虽然心怀矢志报国的远大抱负和卓越的治国理政才能，却怀才不遇、屡屡碰壁，终其一生过着穷困潦倒的生活。不仅如此，由于朝廷内部权力倾轧、党争不断，身居要职的高官也往往难逃“朝升夕贬”的坎坷命运。因而，如何在兼济天下的理想受挫时独善其身，求得内心的平衡和精神的安宁，成为宋代士人亟需解决的问题。也正是在这样的背景下，理学渐渐兴起。以周敦颐、二程、朱熹等为代表的性理学家从孔子“道不行，乘桴浮于海”的乐道精神及颜回箪食瓢饮而不改其乐的安贫态度中找寻到了答案，进而提出了“孔颜乐处”这一重要的理学命题。“孔颜之乐”亦名“孔颜乐处”，典出《论语》：“饭疏食饮水，曲肱而枕之，乐亦在其中矣”；“贤哉回也！一箪食，一瓢饮，在陋巷，人不堪其忧，回也不改其乐”。学习圣贤之道是宋明理学的一个基本理念，理学家们对“孔颜乐处”的探究，实质上是思考如何通过学习通往圣贤之道。

16 世纪前后，朝鲜朝性理学思想发展到了巅峰时期，性理学者们对程朱理学推崇备至。当时的李氏朝鲜政局混乱，士祸、党争不断，士林派知识分子频频受到勋旧派的打压排挤。这些怀才不遇的士林派知识分子遇到了和中国宋代士人相似的境遇，他们纷纷选择寄情于山水，潜心研究性理学问，保持着“孔颜乐处”般安贫乐道、乐天知命的达观态度。可以说，安贫乐道的人生态度不仅在中国文人这里很是常见，在朝鲜朝的士林知识分子那里也具有普遍性。

奇大升作为16世纪朝鲜朝时期士林派的一员，一方面有着济世安民的远大政治抱负；另一方面，也有着安贫乐道、乐天知命的一面，在他的诗歌里可以看到“孔颜乐处”的影子。比如，《知足不辱》一诗中的“至人解其会，知足宁忧贫。永词蛮与触，内保一色醇。蔬食度朝夕，麻衣送秋春”就充分表达了奇大升不以贫苦为忧，即使粗茶淡饭、茅舍麻衣过完余生依旧知足闲适。而在《小轩》一诗中，奇大升更是直言不讳“投老僻村甘世弃，剩从邻叟道吾真”，表露了甘愿隐居山林、回归自然的隐士情怀。

单从字面来看，“安贫乐道”一词包含两个方面的内容。一是“安贫”。安贫并不是说人要喜欢过艰难困苦的生活，而是说当人处于生活贫苦、精神困顿之时，仍要不失闲适自得的心态和旷达的人生况味。二是“乐道”。“乐道”一般指乐于修身养性、学习圣贤之道，并从中体悟到守道穷理的乐趣。“一瓢居陋巷，尘世只隔帘。绿竹清风院，苍松明月檐。幽闲人更寂，潇洒兴频添”表现了幽居于陋巷，与尘世纷扰相隔离，徜徉于清风明月之间，却兴致不减、潇洒从容的“安贫”态度；以圣贤为目标的学习并非一般的知识积累，而是一种孜孜不倦、苦中作乐的道德修养工夫。“闲忙异趣心方静，眠食随宜病亦瘳。从此一箪堪送老，且将遗业效箕裘”及“蹇浅世所弃，荒陬守独学。亹亹只自适，小心亦专确。庶期丁解牛，终然扁老斫。圣道岂远人，他时不苦卓”则表达了奇大升注重心性存养、潜心学习圣贤之道的乐道精神。

奇大升在其短暂的仕宦生涯中，曾因士祸党争的牵连而遭贬职，亦曾因身患疾病屡屡辞职还乡。出仕之时，奇大升尽职尽责，始终怀着一颗济世安民的心。这一点从前面所分析“修己治人”的人生理想便可见一斑。据《高峰先生论思录》所载奇大升担任经筵侍讲时的语录，亦能看出奇大升是一个廉洁奉公、忠君爱民的好官。而在归隐之际，奇大升便暂时忘却世俗烦恼，陶醉于美丽的自然山水之中，每日读书饮酒赏花漫步，于自然中体味理学之妙。

> 幽忧得自潜，废书时面壁。洗心守太素，而忘喧与寂。春草日以生，我志日以适。静啸清风来，疏篁寒露滴。(其九)

> 守寂在穷巷，涉世无寸长。空余肮脏姿，已得称疏狂。士固有三败，或能成一匡。旷然自娱乐，岁暮以为常。(其十一)①

① ［朝鲜］奇大升：《高峰先生文集》卷一《昔东坡谪居儋耳有诗云：瓮间毕卓防偷酒，壁后匡衡不点灯。余尝览之自笑。今年春，适寓居逍遥亭阴，懒废日甚，遂与人事疏阔，实有苏仙之感。因以其字为韵，赋诗成十四首，奉呈吴牧伯案下，仍祈郢斤》。

奇大升在寓居逍遥亭畔时，偶然之间对东坡谪居时所作《白鹤峰新居欲成，夜过西邻翟秀才二首》诗中“瓮间毕卓防偷酒，壁后匡衡不点灯”两句颇有所感，遂挥笔写下了十四首诗。这十四首诗每首都流露出奇大升因寄情山水而闲适自得的心境，这里仅选取其中两首加以详细分析。奇大升幽居在海村穷巷之间，暂时摆脱了外界的喧嚣和烦琐，得以静下心来一边欣赏春日美景，一边反躬自省、研习学问。与清风为伴，看春水初生、春林初盛，奇大升心情舒展，不禁感叹“旷然自娱乐，岁暮以为常”。他寓居逍遥亭，每日观赏花鸟虫鱼，与老叟谈笑风生。临近傍晚时分，天气转凉，他便披上外衣，小酌一杯，细细品味抱朴归一、返璞归真之感。“抗志穷海涘，琴棋志愿毕。亦复值渔叟，谈笑移白日。塞马了倚伏，鸡虫看得失。岁暮遂忘喧，披襟酌真一。”(《再用韵（其三)》)

谈及儒家安贫乐道的处世原则，就不得不提中国东晋诗人陶渊明。陶渊明以隐士著称，其平淡自然的诗风与当时崇尚华丽的诗风格格不入，因此他的诗歌并未引起时人的关注。直到南朝梁昭明太子萧统发现了陶渊明诗歌的价值，又经过宋朝苏轼、朱熹等人的大力弘扬，陶渊明才得以确立在中国诗歌史上的地位。陶渊明对韩国文人的影响也很大。由于晚唐时期来华留学生及《文选》成为科举考试科目，陶渊明为高丽文人所熟识。从高丽后期开始，李仁老、李滉、金得臣、金时习等文人相继创作了大量的和陶诗，表达了他们对陶渊明其人其诗的推崇和喜爱。奇大升亦曾写下数首诗歌表达对陶渊明的钦慕和喜爱之情。

地偏心亦远，倏然慕五柳。习气空余诗，聊复赋止酒。虚名自可厌，安用垂不朽。笑娱得此生，尘纷又何有？①

陶渊明以“心远地自偏”表达自己“大隐隐于市”的隐者情怀。奇大升在环境清幽之处静心养病，想起了五柳先生陶渊明的感叹。他乐意追随陶渊明的步伐，饮酒赋诗，笑看世俗纷扰。在《次游洗心亭板上韵》一诗中，他面对古松、流水及天边的一抹微云，浑然忘却了世俗的尔虞我诈，一时间似乎到达“坐久人禽拼两忘，吟余心迹喜双清”② 的物我相谐的境界。此时，奇大升遥思归守田园的陶元亮及隐居不仕的向子平，耳边仿佛传来阵阵笛声琴韵，心头泛起一层涟漪。

菊与酒是陶渊明诗歌中经常出现的意象，菊花作为“花中四君子”之一，凌寒而开，不与百花争奇斗艳，象征着坚贞、高洁的君子品格。受到中国菊文化的熏陶，菊花的君子人格被韩国文人所接受。陶渊明将饮酒经典化之后，饮酒也被赋予了文化意义。饮酒与高雅、风流、深沉的痛苦、自我的掩藏及极致的真理追求联系在了一起，与高人雅士、忠愤义士的形象联系在了一起。在后代诗人的诗歌中，菊花和酒的意象常常把被用来表达坚贞高洁的精神品质及乐天知命、安贫乐道的人生态度。在《幽居杂咏》一诗中，奇大升追慕感怀，写下“榻香霜菊动，耳热酒杯添。醉后诗情发，狂吟笔退尖”“松韵盈虚室，

① ［朝鲜］奇大升：《高峰先生文集》卷一《再用韵（其七）》。
② ［朝鲜］奇大升：《高峰先生文集》卷一《次游洗心亭板上韵》。

梅梢过短檐。风从云径息，月向竹枝添。旧业今常念，终南入梦尖”等诗句表达对陶渊明的喜爱和敬仰之情，也透露出自己对归隐田园的向往及安贫乐道的达观态度。

（四）“居敬穷理”的为学之道

居敬穷理是中国宋代程朱理学所提倡的一种道德涵养方法。“居敬”语出《论语·雍也》“居敬而行简”，意为恭敬自持而守正；“穷理”语出《周易·说卦传》“穷理尽性，以至于命”，意为穷究万物的原理。程朱理学认为，“居敬”就是“心”的“主一”“专一”“自作主宰”，不为外物所牵绊；“穷理”就是“欲知事物之所以然，与其所当然者而已”，也就是致知明理。奇大升从小学习《论语》《孟子》等儒家原典，潜心研究性理学。《行状》这样评价奇大升：“大司谏奇大升，自少从事圣贤之学，见识高明。与李滉论辨义理，发前人所未发者多。入侍经幄，其所敷陈启沃者，无非圣帝明王之道，一世推重，以为儒宗。”这一评价说明了奇大升在朝鲜朝性理学史上的地位。

性理学家认为，《大学》开篇的第一句“大学之道，在明明德，在亲民，在止于至善”就已道出了大学之道的三个重要概念，即“《大学》之纲领”，简称三纲。“明明德”指的是明其本心，恢复心之本体的光明；“亲民”即新民，指的是教化民众，使民众能够自新自明；“止于至善”是指明明德和新民应该到达的境界。八条目是指“格物、致知、诚意、正心、修身、齐家、治国、平天下”。在八条目中，程朱理学更重视“格物、致知、诚意、正心”这四项内在的修养工夫。

> 入德规模启后人，纲该目隶序相因。虚灵所发明由己，染污惟新化及民。虑得立标循格致，诚修推极验经纶。躬行正值彝伦叙，坠绪宁忧久失真。①

奇大升的这首诗是对《大学》三纲八目的涵咏。首先，《大学》十分注重为学的次序，以格物为起点，以道德修养为中心，循序渐进，最终实现至善境界和治国平天下的理想。“古之欲明明德于天下者，先治其国。欲治其国者，先齐其家。欲齐其家者，先修其身。欲修其身者，先正其心。欲正其心者，先诚其意。欲诚其意者，先致其知。致知在格物。”格物致知是诚意正心的前提，也是齐家治国平天下的基础。“虚灵所发明由己”是指人心虚灵不昧，本来就具备仁义礼智的天命之性，也就是心之本体光明。奇大升认为：“明德者，人之所得乎天。而虚灵不昧，具象理而应万事者也。人之所得乎天者，天莫不与之以仁义礼智之性也。虚灵不昧者，心也。具象理者，性也。应万事者，情也。心者，统性情者也。”② 人的气质之性为私欲蒙蔽，有善有恶，必须通过“虑得立标循格致，诚修推极验经纶”的修身工夫，恢复本然之性，达到“染污惟新化及民”的至善

---

① ［朝鲜］奇大升：《高峰先生续集》卷一《咏三纲八目（〈大学〉）》。

② ［朝鲜］奇大升：《高峰先生论思录》卷上《十二月初九日》。

境界。

朱子在《大学章句》中对《大学》的解释特别注重格物致知说，并以此作为朱子哲学的基本工夫论。① 朱熹对格物致知的解释如下："致，推极也。知，犹识也。推极吾之知识，欲其所知无不尽也。格，至也。物，犹事也。穷至事物之理，欲其极处无不到也。"他还将"格物"进一步解释为"即物而穷其理"。"即物"强调的是儒者的基本修养工夫不能脱离日用伦常，"穷理"是格物的关键。一般人的知识是不充分的，必须经过格物穷理的修养方法，使知识扩大至极。致知的最高境界是"吾心之全体大用无不明"。奇大升也十分注重格物致知的修养工夫，他在《赠别许晔令公》一诗中这样写道："理在吾心未易明，要从穷格验推行。寻常见解如差谬，终恐工夫误一生。"意思是说，天理就在人的心中，只是被外物私欲等遮蔽未能显现。为了使天理复明，就要从格物致知上下功夫，深加省察以穷事理，万万不能被庸俗的见解迷惑，耽误穷理明德的为学之道。

针对《大学》开篇的"格物致知"一节及程朱理学对《大学》的阐释，奇大升和李滉以酬答诗的形式进行过如下讨论：

致巧在雕物，物雕巧乃宣。物之雕诣极，我巧亦随全。

---

① 参见陈来：《近世东亚儒学研究》，北京：北京大学出版社，2018年，第14页。

(辨答，此是退翁诗并附)①

人巧能雕物，雕宁巧得人。谓知能格物，取譬恐非伦。
雕而能诣极，诣者岂非人。谓物能雕诣，言何太不伦。②

其雕诣极处，诣者岂伊人。雕物而雕诣，斯言曾有伦。

人能格夫物，物理妙于人。内外兼先后，工程不失伦。

尝阅晦庵语，理无不到云。求之物格训，愚见岂空文。③

这里的“致巧”相当于致知，“雕物”相当于格物。李滉认为将事物之理雕到极处，不仅实现了致巧，还能达到“我全”的境地。奇大升对此则提出了质疑，认为二者不能相提并论。他坚持自己的主张，并引用朱熹“理无不到”的说法，加以佐证“人能格夫物，物理妙于人”的观点。

《中庸》注重修身、反身、诚身。反身是反求于己、自我批评，必须以诚为标准和准则，其所达到的境界就是诚身。④ 奇大

① ［朝鲜］奇大升：《高峰先生续集》卷一《释物格》。

② ［朝鲜］李滉：《退溪先生文集》卷五《续内集·辨存斋辨物理之极处无不到诗二首》。

③ ［朝鲜］奇大升：《高峰先生续集》卷一《再释五言绝句三首》。

④ 陈来：《朱熹〈中庸章句〉及其儒学思想》，《中国文化研究》2007年夏之卷。

升在担任经筵侍讲期间，讲解《大学》时道："《大学》曰诚，实也。《中庸》曰诚者，真实无妄之谓。诚即天道也，圣人之至功也。欲其真实无妄者，即诚之也。此章诚其意，即诚之也。"①诚是天理之本然，也就是说诚是天理真实无妄的本然状态。"诚身"就是通过后天努力尽可能达到这种真实无妄的本然状态。圣人可以做到不勉而中，但因为普通人有物欲私心，要想达到真实无妄的境界，必须择善固执，不断锤炼明善诚心的工夫。

> 吾侪空慕学，可奈尚趋名。着实工夫少，拘偏气质轻。
>
> 潜心须反己，临事盍思诚。赠别情难尽，相期枉一生。②

奇大升认为"《大学》中诚意功夫最大，物格知至而意诚则功夫已尽""明德之要，诚意为大。心之发也，真实为难"，十分推崇正心诚意的修养方法。其《玩乐斋》一诗体现了"涵养须用敬，进学在致知"的性理学思想。他说："涵养宜加静里功，推行还觉动时通。须探敬义循环妙，方信曾思立教同。"居敬就是指恭敬自持的正心工夫。奇大升还特别强调静的重要性。他在《静诗赠郑子中》一诗中，先是从理学角度论述了静的重要地位，即静是动的基础，主张求学时要做到"主静敬毋忽""探心以养气，戒惧于仓卒"，同时"默坐澄心，体认天理"，

---

① ［朝鲜］奇大升：《高峰先生论思录》卷上《十一月初三日》。

② ［朝鲜］奇大升：《高峰先生续集》卷一《别友二首》。

即于静中体验未发气象，达到正心诚意。

“喜怒哀乐之未发，谓之中；发而皆中节，谓之和。中也者，天下之大本也；和也者，天下之达道也。”“中”是指性，强调性未发时的不偏不倚。“和”是指情已发时的适度合节。“中”所代表的性是天命之性，是理的根源。率天命之性而达到和，这就是天下之达道。中是道的内在根本，和是道的外在表现。未发已发的性情关系是理学的一个基本范畴，奇大升和李滉的“四七论辩”就对这一问题进行了数次讨论。奇大升认为喜怒哀乐未发是性，发而中节者和不中节者为情。其中，发而中节者为情感中善的部分，这是人们应当努力的方向。

未发为中发是和，着功推致效偏多。性缘天赋元非倚，情在人修却不颇。戒惧约来心自正，隐微精去物咸讹。圣门传授谁能会，钻仰空惭堕臼窠。①

格物致知的修养工夫，有助于达成“中和”的境界。人的天命之性是纯善无恶、不偏不倚的。人的后天气质之性则受到外界蒙蔽，因而需要修道立教，在未发和已发的不同阶段都应保持戒惧，持心守正，克己省察，存天理以去私欲。但这种“致中和”的圣贤之道，常人很难做到。因而，奇大升不禁感叹圣门学问“仰之弥高，钻之弥坚”，常人必须坚持不懈，不断修炼自身存养省察的工夫。

① ［朝鲜］奇大升：《高峰先生续集》卷一《咏致中和》。

朱子的道统观念以“允执厥中”为核心。朱熹把“人心惟危，道心惟微，惟精惟一，允执厥中”作为道学的内容。①“人心惟危”是指人心受到私欲蒙蔽，有善有恶，处于一种不稳定的危险状态；“道心惟微”是说人的本然之心纯善无恶，但由于受到气质禀赋驳杂各异的影响，处于一种微妙而难见的状态。性理学将其解释为道心人心说，人人都有道心，人人都有人心。为了解决道心人心混杂的问题，就要让道心成为心的主宰，使人心服从道心。针对道心人心的问题，奇大升在《咏精一执中(书传)》一诗中道：“姒传姚授语何冲，拈出虚灵指降衷。觉自危微时或杂，道由精一故能中。片言丕阐千年统，至德深存万世功。”即强调“惟精惟一”的中和观念，认为通过择善固执可以求得天命率性之道。

奇大升认为，人们通过熟读深思《诗》《书》《礼》《易》《乐》《春秋》等儒家经典著作，向圣人学习，反躬自省，便有望究得天理，领悟圣人之道。

> 事欲尽心非假饰，学能穷理乃真知。莫言圣路无难治，用力行时步步迟。自恨持心尚未坚，感时随物苦多难。何当漱涤真源净，恁作虚空一鉴看。反己宁嫌莫我知，圣门遗意可无疑。蓦然把断公私界，政是当年下学时。②

① 参见陈来：《朱熹〈中庸章句〉及其儒学思想》，《中国文化研究》2007年夏之卷。

② ［朝鲜］奇大升：《高峰先生文集》卷一《自玉果抵罗山，马上口占》。

按照性理学家的解释，“格物”的方式归根结底就是读书。整体来讲，程朱理学这个庞大的体系有一个基本的背景，就是学习。奇大升从小勤勉好学，“每日晨起，正坐诵读不辍”。他认为，读书需要“诚心正意”，“心不诚则至于读书工夫，不过经筵应文备数而已”。① 即读书需要操存思索，反复琢磨。

读书求见古人心，反复唯应着意深。见得心来须体认，莫将言语费推寻。②

读书是为了探求古人之心，追慕圣贤之道。因此，仅仅体会到书中深意尚不够，必须身体力行，在日常生活中加以体认。由此可见，奇大升认为，学习是一个知行合一的过程，已发的道德践履行为和未发的内在修养工夫同等重要。

为学之人的学习态度十分重要。奇大升认为，学习要持之以恒，不轻言放弃；要时刻省察自己的内心，守心自持，不被利欲所蒙蔽。“短生意犹长，眇然企古学。循循不自舍，持志贵坚确。保养义理正，勿受利欲斫。他时瞻仰间，庶几所立卓。”

奇大升不光注重个人的学问增进和道德践履工夫，也很重视教育和礼学对民众的教化作用。在儒家经典著作中，奇大升尤其强调《小学》的重要性。“古人先读《小学》，涵养本源，

---

① ［朝鲜］奇大升：《高峰先生论思录》卷上《十一月初三日》。

② ［朝鲜］奇大升：《高峰先生文集》卷一《读书》。

故《大学》先言格物致知。后世则不读《小学》，故学无根本。”① 他认为《小学》一书不仅适用于童蒙教育的启蒙学习，成年人也应该时常翻阅，熟读深思。

蒙养要须正，循循尽有方。揖缺恭奉帚，唯诺谨周堂。艺欲兼书教，文宜习乐章。自能知射御，坯朴意何长。②

这是说启蒙学习要讲究方法，其中最重要的是正心，也就是端正学习态度和个人品行。《小学》全书共六卷，分为内篇和外篇。内篇有四个纲目分别是：立教、明伦、敬身和鉴古；外篇由嘉言和善行两个部分组成。奇大升认为，首先应学习洒扫应对进退之节和爱亲敬长亲友之道，在明人伦、知礼节的基础之上，“行有余力，则以学文”。这是启蒙教育应该遵循的教学方法。奇大升也经常写诗作文来勉励后生，传授学习方法，培养后生良好的学习习惯和端正的学习态度。

寻师负级上高庵，窗里羲光驾走骖。今若不勤明又此，猪龙他日恨何堪。

三千弟子不为少，入室升堂有几人。政事文章皆是末，古今唯说德行人。

---

① ［朝鲜］奇大升：《高峰先生论思录》卷上《十一月初四日》。

② ［朝鲜］奇大升：《高峰先生续集》卷一《教六节六文〈小学〉》。

文章灼灼春花艳，富贵盈盈川水渟。霜落梁分何处觅，月明秋夜玉壶清。

读书万卷未了义，何异平原走马回。一字精微谁解得，圣贤贵学不贵才。①

这首诗以“劝学”为主题，字里行间透露出奇大升劝勉后生应当珍惜时光、勤奋学习的恳切心情。在奇大升看来，学习当以德行为本，政事文章都是末学。他将政事文章的学习比喻为“灼灼春花”，春花虽然美丽娇艳，受到世人追捧，但它一旦遭遇风霜侵袭，凋落萎谢，便无从寻觅了。而高尚的德行犹如“盈盈川水”一般，奔流不息；又好比秋夜的一轮明月，皎洁明亮。读书的要义在于理解书中的道理，切忌囫囵吞枣。每一个字都有精微的含义，学习之道贵在精益求精。

四、儒韵汉诗的艺术特色

（一）善用典故

用典又称用事，是古诗词中常用的一种表现手法。刘勰在《文心雕龙·事类》一章中这样说道：“事类者，盖文章之外。据事以类义，援古以证今者也。”“事类”就相当于今天的用

① ［朝鲜］奇大升：《高峰先生续集》卷一《劝学小诗七言绝句四首》。

典。赵克勤先生在《古汉语修辞简论》中首次将“用典”列为修辞格名。罗积勇先生在其《用典研究》中对用典做出如下定义：为了一定的修辞目的，在自己的言语作品中明引或暗引古代故事或有来历的现代话，这种修辞手法就是用典。事典是指对文籍中的神话传说、历史故事等的引用。语典是指引用典源文句中的单位，既可以是词或短语，也可以是句子，可以直取，也可以化用。用典之所以在诗歌中被广泛使用，与诗歌语言的精炼短小有关。典故的合理运用可以很好地解决诗歌语言的言简意赅与其内涵的丰富含蓄之间的矛盾，从而起到增强表达效果、强化诗歌意蕴的作用。关于这一点，马茂元先生有一段准确的阐述：所谓用典，实质就是借古事来表达现实生活内容的一种手法。现实生活至为繁复，而诗歌的语言则要求精粹。如何将繁复的现象和感受，纳入精粹的语言之中，安置在固定的短短篇幅之内，使之平匀妥帖，内容和形式统一，用典是重要技巧和手段之一。典故的使用，使诗歌的境界在时间上和空间上都得到了延伸，丰富了诗歌的文化内涵，造就了诗歌言简意丰、含蓄凝练的特点。

奇大升的儒韵汉诗作品就灵活使用了用典这一表现手法。按照引用类型来划分，其中既有引用痕迹明显，直接点明人物、事件等的明用典故，又不乏不露痕迹、隐去所引之人之事的暗用典故（又名化用）；按照引用内容来划分，其中有与历史人物相关的事典、与隐士名士等相关的事典及与神话传说仙道有关的事典等。语典则大多是对儒家典籍中词句的化用。

历史人物事典所涉人物主要有上古帝王尧舜禹、齐国游说家鲁仲连等人。尧、舜、禹是古代中国黄河流域先后出现的三位部落联盟首领。他们勤政爱民，深受百姓的爱戴，功绩历来为世人所赞扬。奇大升的散文作品和汉诗中多次提及尧、舜、禹，借以表露自己济世安民的政治理想。“禹迹山河堪跋涉，皇家文物与周旋。归来启沃多裨补，坐见黎元疾苦蠲”① 中引用大禹不辞劳苦、为治水而踏遍九州的事典，体现了奇大升关心百姓疾苦的民本思想。在《送书状金时晦》一诗中，奇大升希望好友金时晦“感遇应增慧，归来补舜裳”，寄寓了自己济世安民的政治理想。

鲁仲连又名鲁连，后世尊称为“鲁仲连子”或“鲁连子”，中国战国末期齐国人。鲁仲连是一位集侠士、隐士、高士于一身的人物。司马迁在《史记》中这样评价鲁仲连：“鲁仲连者，齐人也。好奇伟俶傥之画策，而不肯仕宦任职，好持高节。”鲁仲连义不帝秦、蹈海而死的故事历来为文人所称颂。亚圣孟子仰慕鲁仲连的高风亮节，千里迢迢来拜访他；晋代左思赞美其“功成耻受赏，高节卓不群”；唐代大诗人李白亦为之倾倒，写下《别鲁颂》等诗，高度赞扬鲁仲连的侠义精神。其实，鲁仲连的高风亮节不仅为中国历代文人传颂不已，亦为朝鲜半岛的文人所敬慕。奇大升的《鲁连东海有高风》一诗就化用了鲁仲连义不帝秦、蹈海而死的典故，赞扬了鲁仲连心怀故国、舍生忘死的大义。诗歌原文如下：

---

① ［朝鲜］奇大升：《高峰先生续集》卷一《送朴右相赴京（其二）》。

金虎欲歼邻，山东无义人。先生何慷慨，雄辩不逡巡。蹈海甘轻死，为民耻屈身。英声蜚六合，异世邈难亲。①

奇大升诗中关于隐士名流事典的引用主要涉及陶渊明、向子平等人。陶渊明，字元亮，又名潜，世称“靖节先生”，东晋诗人，曾任江州祭酒、镇军参军、彭泽令等，后归隐田园。他是中国历史上第一位田园诗人，被称为“古今隐逸诗人之宗”“田园诗派之鼻祖”。向子平，汉朝道家易的代表人物之一。据南朝宋范晔所作《后汉书·逸民列传》记载，向子平隐居不仕、性尚中和，好通老易。唐代诗人吴筠曾作《高士咏》赞叹向子平为真正的隐士：“子平好真隐，清净玩老易。探玄乐无为，观象验损益。常抱方外心，且纡人间迹。一朝毕婚娶，五岳遂长适。”在《次游洗心亭板上韵》一诗中“吟余心迹喜双清”“田园兴僻陶元亮”二句即明用陶渊明和向子平两位隐士的事典，表达了奇大升对山水田园的热爱及归隐还乡的愿望。

此外，奇大升有许多禅趣、游仙题材的诗歌运用了神话传说类事典。但由于此类诗歌不在本文儒韵汉诗的讨论范围之内，因此不再展开具体分析。奇大升的儒韵汉诗中使用神话传说类事典的典型例子要属《古砚歌》。《古砚歌》原文如下：

骐骥独驾过大荒，白虹贯日光蒨绚。青童俯拾不琢玉，蒸栗疑是女娲炼。椭洼葆美中粹温，持归幽榻与作砚。滋

① ［朝鲜］奇大升：《高峰先生续集》卷一《鲁连东海有高风》。

含春雨云满池，晶射晓月晴牛电。花香袭屏晴影口，风力水洒寒声颤。刚材尽挺一元秀，虚中欲涵万物变。德全自可试磨涅，容静未必从辗转。沧江岁晚抱支离，相守只有书万卷。磨砻顽钝托素契，乘云行贡蓬莱殿。采经定奏《无逸》篇，摭史且草伯夷传。终然酬志别君去，金华羊老六鳌抃。蟠桃结实会有时，碧海万里应识面。①

这首诗中，奇大升表面上是在赞美古砚，实则以古砚自喻，表现了他愿向古砚学习，力争做一个有着正直操守和美好德行的正人君子。这首诗使用了许多与神话传说故事相关的典故，增添了诗歌的奇幻色彩和艺术魅力。骐骥亦作“麒麟”，传说中的上古神兽；青童，指古代中国神话故事中的仙童；女娲是神话故事中的创世女神；蓬莱相传是神仙居住的地方；金华羊典出“叱石为羊”，指神话故事中仙道叱石而起的羊群；六鳌是中国神话中背负五仙山的六只大龟。诗歌的前半部分，将古砚的来历加以神化，麒麟独驾、白虹贯日等仙境奇观为古砚的出场铺排造势。接着，诗人盛赞古砚“刚材尽挺一元秀，虚中欲涵万物变。德全自可试磨涅，容静未必从辗转”，这里使用了《论语·阳货》中“不曰坚乎，磨而不磷；不曰白乎，涅而不缁”的语典，高度赞扬了古砚正直的操守与美好的德行。

典源指典故的出处，一般一个典故对应一个典源，有时也会存在一典多源的情况。奇大升儒韵汉诗中的典源主要是中国

① ［朝鲜］奇大升：《高峰先生文集》卷一《古砚歌》。

先秦时代的经史典籍，以及朱熹、陶渊明等人的散文、诗歌等作品。

《再用韵（其四)》颈联“庶期丁解牛，终然扁老斫”中，上句引用了《庄子·养生主》“庖丁为文惠君解牛，手之所触，肩之所倚，足之所履，膝之所踦，砉然响然，奏刀騞然，莫不中音”的语典，下句则化用了《庄子·天道》中“轮扁斫轮”的典故。这两个典故都说明了一个共同的道理，那就是做事情要反复实践，做到理论与实践相结合，掌握事物的发展规律，才能得心应手。奇大升通过对两个语典的叠用，深入浅出地阐明了读书学习的要义在于反复练习，鼓励世人通过不懈的努力接近圣人之道。

《再用韵（其七)》一诗中，首句“地偏心亦远”化用陶渊明《饮酒（其五)》中的“心远地自偏”，表达了奇大升对归隐田园的深切向往，也体现了他亦仕亦隐的人生态度。《老儒》一诗中，“薄亩挥锄虽作苦，茅轩容膝可占安”中的上句化用《归园田居（其三)》中的“带月荷锄归”，下句巧妙化用陶渊明《归去来兮辞》中的“引壶觞以自酌，眄庭柯以怡颜。倚南窗以寄傲，审容膝之易安”。《归园田居》和《归去来兮辞》均为陶渊明辞官归隐后的作品，奇大升化用这两个作品的语典，表达了对山林老儒安贫乐道、淡泊名利的赞叹，也从侧面展露了自己不慕名利的心志。“三千弟子不为少，入室升堂有几人。政事文章皆是末，古今唯说德行人。”（《劝学小诗（其二)》）该诗化用《论语·先进》中的“由也升堂矣，未入于室也”，喻指学习所达到的程度有深有浅，学习要不断精进，容不得一丝懈息。“沧波凝湛写天光，何似当年半亩塘。固是静深含万象，谁知溥博发源长。”（《天光云影台》）这首诗的前两句化用朱熹《观书有感》一诗中的“半亩方塘一鉴开，天光云影共徘徊”。《观书有感》一诗是朱熹抒发其读书体会的哲理诗。“半亩方塘”虽然不大，却如同一面澄澈明净的镜子，反射出“天光云影”。朱熹描写的这一景象令人心胸开阔，但他并未停留于对碧波万顷的欣赏上，而是进一步提出问题——“问渠那得清如许”，发现是因为源头活水不断，才保证了池水清澈见底。由此，他体悟到人想要心灵澄明，就须不断读书学习，不断追求新的境界。奇大升在这首诗中化用朱熹的诗句是为了引出下联自己对读书学习的看法。“固是静深含万象，谁知溥博发源长”一联先是肯定了“静”对学习的重要性，接着笔锋一转，指出学习需要广泛涉猎、博采众长。其中，“溥博”一词出自《中庸》“溥博如天，渊泉如渊”，为周遍广远之意。典故的使用，能够折射出诗人自身的思想和品格。正如杨义先生所说的那样：“典故作为携带着文化涵量和生命体验的遗传信息单位，被诗人常常用来沟通历史精神与现实生活。”[①] 综上所述，奇大升在其汉诗作品中善于从先秦诸子典籍中引经据典，抒情明志；从历史人物、隐士名流的事迹中得到启发，表明心迹；从神话传说、名人轶事中引发联想，创造意境。这不仅彰显出奇大升具有广博的知识、深厚的文史修养，也反映出他在学问践履、心性修养、政治理念等方面的儒家思想与儒者风范。

---

① 杨义：《李杜诗学》，北京：北京出版社，2001年，第456页。

（二）诗风典雅

风格是指以作家个性气质为主，融合生活阅历、道德修养、文化素质等综合因素在内，体现在作品层面的审美形态。中国古代有“文如其人”的说法，汉代扬雄在《法言·问神》中提出“心声心画”说：“故言，心声也；书，心画也。声画形，君子小人见矣！”黑格尔在谈论风格时也说，风格“一般指的是个别艺术家在表现方式和笔调曲折等方面完全见出他的人格的一些特点”。这都说明了作品风格与作家个性气质相互作用的关系。梦轩洪万宗在《诗评补遗》中高度评价奇大升的汉诗：“作语天然，各尽妙处，其性情之正，得于诗者，由此可见矣。”他认为，奇大升的诗歌用语天然的特点与其端正的品格密切相关。综上所述，诗人诗词风格的形成会受到诗人品格、性情及生长环境的影响；诗风的特点也能体现出诗人的思想倾向和审美品味。奇大升的女婿赵缵韩用“雄深雅健”一词评价奇大升的诗风。韩国学者金秉国在《高峰奇大升的文学研究》一文中将奇大升汉诗的特点概括为典正平雅、自然雄健。中国学者权美花认为，奇大升汉诗的主要特征是清新、冲淡与豪放。以上对奇大升汉诗诗风的评价都是基于其不同类型汉诗的总体特征而言，并非针对奇大升的某一种类型汉诗风格的分析。笔者认为，奇大升的儒韵汉诗所体现的诗歌风格可以借用中国古代诗文批评的“典雅”一词加以概括。刘勰在《文心雕龙·体性》中将诗风分为八体，分别是典雅、远奥、精约、显附、繁缛、壮丽、新奇和轻靡。这里说的“典雅”是儒家所推崇的“典雅”，也就是所谓“熔式经诰，方轨儒门”①。简单来说，就是诗歌中体现着儒家典籍所倡导的思想内涵与审美取向。诗歌在抒情写意时，能做到“乐而不淫，哀而不伤”；而司空图《二十四诗品》将“典雅”论述为：“玉壶买春，赏雨茆屋，坐中佳士，左右修竹。白云初晴，幽鸟相逐，眠琴绿阴，上有飞瀑。落花无言，人淡如菊，书之岁华，其曰可读。”这里的“典雅”主要体现了士大夫的雅趣逸兴，可以说是朴实无华、高雅脱俗的高洁品格在诗歌中的展现。从《典雅》品所绘“佳士”的形象举止来看，典雅诗风的形成与诗人的人品学识、审美趣味等息息相关，有斯人方有斯境，亦方可取斯境。人境相即相融，进而创作出具有典雅风格的诗作。

可以说，典雅诗风的形成有赖于诗人深厚的学识涵养、思想底蕴及高尚美好的审美品味，而典雅的诗风又体现着诗人的儒家思想底色及其所倡导的人生态度和审美取向。另外，从训诂学的角度对“典雅”一词加以解读，也可以看出“典雅”与儒学思想及君子之道的密切关系。“典”含有“庄重”之意，蕴含着温柔敦厚的品质；“雅”意为“正”“中和”，常常被用来借指合乎轨范、合乎正统的文学。

那么，奇大升的儒韵汉诗是如何体现典雅诗风的呢？笔者认为主要有两点：一是形式上，诗歌词语选用、意象选取方面体现着君子雅趣及诗人兼济天下的情感和胸襟；二是内容上，

---

① 朱志荣：《中国古代文论与文学经典阐释》，上海：上海古籍出版社，2012 年，第 42 页。

大量用典增添了奇大升诗作的厚重感，其中透露出儒家的文化精神与价值追求。

详细来讲，从诗歌形式来看，奇大升的儒韵汉诗中处处蕴藏着隐士君子的雅趣，这和他所选意象和所造意境有关。在他的诗歌中，“酒”“松”“菊”等与闲情雅致相关的意象常常出现。五言长篇《幽居杂咏》便是一个典例。全诗共 108 句，“松”“竹”“梅”“菊”“酒”“花”“山”“月”等字眼为其中高频词，几乎每一联都能找到这类意象。正是这类意象的使用，奠定了整首诗闲适悠然的感情基调；全诗用语天然，给人一种自然清新之感，充分表达了诗人置身大自然中轻松愉悦的心情及安贫乐道的人生志趣。再来看其所作《漫兴》二首，诗歌原文如下：

故山春雨后，花发蕨芽肥。谩欲寻芳去，应须咏月归。松醪满盎嫩，石菜着根腓。醉卧风生耳，陶然忘世机。

清晨起对书，潇洒志堪舒。细细梅花落，霏霏雨点疏。拈毫歌乐只，饮水沃焚如。自喜幽栖僻，松篁拥小庐。①

这两首诗为奇大升于春雨过后即兴创作的小诗，全诗充满着恬淡自然的闲趣。第一首诗中，诗人通过“春雨”“花”“松醪”“石菜”等意象为我们描绘了一副生机勃勃的春景图；第二

① ［朝鲜］奇大升：《高峰先生文集》卷一《漫兴》。

首诗中，诗人通过“书”“梅花”“雨”“松篁”等意象，构造了一个犹如世外桃源般超然物外的“有我之境”，主人公那超凡脱俗、潇洒飘逸的隐者形象跃然纸上，十分生动。“自喜幽栖僻，松篁拥小庐”一联表达了诗人对隐逸生活的喜爱及淡泊名利的人生态度。

从诗歌内容上来看，奇大升的儒韵汉诗通过使用与儒家思想倾向和审美意蕴相关的典故，增添诗歌的厚重感，呈现出典雅的诗风。《文心雕龙》中亦有言：“模经为式者，自入典雅之懿。”这句话的意思是说，只要诗歌体现出典籍的文化精神和思想内涵，就可以将其归入典雅之列。奇大升所作《古砚歌》等汉诗引用历史名人典故，借以表达自己的政治理想和人生追求；而《天光云影台》等诗则直接模仿前人诗文写就。有的诗歌则针对某一典故进行阐释，比如《点瑟天机鸣》是奇大升对“曾点之乐”的理解；《震畏四知》是从东汉杨震拒收贿银的典故说开去，表露了奇大升对君子慎独这一修身工夫的态度。

（三）以文为诗

“以文为诗”既是古典文学批评术语，又是诗歌创作的艺术手法。“以文为诗”主张将散文的字法、句法、章法和表现手法等引入或借用到诗歌创作中去。宋代文学理论家严羽在《沧浪诗话》中首次提出“以文字为诗，以才学为诗，以议论为诗”的观点，以此来概括宋诗的风格特征。而宋诗是在学习韩诗的基础上发展形成的，后人多用“以文为诗”来评价韩愈的诗歌特色。清代赵翼《瓯北诗话》曾有言：“以文为诗，自昌黎始；

至东坡益大放厥词，别开生面，成一代之大观。”程千帆先生也说过：“韩愈以文为诗，其实际意义就在于要突破诗的旧界限，开拓诗的新天地，这不但有助于形成他自己的独特面目，而且成为宋诗新风貌的先驱。”① 由此可见，韩愈“以文为诗”的诗歌创作特点对宋代诗歌创作影响深远。不仅如此，韩诗也受到了朝鲜朝时期文人士大夫们的喜爱与追捧。例如，朝鲜朝诗人李安讷提出“基韩范杜”的主张，在诗歌创作中对韩诗进行有意识地模仿。李瀷在其《星湖僿说》中就韩诗《山石》评说道：“诗家之妙，至斯极矣。盖露尽一生傲物性，五十个‘或’字中，人之情状备矣。”16 世纪的朝鲜朝诗风正处于由崇尚宋诗到推崇唐诗的过渡阶段。

就奇大升而言，他的诗歌比起注重情感抒发的唐诗，更偏向于侧重说理与思辨的宋诗。② 奇大升的诗歌创作受韩愈的影响较深。其女婿赵缵韩说其诗文：“雄深雅健，一出于浑然。长诗逼韩，短篇近陶。”③ 奇大升儒韵汉诗“以文为诗”的特点，主要体现在“以文法入诗”“以才学入诗”和“以议论入诗”等方面。

首先，“以文法入诗”是把古代散文的谋篇布局、章法结构融入诗歌当中，将“伏应转接，夹叙夹议，开阖尽变”之法运

① 程千帆著，张伯伟编选、导读：《唐诗的历程》，北京：生活·读书·新知三联书店，2021 年，第 318 页。

② 参见［韩］曹桢林：《高峰奇大升的诗文学研究》，朝鲜大学校博士学位论文，2004 年。

③ ［朝鲜］赵缵韩：《高峰集跋》。

用到诗歌中。奇大升的诗作就很好地体现了这一特点。且看一首《送友人游金刚山，因欲寻师》，诗歌原文如下：

局束在世间，人生空自勤。脱然君远行，踏彼金刚云。飘摇放志意，牢落绝尘纷。登陟岂耽胜，凝思惬知闻。高岑上不极，石室遗兰芬。挹泉冽琼浆，睨海灭远氛。悠悠大外想，杳杳离人群。超寻遇真君，面承白黑分。理融心独开，疑释忧方殷。归来闭一室，清昼对炉熏。①

诗歌的首句开门见山，发出人生在世空自勤的感慨，引出下句为朋友送行的场景，表达了诗人希望朋友此去金刚山可以暂时从尘世纷扰中解脱出来，登高望远、畅意抒怀。这首诗的前四联为实写，主要交代了朋友此行的地点及目的，并抒发了自己的感慨；中间四联为虚写，诗人想象朋友在金刚山采兰芬、饮琼浆、遇真君的场景，寥寥数语便将金刚山营造成了一个世外仙境般的存在；诗的最后两联是对朋友的嘱托和祝愿。全诗娓娓道来，虚实相生，情景相融，不仅将诗人对朋友送行的真挚情感表现得淋漓尽致，也从侧面表现出金刚山景色的美丽及诗人恬淡闲适的人生态度。

其次，“以才学入诗”包括善用典故，旁征博引，讲究言必有征、字必有据，甚至于补缀奇字、强争险韵等。“以才学入

① ［朝鲜］奇大升：《高峰先生文集》卷一《送友人游金刚山，因欲寻师》。

诗”的产生，是诗歌发展的内在需要，特别是为了顺应“以文为诗”诗歌变革的需求。散文化、议论化的倾向，一方面有利于强化诗歌表情达意的效果，但另一方面又容易使诗歌显得松散，折损诗歌的含蓄之美，而“以才学入诗”恰恰平衡了艺术形式的这种失重。[①] 如前两小节所述，奇大升诗歌中大量使用与历史人物相关的事典，并化用经史子集中的语典，大大增加了诗歌的文化内涵，使得诗歌言简意丰、厚重典雅。

最后，“以议论入诗”是将文章的叙事说理性运用到诗歌创作中来，使之与诗歌的抒情性相结合。这样一来，虽然诗歌的抒情功能被淡化了一些，但诗歌的立意与思想得到了提升。“以议论入诗”主要有两种方式：一是意象与议论的结合。议论与叙事、抒情融合，将意象形象化，使议论平添了一种飘逸隽永、才气横溢、极富魅力的韵致。二是直接抒发纯粹的情理。议论本身比较精辟，特别是纯议论的理趣诗更具短小精悍、发人深省的特点。先来看一首《流头日湖堂宣酝》，诗歌原文如下：

> 六月十五日，俗号为流头。流头义无征，传说何谬悠。佳辰且可惜，行乐良有由。一年此将半，阴阳相错揉。天机催万物，日夜逝不留。人生岂自觉，黾勉怀百忧。所以缺节名，相延极遨游。家家饼饵香，处处车马蹂。幸蒙天上恩，致身来瀛洲。碧水满长湖，凉风动高楼。整冠钦拜

① 董朝刚：《也论宋诗特点——关于“以文字为诗，以议论为诗，以才学为诗”的若干思考》，《唐山师范学院学报》2004 年第 4 期。

赐，列席集良俦。银杯泻红露，雕俎罗珍羞。醉饱泊恬静，偃仰何所求。但恨才不长，又惧智不周。耗廪已难报，沾厨尤莫酬。兢息度余生，桑榆疑可收。写诗示同僚，其能为我谋。①

这首诗开篇就提到了传统节日“流头节”，整首诗也是围绕这一节日展开的。流头节指的是人们在农历六月十五日当天到向东流的河里沐浴、洗头，祭拜农神祖先，净身驱鬼，祈求丰收、健康的习俗传统。奇大升在流头节这天与同僚好友相聚一堂，立于高楼之上，微风拂面，湖面波光粼粼，远远望去路上车马辘辘，好不热闹。诗人由此发出了“醉饱泊恬静，偃仰何所求”的感慨，展现了其乐天知命、随遇而安的一面。紧接着，诗人吟道“人生岂自觉，黾勉怀百忧。所以缺节名，相延极遨游”，发出人生苦短、及时享乐的感叹。然后，笔锋一转，开始由远及近描摹周围的景象，这段景物描写有动有静，并充分调动了触觉、听觉、视觉、味觉等感官，寥寥数语，便将众人欢度佳节的热闹场面生动立体地展现在了我们眼前。最后，诗人表达了自己随遇而安的人生态度，交代了写诗的目的，全诗至此结束。这首诗将叙事、议论与抒情很好地结合在了一起，既表达了诗人自己的观点态度，也没有破坏掉诗歌的韵味，反而强化了诗歌的思想性。

① ［朝鲜］奇大升：《高峰先生续集》卷一《流头日湖堂宣醖》。

涵养宜加静里功，推行还觉动时通。须探敬义循环妙，方信曾思立教同。①

这首诗短小精悍，通过纯粹的议论说理，表达了诗人对修身工夫的心得体会，强调了“静”和“敬”对修身养性的重要性。“读书求见古人心，反复唯应着意深。见得心来须体认，莫将言语费推寻。”② 这首诗阐释了诗人对读书的见解，即读书不应拘泥于只言片语，而应该通过反复体会、细细琢磨，学习书中的深意和道理，求见古人之心。整首诗说理精辟警策，发人深省。

五、结论

奇大升是16世纪朝鲜朝时期著名的性理学家，与退溪李滉进行了长达八年的“四七论辩”。奇大升不光在性理学上造诣很高，在文学创作方面也可圈可点。《高峰集》中，除文、论、状、书、表等文体的文章之外，还收录有许多文学性较强的作品。本文通过文献分析和归纳总结相结合的方法，以《高峰集》等原始史料为主要参考依据，并在前人相关研究的基础之上，对奇大升具有儒学思想底蕴的汉诗进行分析后，得出以下结论：

首先，通过对奇大升所处时代背景及其生平经历等进行考

① ［朝鲜］奇大升：《高峰先生续集》卷一《玩乐斋》。
② ［朝鲜］奇大升：《高峰先生文集》卷一《读书》。

察分析发现，其儒学思想的形成深受16世纪朝鲜朝所尊奉宋明理学之风的影响。奇大升性理学思想的发展成熟离不开青少年时期家庭环境的熏陶和名儒硕学的指导。奇大升与退溪李滉进行的“四七论辩”不仅促使其性理学思想逐渐走向成熟，也夯实了其在朝鲜朝性理学史上的地位。“四七论辩”依据朱熹性理学思想，通过对“情”的来源及善恶标准等问题的界定，实现了对朱子理学思想的细化，也促进了韩国性理学的发展。另外，在文学方面，奇大升“文以载道”文学观念的形成深受朱子理学的影响，强调诗歌的伦理教化功能和思想性，这在他的儒韵汉诗作品中得到了明显的体现。此外，奇大升所处时代士祸党争不断，士林派文人被打压，因此许多仕途失意的文人儒士践行“达则兼济天下，穷则独善其身”的儒家处世原则，回归自然，寄情山水，设立书院，读书讲学。在这样的背景下，文风兴盛的湖南地区形成了大大小小的诗坛。奇大升就是湖南诗坛中的活跃分子，写下了许多寄情山水、抒发隐逸志趣的诗篇。

其次，通过对奇大升儒韵汉诗中所蕴含的儒家哲理及儒家独特审美意识进行分析可以发现，奇大升的思想具有深厚的性理学底色。透过一首首儒韵汉诗，一位有着济世安民理想的士大夫形象，一位潜心学问、知行合一的正人君子形象，一位安贫乐道、乐天知命的隐士高人形象便清晰地浮现在了我们眼前。

最后，奇大升的儒韵汉诗在说理的同时包含着丰富的美学内涵和审美意蕴。其诗歌中运用了许多历史典故，增强了诗歌的典雅厚重之感，起到了言简义丰、含蓄隽永的表达效果。时人评价奇大升诗歌“长诗逼韩，短篇近陶”，这一评价是比较中肯的。先说“短篇近陶”。奇大升的《幽居杂咏》等五言诗歌在诗词风格上、思想内容上都与陶渊明相似，所取“酒”“松”“菊”“花”等意象，体现着君子雅趣及淡泊名利的人生态度。再说“长诗逼韩”。韩愈提倡“古文运动”，反对绮靡艳丽、雕章琢句的文风，倡导“文道合一”。奇大升在诗文创作上效仿韩愈，也形成了“以文为诗”的艺术风格。

总而言之，奇大升的诗文创作深受性理学思想及“文以载道”观念的影响。无论是对自然宇宙的认识层面，还是政治理念和人生追求层面，抑或道德学问的修养工夫层面，奇大升的儒韵汉诗都阐释了儒家特有的思想倾向和审美意识。奇大升儒韵汉诗所具有的善用典故、典雅诗风及“以文为诗”等艺术特色不仅透露出他学识渊博、学养深厚的一面，也从侧面体现出奇大升在儒学思想的熏陶下形成的沉稳持重的性格及仰慕圣贤之道的君子品行。

腹有诗书气自华：李文烈小说的文化因素

冉皑婷　李学堂

一、绪论

有史以来，由于地缘相近，中韩两国在政治、经济、文化等方方面面都有密切的联系。在训民正音发明之前，韩国一直借用汉字，儒家思想以文字为载体在朝鲜半岛迅速传播开来，从而使两国的文化紧密地联系在一起。《韩国民俗大观》序言指出："至今，儒家在韩国社会中也占有绝对的比重……儒家不仅仅改变了韩国人的思维和性格，而且使社会构造、习惯、制度也产生了巨大的变动。儒家已经成为韩国人行为规范和思考方式的准绳。"

在中韩两国漫长的交流史上，中国文化长期被韩国文学以热情、友好的态度迎入国内。审视韩国文学史，从古代小说到近现代小说，中国文化在韩国文学作品中几乎随处可见。中国文化兼容并包的传统对韩国作家起到了独特的启发作用，为他们带来了无尽的创作灵感。这些作家在古老的中国文化中汲取营养，在中韩两国的精神世界之间建起了一座用文学沟通的桥梁。

李文烈是韩国当代著名的小说家，他的故乡韩国庆尚北道英阳郡有着厚重的儒家文化传统。早在朝鲜朝时代，这里就涌现出李滉等众多堪称儒学先驱的学者，并拥有众多书院和乡校，可以说这里是韩国儒家文化的摇篮。生于斯长于斯的李文烈受到浓郁的儒家文化影响，读者可以轻易地在他的作品中找到诸多与儒家思想契合之处。除此之外，成年之后的李文烈一边写作一边周游世界，足迹遍布埃及、美国、俄罗斯、德国、瑞典、匈牙利、波兰、日本、中国等国。其间，他用韩语重新翻译了中国古典名著《三国演义》和《水浒传》，添加了评述，进行了再创作，展现出深厚的中文功底。

李文烈对中国的历史和文化有着深刻的了解，他的很多作品中都有中国文化元素，《金翅鸟》和《为了皇帝》是其中中国文化元素相对集中的两部小说作品。《为了皇帝》讲述了一个韩国式的堂吉诃德的故事，书中多处引用中国儒家和道家两个思想流派的主要观点，如“里仁之美”“尾生之信”等。《金翅鸟》是一部兼具浪漫色彩与悲剧色彩的作品，通过讲述岭南名儒后裔石潭先生与弟子古竹之间的感情与矛盾来讨论艺术的本质。书中不仅引用了儒家“道”与“艺”的观点，还引用了道家“自然无为”的哲学观点。除此之外，书中还引用了很多中国古代艺术家的典故，更显作者的才学和奇妙的艺术构思。当前，学术界对“外国当代文学与中国文化”这一课题的研究逐渐深入，因此对李文烈的作品进行中国文化元素角度的解读，具有一定的学术和现实意义。

本文的研究对象，即李文烈的小说作品，就是中韩文化交流、融合的硕果。在中国，中韩比较文学的研究主要以韩国文学中的中国形象为主，研究对象主要集中在有旅居中国经历的韩国作家身上，虽然李文烈的文学作品中有大量的中国文化元素，但学界并未给予足够重视，研究论著中并没有出现特别值得瞩目的成果。

韩梅作为李文烈文学作品主要的中国译者，在《全知视角下的立体人物形象——论李文烈的代表作〈诗人〉》一文中从三个方面分析总结了李文烈作品《诗人》的特点。一是李文烈参照文献、结合本人经历，并运用逻辑推理塑造出的凡人金笠的立体形象；二是该作品采用传统的第三人称全知视角叙事手法，使得主人公纷繁复杂的人生片段脉络清晰且有趣；三是李文烈在该作品中的各部分适时插入了大段评论，给读者以理性智慧的启迪，赋予作品强烈的思辨性和厚重感。①

金成玉在《论李文烈小说〈青春肖像〉的叙事艺术》中分析了李文烈小说作品的美学价值，认为《青春肖像》这部小说通过立体的结构和绚烂的文采，给本易流于空虚和模糊的概念性主题注入了鲜活的生命力，展现出巧妙而有说服力的独特叙述方法。② 南春爱在《关于李文烈小说〈不灭〉中反映的中国

① 参见韩梅：《全知视角下的立体人物形象——论李文烈的代表作〈诗人〉》，《山东师大外国语学院学报》2002 年第 2 期。

② 参见金成玉：《论李文烈小说〈青春肖像〉的叙事艺术》，《韩国学论文集》第 22 辑，2010 年。

文化》中，从形象学的角度分析了李文烈小说作品中的中国他者形象的塑造，着重分析了朝鲜独立运动家安重根在中国的旅居经历和不屈不挠的斗争精神。李扬在《韩国成长小说的研究——以九十年代前后李文烈和卫奇哲成长小说为中心》中，以李文烈的《我们扭曲的英雄》与卫奇哲的《九岁人生》为文本细读的对象，从成长小说的基本概念出发，探究在少年成长的路上班主任起到的作用，对主人公的心理特征进行了深入剖析。①

以上论文从不同视角对李文烈的作品进行了剖析，但是主要聚焦于作者的语言特色、主题选材、叙事角度、美学价值等方面，对于李文烈文学作品中的中国文化因素和思想性少有涉及。虽然现有文章中并没有出现真正比较文学意义上关于李文烈作品中中国文化因素的研究，但仍有一些相关的研究成果。其中，值得瞩目的两篇文章分别是李成爱、李胜荷的《李文烈艺术小说中所表现的“道”的意义——以〈金翅鸟〉和〈诗人〉为中心》和金尚勋的《李文烈小说研究——以其小说作品中的儒家思想为中心》。前者从儒家和道家对于“艺术”的理解出发，解读了《金翅鸟》《诗人》两部小说作品，进行了对比研究；后者总结了李文烈小说中包含的儒家思想，阐明了中国儒家思想对李文烈的影响。除此之外，其他研究论著的理论依据主要来自语言学、美学、教育学、叙事学等，就中国文化元

① 参见李扬：《韩国成长小说的研究——以九十年代前后李文烈和卫奇哲成长小说为中心》，黑龙江大学硕士学位论文，2012 年。

素进行的研究寥寥无几。

以上是笔者对相关研究进行的概略式考察。由此可以看出，迄今为止，中韩学界尚未出现运用跨文化传播学的方法对李文烈文学作品中的中国文化元素进行的专门研究。本文将以中国传统儒道文化为依托，以李文烈《为了皇帝》和《金翅鸟》两部文学作品为研究对象，在文本细读的基础上，深入挖掘李文烈的文学作品与中国儒道文化的内在联系。一方面，可以从李文烈这两部文学作品中重温中国传统儒道文化的独特内涵；另一方面，也可以从中领略李文烈别具一格的创作题材和创作方法，感悟韩国现代文学独特的思想意蕴和艺术魅力。

二、李文烈的小说创作及其中国观

李文烈在韩国被称为“国民作家”，“国民”二字在韩国可谓对一位作家的最高嘉奖。毫不夸张地说，几乎每一个韩国家庭里都有他的书。① 权宁珉在《韩国现代文学史》中对李文烈这样评价：他的作品与以往作家们所体现出的小说倾向不同，追求带有浪漫色彩的观念性的东西。通过翔实的描写和华丽的文体，接近其观念性的东西。他的小说固守着高雅的品味，同时受到大众的好评。

---

① 参见韩梅：《全知视角下的立体人物形象——论李文烈的代表作〈诗人〉》，《山东师大外国语学院学报》2002 年第 2 期。

李文烈，原名李烈，1948 年出生于首尔，祖籍庆尚北道英阳郡，出身显贵，是当地四大富贵家族之一。李文烈幼年时朝鲜战争爆发，他只能随着母亲搬回故乡英阳郡。后几经返乡、离乡的波折，年幼的李文烈饱尝生活的艰辛。战争的残酷和颠沛流离的生活不可避免地给少年李文烈敏感的心灵蒙上阴影。1968 年，李文烈考入汉城大学（现称“首尔大学”）国语教育专业，次年怀抱着成为作家的梦想加入大学文学社，但很快就辍学参军，在军营里他仍执着于文学写作，创作了许多短篇作品。1976 年，李文烈从部队退伍，在大邱任教两年。1977 年，李文烈创作的短篇小说《你知道纳扎烈孤儿院吗》刊登于《大邱每日新闻》，被评选为优秀作品。从此，他开始用李文烈这个笔名进行创作。其后，小说《塞下曲》《人之子》《金翅鸟》《为了皇帝》《我们扭曲的英雄》《英雄时代》《诗人与盗贼》等佳作迭出，李文烈几乎荣获了韩国所有重要文学奖项，其中多部作品被译成外文在世界各国出版。

在写作的对象方面，李文烈一直未曾离开读者热切关心的领域和话题。其作品富有融合古典和现代的洗练、流畅的文采、多彩的题材和体验领域，因此很难简单类型化。他认为作家就像很小的造物主，为了创造一个世界，不做到全知全能是不行的。他提出只有把所有的东西弄懂了之后，才能开始写故事。他的作品涉及宗教神学、异国元素、军队、大学等领域，内容充满了感性与智慧，博得了国际上众多读者的喜爱和强烈的共鸣。

李文烈如今在韩国文学界已经是名声大噪的一流作家，但他当初进行文学创作的动机却令人感到阵阵酸楚。他曾表示，并不是因为内心的希望或憧憬，而是在一种不祥的预感中成为小说家的。就好像壁虎在摆脱不了敌人时要断掉自己的尾巴一样，他因为无法忍受生活的压力才投身于文学创作。此外，从小对文学的敏感和热爱、家境变迁、自身的坎坷经历、失败的爱情都促使他试图在文学世界中寻求心灵的安慰。他的处境是孤独和痛苦的，为了忘却这些苦楚，对他来说最好的选择就是写作。写作使得李文烈摆脱被命运摆布的被动状态，开始向主宰命运的角色靠近。随着他的文学作品逐步被读者和学界接受和肯定，李文烈的自信心愈发强大。如今，小说已经成为他的至爱，文学已经成为他的信仰。

众所周知，在文化方面，韩国深受儒家思想和道家思想的影响，儒道思想共同构成了中韩传统文化的主干，这不仅决定了韩国人的人生观、世界观、性格及思考方式，还决定了韩国社会的制度结构、习俗风尚。在文学方面，中国文化的兼容并包为韩国作家带来了丰富的创作灵感，也在他们的作品中打上了深深的烙印。①

李文烈青少年时代生活过的庆尚北道有着浓厚的儒家文化传统。他在散文《令我魂牵梦系的地方》中回忆道："我的故乡是英阳郡远尼洞，我却没有福分出生在那里。我的出生地是汉城青云洞一所现已拆掉的公寓。由于父亲热衷无望的建国事业，

① 参见曾贞：《探询中国现当代作家的道家文化气质》，《作家》2010年第16期。

他变卖了所有的家产。之后两年间，我们家在汉城市内搬来搬去，三岁那年爆发了‘六二五’事件，我们路过母亲娘家回到了家乡。”李文烈对自己的故乡有很深的感情，他受到当地文化的影响，对儒家文化感到很亲近，不自觉地成了儒家文化的代言人。

20世纪70年代，李文烈登上文坛之后，一边写作一边周游世界，其间他将中国古典名著《水浒传》等翻译成韩国语，并进行了评述和再创作，表现出扎实的古汉文功底和对中国文化的关心、热爱。① 李文烈编译的《三国志》，是韩国出版史上首屈一指的畅销书。《三国志》的发行数量达到了他的其他作品发行数量的总和。在接受《东亚日报》的采访时，记者问李文烈重新编译《三国志》的原因，他只是轻描淡写地说：随着时代的进步，人们的表达方式和理解方式都有了很大的变化，至今韩国市面上流行的《三国志》译本已经有三十年的历史了，为了贴合当今的语言模式和读者的胃口，所以进行了重译。李文烈十分谦逊，但他对于中国古典文化的深刻理解获得了国内外学者的一致好评。中国古典文化对李文烈有着神秘的吸引力。李文烈将其运用于创作，既能拓宽韩国读者的知识面，增进韩国读者对中国文化的了解，又能让中国读者感到亲切和自豪。以传奇小说作品《问天，路怎么走?》为例，小说描写了一个少年为了见到能给家里带来福气的玉皇大帝，在漫长的时间里经

---

① 参见［韩］李文烈：《诗人》，韩梅译，北京：人民文学出版社，2005年，第2页。

历了天人合一、完善自我等道家理念的洗礼后终于实现愿望的故事。李文烈将道家思想自然地融合在作品中，由此展现主人公丰富的内心世界。

1992年，李文烈凭借作品《诗人》斩获了韩国现代文学奖，这部小说勾勒了19世纪韩国著名的流浪诗人金笠一生坎坷的遭遇。李文烈在这部作品中频繁提到中国诗词，使小说的艺术风格更为突出。他在《诗人》中这样评价中国的诗：

> 东方的诗被赋予了美风俗、正道德的功能。……在中国，从建安、正始以来，诗开始摆脱旧的束缚，经晋、唐、宋，它再也不被羁绊在“言志”“思无邪”的范围之内了。西晋的文饰、东晋的玄风如此，唐的丰艳、宋的平淡所追求的目标也在于此。①

还说：

> 朝鲜的科体诗也未能摆脱中国的这种影响，其原来目标在于作为政治的工具为统治者所用，但实际上读书人喜欢翻阅的却不是《诗经》，而是唐音。②

由此可见，李文烈对中国古代诗歌发展的脉络和风格有深刻了

① ［韩］李文烈：《诗人》，韩梅译，第37页。
② ［韩］李文烈：《诗人》，韩梅译，第37页。

解，肯定了中国诗歌对韩国诗歌的影响，也展现出其对中国文化和历史的关心、热爱。

本文将《金翅鸟》《为了皇帝》两部作品作为文本细读的对象，对其中的中国文化元素进行进一步挖掘。《为了皇帝》讲述了一个韩国式堂吉诃德的故事。中国先秦的古典思想成为李文烈取之不尽的源泉，他在这部作品中将儒家和道家的哲学、智慧运用得游刃有余，书中人物性格的塑造和命运的走向都深受先秦儒家和道家思想的影响。可见，李文烈在创作这部作品之前对中国古代典籍是有过热心阅读的。《金翅鸟》通过石潭先生和弟子古竹师徒二人的人生羁绊来探讨“艺术到底是什么”的问题。书中不仅涉及儒家和道家关于道、艺的讨论，还引用了很多中国古代艺术家的故事，如郑思肖在宋亡之后所画兰花皆无土和根、翁方纲 78 岁时仍挥毫泼墨等。李文烈对中国文化的认知是多维度的，除儒家和道家的经典思想外，他还对中国的书法绘画有过深入探索，肯定了中国书画文化的悠久历史及博大精深，也肯定了韩国对中国书法文化的继承和延伸。

总而言之，李文烈在写作过程中不断从中国古代经典中汲取营养。在他那里，中国文化不再是一种抽象的概念，而是一个巨大的仓库，一个可以给予他源源不断创作灵感的巨大库房。作为韩国的国民作家，李文烈对中国文化在当代韩国传播过程中起到的作用是不容小觑的。

三、《为了皇帝》中的中国文化元素

李文烈笔下的文学世界是丰富多彩的，他以语言和文本为工具，积极地探索人类复杂的意识。在创作题材方面，他既关注艺术和宗教，又关注社会矛盾。在写作风格方面，他时而用近代史学材料借古讽今，时而徜徉在东西方古典巨著的养分中挖掘东西方文化遗产给世人带来的影响。在笔者看来，用锋利的言辞和冷静的笔触洞察社会，是李文烈作品世界中最为吸引人的部分。其中的代表作之一就是《为了皇帝》，这是一部运用个性鲜明的反语和戏谑的笔法创作的风格纯正的讽谕作品。

《为了皇帝》本是杂志连载的长篇小说。1983 年，这部作品获得第三届大韩民国文学奖。1989 年，被改编成电视剧搬上荧屏，引起不小的反响。这部作品描述了一家小杂志社的记者受上级指派来到韩国著名预言书《郑鉴录》中提到的将要取代李氏朝鲜的郑氏建都之处——鸡龙山。在这里，他见到了一处奇怪的墓地——“南朝鲜广德白帝之墓”，这是闻所未闻的王朝和帝号。正当他迷惑不解的时候，出现了一个奇怪的扫墓者——瘸腿老人。从扫墓者那里，他得知了记录这位皇帝一生事迹的《实录》及有关的传说。后来，记者再次前往鸡龙山，发现老人已经过世，《实录》也无从寻找。记者觉得作为仅存的知情者，自己有必要把老人的生平事迹记录下来。这位皇帝的一生其实就是一个韩国式堂吉诃德的故事，皇帝自幼受名师指导，熟读中国的四书五经，满腹经纶，胸怀大志，心地善良，认为身边的臣子都对他忠心耿耿。他历尽磨难，却也常常因祸得福，同时盲目信从天命，顽固不化。他被身边的一群人奉为至高无上的天子，却被更多的人视为无聊的疯子。他誓要在纷乱复杂的朝鲜半岛创建新的王朝，带领身边的君臣同日帝进行顽强的斗争，以成为万人景仰的一代圣君。这着实是一个可敬、可叹、可笑而又可悲的人物。《为了皇帝》通过描述这位皇帝荒唐而传奇的一生，以独特的视角对韩国近代史做出新的阐释。李文烈自己评价这部作品时，形象地把自己比喻成作品精神上的父亲，而这部作品是其众多子女中最出色的一个。韩国著名文学评论家金炫予也认为《为了皇帝》是李文烈最重要的也是最好的代表作，是可以永远载入韩国小说史的不朽力作。

这位皇帝荒诞的行为在很多人眼中是不合逻辑、无法理喻的，但是其在中国传统文化中有另一种描述，叫作“知其不可而为之者”。无论是什么样的理想和信仰，它的伟大或许不在于多么合乎逻辑，而在于有人可以为了捍卫它付出为之轻天下的生命。

《为了皇帝》中多处引用中国儒家和道家的主要观点，笔者粗略估算已多达五十多处，这为本文后续的分析提供了大量背景资料。

（一）儒家文化视角下的《为了皇帝》

仁义礼智信是儒家“五常”，也是其所提倡的起码道德准则。孔子确立了以仁为核心的思想体系；孟子将“仁义礼智”

看成人最基本的道德准则；荀子又以“礼法结合”“以礼释仁”的方法丰富了传统儒家伦理思想体系，对以仁为核心的儒家伦理思想进行了扬弃。到了汉代，董仲舒又在原有的仁义礼智的基础上添加了“信”，正式提出仁义礼智信“五常”说。自此，儒家“五常”思想成为封建社会中处理人与人之间关系的基本道德准则，也成为古代社会文人志士终身践行的轨则。

前文提到，虽然《为了皇帝》中的这位皇帝一生固执地崇信天命，但是他身上仍然具备儒家提倡的诸多美好品质，仁义礼智信在他的身上皆有体现。

“仁”是各种美好品德的概称，被儒家尊为“全德”。孔子将“仁”看作人穷尽一生追求的最高境界，把“仁”定义成“爱人”，要求人与人之间要友爱、互助。

《为了皇帝》中提到“皇帝不但才华出众，还具备各种优秀的人品和德行，尤其是他的宽厚可以包容天下万民，即便对渺小生灵的痛苦，他也不会漠然视之”①。9 岁的皇帝便懂得君子有成人之美的道理，怀有一颗仁爱之心。他看到村子里的人为了填饱肚子而追一只可怜的獐子时，顿生恻隐之心，请求他们放走獐子，拿着从父亲那里要来的十元钱请村民吃个酒足饭饱。

除此之外，这位皇帝因为心怀仁爱之心，与陌生人接触时往往不设防备。在某次前往汉城的途中，皇帝碰到了骗子马叔

---

① ［韩］李文烈：《为了皇帝》，韩梅译，北京：人民文学出版社，2011 年，第 10 页。

牙。马叔牙以侠客自居，与皇帝初次见面，却像有了十年交情。深夜，他们一起高谈阔论着住进了旅店。皇帝第二天早晨醒来时，发现自己的财物被偷了个精光。身无分文的皇帝在汉城流浪了两年后，无奈选择返回白石里，却在途中意外地碰到了马叔牙。皇帝没有生气，充分表现出王者的气度，把他带回了自己的村庄。皇帝向父亲郑处士讲述了马叔牙以前的种种劣行，气得父亲要把马叔牙吊起来毒打一顿。此时皇帝却站出来解救了马叔牙：

> 孟子还说，牛山的草木曾经很茂盛、美丽，但因为它在大国的近郊，人们常拿着斧头之类的工具去砍，草木还能长得茂盛美丽吗？山上的草木日夜生长，受到雨露的润泽，并非没有枝芽长出来，可是人们就在那里放牧牛羊，所以就变成光秃秃的了。人们看到牛山光秃秃的样子，就认为这儿不曾长过草木，这哪里是牛山的本性呢？在人的身上，难道真的没有仁义之心吗？他们之所以失去了善良的本心，与每天用斧头砍伐树木是一样的道理。①

皇帝引用了《孟子·告子上》中的一则典故来劝说自己的父亲。最终，马叔牙对皇帝感激涕零，臣服于皇帝的仁爱之心，成为皇帝身边忠心耿耿的左膀右臂，直至十多年后在异国他乡病故。

《为了皇帝》中的皇帝除了“仁”德，还表现出来“义”

---

① ［韩］李文烈：《为了皇帝》，韩梅译，第80页。

德。他们一行人在迁都的过程中曾遭土匪绑架，土匪要求皇帝的臣子筹集巨款来赎人。皇帝认为自己是上承天命的天子，表现得义气冲天，面对土匪的欺凌不卑不亢。他与土匪进行笔谈，告诉土匪自己是朝鲜未来的国王，并展示了从父亲那里得来的古镜、秘籍和头上的伤疤，又向土匪们渲染了自己之前的壮举。面对凶恶的土匪，皇帝非但没有害怕，反而认为他们是隐身于绿林的好汉。皇帝说：

> 黄金在粪土中也不会腐烂，君子置身险境也不会忘记道。我看你虽然隐身于绿林，却也是一位正人君子、当代英雄，就像见到了久别重逢的老友。……古人云，小人以财物相交，君子以美好的言辞相交。怀疑是小人的行为，如果你相信我、帮助我，我会十倍地报答你。如果将来你来到我的国家，我会三日一小宴、五日一大宴地款待你，你如果愿意在我的国土上生活，虽然土地狭小贫瘠，我也会分封给你方圆千里的土地。①

如此这般，土匪们被这位皇帝展示出来的“义”德所折服，感叹他“身处险境，还这样豪气冲天，着实令人惊讶”②。

《论语·季氏》里说：“不学礼，无以立。”要求做人要懂礼貌，要学会约束自己的一言一行。朱元璋曾对臣子说：“为天

---

① ［韩］李文烈：《为了皇帝》，韩梅译，第118~119页。

② ［韩］李文烈：《为了皇帝》，韩梅译，第119页。

下者譬如作大厦，非一木所成，必聚材而后成。天下非一人独理，必选贤而后治。故为国得宝，不如荐贤。”由此可见贤臣对于君主治理国家的重要性。当然，《为了皇帝》中的这位皇帝周围并不缺贤臣，几乎他身边的每一位臣子都对他忠心耿耿，除折服于他宽厚仁爱的心之外，也是因为他给予了贤臣尊重。他的谋士房亮“年轻时曾胸怀青云之志，一心钻研学问……他渊博的兵法知识和灵验的占卜在附近一带已经相当出名”①。听闻此人，皇帝的父亲郑处士马上提醒皇帝去寻访，皇帝求贤若渴，见到房亮“与他一见如故，用比对任何老师都谦恭的礼节对待他”②。房亮备受感动，毅然决然地跟随年轻的皇帝而去。皇帝身边的另一位贤臣申沂竹，本是一个酒精中毒者，皇帝在旅店里与他相遇，十分钦佩他非凡的文采，“就像将军喜爱宝马一样，帝王遇到人才是一种快乐”③。皇帝一直守在申沂竹身边，尽心尽力地照顾他。几番交谈下来，皇帝了解到申沂竹本是贵族子弟，才华横溢，后来沦为亡国的流民。于是，皇帝把自己的来历和抱负都讲给他听。皇帝并未因申沂竹沦落为一个酒鬼而产生半点不恭敬，反而用十分恭敬的态度对他说：

> 玉石埋在土里，总会被发现；沉甸甸的锥子藏在囊中，总会露出锋芒。孔子说，士人修习学问就如同商人把玉石

---

① ［韩］李文烈：《为了皇帝》，韩梅译，第35页。

② ［韩］李文烈：《为了皇帝》，韩梅译，第35页。

③ ［韩］李文烈：《为了皇帝》，韩梅译，第96页。

> 藏起来待价而沽。……现在先生一口回绝我的请求，就好像愚蠢的商人不肯高价卖出玉石，而让它烂在匣子里。请您再好好考虑一下。①

李文烈笔下的皇帝虽然自命不凡，但是对待贤臣良士仍然怀有一颗恭敬之心，从不因自己高贵的身份对臣子们有半点不尊重。

“智”要求人们具备理性的思考方式，要懂得明辨是非。孔子兼重仁智，多次以仁智并举。② 这位皇帝从小便天资聪颖，能明辨是非，在思考问题时既冷静又富于理性，不骄不躁。《为了皇帝》开篇记录了一场失败的破倭关战役，皇帝在这场战争中身心都受到了重创，由此一蹶不振。在萎靡了一段时间之后，皇帝并没有继续消沉下去，反而冷静沉着地思考起现状和未来。他意识到：

> 现在经历痛苦和黑暗，是为日后百倍的辉煌荣耀奠定坚实的基础，因为没有黑暗，就没有光明；没有考验，就没有光荣。……圣贤说，往事不咎，但可以引以为戒，也就是唐太宗所说的“以古为镜，可以知兴替”。虽然破倭关一战我们一败涂地，但是自古以来天下之势未必就倾向

① ［韩］李文烈：《为了皇帝》，韩梅译，第98~99页。

② 参见许亚非：《论传统明智的道德蕴涵及其现代启示》，《重庆三峡学院学报》2003年第2期。

正义。①

这样一来，令皇帝病倒的精神创伤一下子又化成了对天意的加倍信任。在人生的困境中还能保持冷静和乐观，皇帝的做法与儒家“智”德的要求是相符的。

“信”既是实现“仁”的重要条件，又是道德修养的内容。信，是做人的根本，是兴业之道、治世之道，它要求人们诚实不欺，有信用。

前文提到，这位皇帝曾遭土匪绑架，土匪向其索要一笔数目巨大的赎金。就在皇帝被关押的第二天，土匪的山洞遭到日军的侵袭，枪声响彻山谷，情况立马变得混乱起来。土匪们都出去应战，地洞无人看守，和皇帝一起被关押的人质开始骚动，他们想趁乱逃离。其他人质们用了各种办法互相解开捆绑的绳索，他们告诉皇帝赶快逃命。然而，在这样危急的情况下，皇帝却纹丝不动，他用笔谈的形式告知那些人质：

> 虽然来的时候是被硬带来的，但是离开的时候我想堂堂正正地走。而且我和他们还有一个尚未兑现的约定。②

由此可见，这位皇帝言而有信，在如此危急的情况下仍然信守承诺，可谓“去兵”“去食”“宁死必信”，令人敬佩。

---

① ［韩］李文烈：《为了皇帝》，韩梅译，第52~53页。

② ［韩］李文烈：《为了皇帝》，韩梅译，第119~120页。

中国古代婚姻观念始终与儒学思想的发展息息相关，并且受制于儒学思想。[①]《孟子·离娄上》言“天下之本在国，国之本在家”，认为婚姻家庭生活是全部社会生活的发端。婚姻既肩负着人类繁衍的使命，也是为政的基础。《礼记·昏义》中说“昏礼者，礼之本也”，阐明了婚姻是齐家、治国、平天下的根本所在。

《为了皇帝》中一共出现了三名女性角色，分别是尹小姐、黄夫人和戚小姐。李文烈用简单的笔墨描述了皇帝的两段婚姻。尹小姐聪慧伶俐，与皇帝青梅竹马，“她可以大珠小珠落玉盘般流利地朗读《女戒》《内训》”[②]。她的容貌也是出类拔萃的，“据后来皇帝的回忆，她的容貌俨然就是一幅美人图”[③]。一到谈情说爱的年龄，两人就迅速坠入爱河。但是，尹小姐家世不高，只是拓荒者之女。相反，黄进士家的女儿，也就是后来的黄夫人，家里则是财力殷实，但论学识和美貌，黄夫人是远远比不上尹小姐的。尽管皇帝和尹小姐互相深爱着对方，“他们的理想就是像相亲相爱的平凡夫妻一样，平平常常地过一辈子”[④]，但是王者的爱情注定是悲剧。黄进士为了撮合皇帝和自己女儿的婚事，毫不吝惜地动用了所有的财产。在郑处士眼中，纵然皇帝与尹小姐一往情深，黄进士家的女儿与皇帝才是门当户对。

---

① 参见张艳霞：《儒学思想与中国古代婚姻观念》，《大江周刊（论坛）》2011 年第 1 期。

② ［韩］李文烈：《为了皇帝》，韩梅译，第 26 页。

③ ［韩］李文烈：《为了皇帝》，韩梅译，第 26 页。

④ ［韩］李文烈：《为了皇帝》，韩梅译，第 27 页。

郑处士对皇帝说：

> 大丈夫要大展宏图，根基就要稳固。……黄氏族人遍布四邻八乡，黄进士家财万贯，却只有一个独生女儿。如果你娶了黄家小姐，就会为你奠定坚实的基础，孤单、贫困的尹山人岂能与之相比？①

最终，皇帝被逼无奈，放弃了和尹小姐的“尾生之约”，与黄进士的女儿结为连理。郑处士对于家庭和婚姻的看法无疑与儒家传统的婚姻家庭观相符。中国古代家庭的择婚条件以儒家伦理为标准，十分严苛，选择结婚对象的权力往往掌握在父母或者其他长辈手中。正所谓“父母之命，媒妁之言”。《大明会典》中规定：“凡嫁娶，皆由祖父母、父母主婚，祖父母、父母俱无者，从余亲主婚。”尤其是豪门大族在意“敬宗收族”，更为讲究门当户对和利益相当。从三国曹魏建立“九品中正制”起，“上品无寒门，下品无士族”和“士寒不婚”受到人们的日益关注，等级制度愈加森严。北魏皇帝曾下诏皇族贵戚及士民之家，不得与非类婚偶，“犯者以违制论”。此后，历代如此渐成习俗。② 朝鲜半岛也深受此俗影响。在郑处士眼中，皇帝注定是要成就大业之人，因此“家庭利益”和“门当户对”至关

---

① ［韩］李文烈：《为了皇帝》，韩梅译，第 28 页。

② 参见姜国柱：《儒学婚姻家庭观的历史演变与现代价值》，《咸阳师范学院学报》2004 年第 1 期。

重要。在至高无上的父权面前，皇帝也无可奈何。

《为了皇帝》中的这位皇帝虽与尹小姐两情相悦，但无奈只能听从父亲的意见同一位并不相爱的人结为连理，不得不说这样的包办婚姻充满了盲目性。

儒家将夫妻关系作为五伦之一，主张男女要各守其德，不可违背道德原则，认为这是维持夫妻关系稳定、持久的决定性条件，将感情别移、缺德乱伦等视为罪恶，予以挞伐。①

皇帝与黄夫人结婚不久便北迁了，此后几年皇帝再也没有回过白石里。他与黄夫人再次相见时，却看到黄夫人抱着和牛拔山生的孩子。黄夫人的不忠给皇帝带来了精神上的伤害与压抑。虽然在皇帝的心中，婚外情是不道德的，但皇帝最终还是选择了理解和原谅。

早在春秋战国时期，孟子便提出“男女授受不亲”，严防非夫妇关系的两性有过多的接触。传统儒家婚姻家庭观中有妇女“守节”的观点。《礼记·郊特牲》说：“一与之齐，终身不改。”东汉时期有《女诫》一书，系统全面地规范了女性的妇德修养及如何恰当处理与夫家成员之间的关系。由此可见儒家传统对于贞操观念的强调。黄夫人和牛拔山偷情犯了儒家婚姻家庭观中的大忌。作为失节的妇女，黄夫人本想结束自己的生命，没想到被皇帝宽恕，从此她和牛拔山对皇帝更加忠诚，誓死不渝。

---

① 参见姜国柱：《儒学婚姻家庭观的历史演变与现代价值》，《咸阳师范学院学报》2004 年第 1 期。

忠君思想是中国古代政治思想的核心内容，也是儒家思想的重要组成部分。周初，君主和臣子之间的等级关系初步确定。秦始皇统一六国后，郡县制使得君臣关系更加稳固。到了汉代，“君为臣纲”的思想获得了士大夫阶层的认可，忠君思想成为最高的政治道德准则。中国儒家思想强调的君臣关系具有三个特点：其一，臣子只能效忠于一君，不能背叛君主。如《国语·晋语》所说：“事君不贰，是谓臣。”其二，如果君主受屈辱或责难而死，臣子也应该追随君主而去。其三，如果君主遭遇不测，臣子必须抓出逆贼，否则便视作行凶者同谋。《春秋公羊传》说：“君弑，臣不讨贼，非臣也。子不复仇，非子也。”

《为了皇帝》中的皇帝一生跌宕起伏，其政权在从兴盛到衰亡的过程中，出现了形形色色的忠臣形象：他们或尽忠尽职复兴国家；或忧心朝政腐败和国势安危，忠诚直言。这些忠臣均彰显着对皇帝的赤胆忠心。

马叔牙和申沂竹都是皇帝身边的治世贤臣，他们的形象特点是从一而终、周密审慎。马叔牙年轻时以行骗为生，遇到皇帝之后改过自新、金盆洗手。此后的十多年里，马叔牙勤勤恳恳，一直跟随着皇帝，直至生命的最后一刻都在为皇帝着想。他担心皇帝鲁莽起兵会给百姓带来灾难，便叫来皇帝身边另外一位亲信，嘱咐道：

> 开始的时候我骗了他，到这里来的时候，我也只是想靠他奇特的幸运挽救自己失败的人生。但是现在我真心崇

> 敬他、信任他了，在这个残暴的世界上，我没有见过一个人像他那样仍然保持善良的天性。我不知道什么是道，但我觉得流淌在他心底的某种神圣、纯洁的东西可能就是道。请你一定好好辅佐他。①

"鸟之将死，其鸣也哀；人之将死，其言也善。"马叔牙正是如此。在生命的弥留之际，马叔牙挂念的人不是自己，而是皇帝，称得上忠贞不贰了。

申沂竹本是贵族弟子，后因国家动乱，被迫成为亡国流民。从此，他每日借酒浇愁，最终众叛亲离，落得孤身一人。皇帝在酒馆中与他相识，被他的才气吸引，把他从穷困潦倒的生活中解救出来。申沂竹忠诚正直，皇帝遭遇土匪绑架时，他误认为皇帝已经去世，陷入无限的悲痛之中。书中将申沂竹见到大难不死的皇帝时的表现描写得非常生动：

> 他披麻戴孝，一身丧服，拄着拐杖，两只眼睛又红又肿。来到戚家庄，一进皇帝躺着的房间，申沂竹就趴在地上像青蛙鼓噪一样大哭起来。……（申沂竹说：）"世上哪有没有主人的奴仆、没有君主的臣子？臣这次来，已经做好了准备，如果主君尚在人世，臣就和主君一起面对土匪的刀枪，如果主君已经不幸遇害，臣这把老骨头就要躺在主君的尸首旁边给您做个伴。如今看到主君平安无事，臣

---

① ［韩］李文烈：《为了皇帝》，韩梅译，第 143 页。

> 就是死也无憾了。”①

申沂竹讲究君子信义，若皇帝受难而死，他也愿以死相殉。

儒家还强调君臣关系的双向性，即臣子要对君主诚信恭敬，君主对臣子也要谦让有礼。理想的君臣关系就是“君明臣忠，上让下竞”。马叔牙和申沂竹的忠诚令人动容，原因在于皇帝对两人宽容大度、真诚尊重，真正做到了“接下思恭”，君臣彼此仁爱信任，形成了“君明臣忠，上让下竞”的理想君臣关系。皇帝初见申沂竹时，申沂竹正在酒馆买醉，因为钦慕申沂竹出众的文采，皇帝不顾自己疲惫的身体，一直在酒馆里照顾烂醉如泥的申沂竹。原文写道：

> 皇帝一直守在那个人（申沂竹）的身边，似乎忘记了自己难受的胃和疲乏的身体，尽心尽力地伺候他，直到他再次醒来，原因就是钦慕他非凡的文采。……那天夜里将近子夜时分，那个酒徒才再次醒来。……皇帝有意谦虚，摆开了已经准备好的酒菜。②

皇帝不仅放下天子的身份悉心照料酒鬼申沂竹，还对申沂竹的才气赞不绝口，并且极力劝说其归顺自己，这种做法正顺应了孔子“君使臣以礼，臣事君以忠”的要求。

---

① ［韩］李文烈：《为了皇帝》，韩梅译，第123页。

② ［韩］李文烈：《为了皇帝》，韩梅译，第96~97页。

《孟子·离娄下》中说："君之视臣如手足，则臣视君如腹心；君之视臣如犬马，则臣视君如国人；君之视臣如土芥，则臣视君如寇仇。"意思是说，只有君主将臣子视作手足，臣子才将君主当作自己的腹心；君主若把臣子当作犬马，臣子也会视君主形同路人；君主把臣子当成烂泥和草籽，臣子就会把君主当成仇人。小说《为了皇帝》中刻画的臣子大多尽忠尽职，忠贞不贰，这与皇帝对他们恭敬、真诚、仁爱的态度是分不开的。

（二）道家文化视角下的《为了皇帝》

《为了皇帝》中，晚年的皇帝眼看着身边近臣相继离开，甚至连方术也无法阻止他们的背叛，便开始怀疑《郑鉴录》的真实性，其思想也越来越理想化、抽象化，仿佛从一生的偏执和疯癫中清醒了过来一样。他开始接受老子和庄子的学说，对先秦诸家积极改造社会的行为持反对意见。皇帝在告谕中态度坚定地表达了自己要顺应自然、无所作为的态度：

> 在古代，黄帝开始用仁义扰乱人心。到了尧、舜，东奔西走，劳累得屁股上的肉和腿上的肉都掉了，为养活天下百姓费心，呕心沥血地宣扬仁义，凭借血气制造了法度，但最终没有能够战胜整个天下。……到了三代时期，天下就更乱了，下有桀纣和盗跖，上有曾参和史鳅，接着出现了儒家、墨家之辈。喜悦的与愤怒的互相怀疑，智慧的与愚昧的互相欺骗，善良的与凶恶的互相责难，真诚的与虚伪的互相指责，天下完全衰微了。盛大的德化不能均匀地

> 布施，百姓的本性也就乱了，天下爱好知识，百姓就更难生活了。……朕年轻时虽然知道这些教诲，但是因为它太大了，不能进入朕被小智慧和血气蒙住的眼睛。……如今朕悟到了主干，那些都变得渺小了。①

老子主张统治者与民休息，不要干涉民众的生活，人民只有在自由和宽松的环境里才能够愉快地发展生产。《老子》第七十二章云："无狎其所居，无厌其所生。夫唯不厌，是以不厌。"意思是：不要逼迫人民居无定所，不要阻塞人民谋生的道路。只有不逼压人民了，人民才不会厌恶统治者。

《为了皇帝》中的皇帝接受了老子无为而治的执政之道，他说：

> （我要）忘记自己和别人的区别，忘记上和下的区别，认为那些百姓也和我一样是宇宙的碎片，承认他们也有资格与自然和谐共处，享受生命。②

通过这番话可以看出，皇帝不再认为统治者和人民之间有高低贵贱之分，他意识到民众是君王执政的基础。

《老子》第十七章云："太上，不知有之。其次，亲而誉之。其次，畏之。其次，侮之。信不足焉，有不信焉。悠兮其贵言，

---

① ［韩］李文烈：《为了皇帝》，韩梅译，第322~323页。

② ［韩］李文烈：《为了皇帝》，韩梅译，第324页。

功成事遂，百姓皆谓：我自然。”老子据此将统治者分为四个层次，在老子看来，达到国君有功而民不知的程度，才是治理国家的最高境界。《为了皇帝》中晚年的皇帝对老子的这段话极其认同，并奉为圣人的准则：

（老聃）还说，最高的统治者只让百姓知道他的存在，其次的是让百姓感受到并称赞他亲切，再次是让百姓害怕，最次的受到百姓的蔑视。因此，他将无为奉为上德，即便在上面，百姓也不感到有负担，即便在前面，也不让人感到妨碍，这种人就是圣人。①

《老子》第七十五章云：“民之饥，以其上食税之多，是以饥。民之难治，以其上之有为，是以难治。民之轻死，以其求生之厚，是以轻死。”意思是：人民之所以遭受饥饿，是因为统治者榨取的赋税太多。人民之所以难以治理，是由于统治者政令苛烦、任性妄为。人民轻生冒死，是因为统治者贪求奉养的奢厚。即主张统治者达到一种无为、无我、寡欲，以天下为先的境界。皇帝将此境界看作“不让人感到妨碍”的圣人境界，并以修炼这种“圣人”之术为修身目标。他说：

想想吧，我们就算顺利地平定了三韩，与浩瀚的宇宙相比，那又算什么呢？……我要从那痴心妄想中清醒过来

① ［韩］李文烈：《为了皇帝》，韩梅译，第321~322页。

> 了，不想从那一片天、一抔土中得天下，而要寻找一个以到处都是却又根本不存在的宇为天、以永恒绵长却无始无终的宙为地的国家。①

还说：

> 朕现在要忘了我，也忘了别人，忘了大与小、多与少，忘了智与愚，甚至忘掉想忘这件事。希望自己像干枯的树枝，像燃尽的灰，像泥土，像轻风。……忘记了统治，就是世上的王中之王，无所欲为，就是天上的天神之首。②

四、《金翅鸟》中的中国文化元素

李文烈的很多作品都表现出对艺术本质的关注。《金翅鸟》《野牛》《诗人》可以说是李文烈具有代表性的艺术家小说。艺术家小说是德国教养小说的一个分支，专门描写一个人性格形成时期的生活，有时也称“性格发展小说”。艺术家小说以诗人、小说家、画家、音乐家等艺术家为主人公，通过描写他们的艺术成长过程来探求“艺术家的自我意识”“人生与艺术的关系”③。

---

① ［韩］李文烈：《为了皇帝》，韩梅译，第318页。

② ［韩］李文烈：《为了皇帝》，韩梅译，第323~324页。

③ ［韩］吴汉振：《德国教养小说研究》，首尔：文学与知性出版社，1989年，第17页。

《金翅鸟》是一部兼具浪漫色彩和悲剧色彩的作品，通过讲述岭南名儒后裔书法艺术家石潭先生与弟子古竹之间的感情与矛盾，刻画师徒各自的人生历程及对艺术的不同追求，来讨论艺术的本质。

这部作品开篇描述了将艺术视为生活全部的书法家古竹的一生。古竹幼年丧父，母亲改嫁之后，他一直被寄养在叔父家。10岁那年，叔父去了上海，临走前把古竹托付给了书法家石潭先生。石潭先生并没有把他收为弟子，只是负责古竹的饮食起居。然而，古竹在书画方面极具天赋，有一次他在家里偷偷练习书法，被石潭先生发现而惹怒了石潭先生。但古竹的天赋却得到了石潭先生的朋友云谷先生的认可，在其劝说下，石潭先生终于答应将古竹收为弟子。但是，师徒二人对于艺术的理解大相径庭。拿绘画来说，石潭先生认为绘画是心画，强调神韵，画中须带有文人情趣，画外流露着文人思想。而古竹认为艺术仅仅是为了艺术存在的，绘画只是一种物画。两人在艺术观上存在不可逾越的鸿沟，根本无法和平相处。27岁的古竹陷入对成就感的狂热追求，他选择离家出走，后来凭借自己的才华得到了世人的追捧。但他并没有沉迷于这种生活，而是再一次回到石潭先生的身边，花了两年时间终于求得石潭先生的原谅。不久之后，两人之间再次爆发冲突，古竹又一次离开家，没想到这一次竟是诀别。在第二次离家出走的过程中，一段时间里古竹坚信是石潭先生抛弃了自己，恣意地花着用画换来的钱，终日沉迷于酒色。对这样纸醉金迷的日子感到疲惫之后，古竹来到了云台山，在一座寺庙中看到金翅鸟的壁画，才突然明白了石潭先生“金翅擘海，香象渡河”的期待。古竹一方面悉心守护先生的故居，另一方面收集字帖、练习书画，试图在自己的作品中看到金翅鸟腾飞的画面，但是没有一幅作品让他感到满意。最后，虚弱的古竹在众人的惊诧中烧掉了辛苦收集来的所有作品，终于他在熊熊燃烧的火焰中看到了腾飞的金翅鸟，当晚便离开了人世。

（一）儒家文化视角下的《金翅鸟》

李文烈在《金翅鸟》中淋漓尽致地展现了他对于“艺术”的迷恋，对于“艺术家的自我意识”的探寻。这或可从小说中石潭先生与古竹之间的梅竹论争和艺道论争窥得一斑。

> （竹）“先生为什么摘掉竹的叶，拿掉梅的花呢?”古竹问道。
>
> 那时古竹已是壮年，石潭先生已不能像从前一样表现得辣似老姜。
>
> （潭）“亡国之竹有何兴致枝繁叶茂，苟活的遗臣之笔有何气力让梅花绽放?”
>
> （竹）“郑所南画露兰根以示亡宋之恨，而赵孟頫毁节投元出仕。可我不曾听说郑所南的兰草独自芬芳，而赵孟頫的松雪体卑贱。”
>
> （潭）“绘画是心画，借物描绘自己的内心没必要被物的实相所困惑。”
>
> （竹）“若写字作画是书生以泄慷慨的手段，那是多么

虚无的事？且若如此，大丈夫毕生研磨玷污宣纸是何等愧事？虽然不懂什么，但哪比得上为了宝贵的祖国响应倡议，哪怕杀死一个敌人，堂堂地献出自己的生命？静静地坐在书室里摘竹叶捞梅花只不过是欺己欺物而已。”

（潭）“非也。若论忠于物这点，画工犹擅长。可他们的画终只卖得区区几分钱，沦落为填补屋内地板破洞之物，正是因为其画肤浅庸俗。你写字作画都要表现自身之高贵，若不是出于崇高的精神境界，你的画不过是白纸黑墨而已。”①

石潭先生认为，绘画是用来表达个人对历史、现实、心灵和生命经验感悟的载体，他重视绘画所呈现的道德价值和人格境界。这种艺术观即“比德”审美。比德观是中国文化传统中一种独特的艺术形态，贯穿于中国艺术发展史的脉络之中。

以孔子为代表的儒家最先提出了著名的“比德”说。《论语·雍也》载“知者乐水，仁者乐山。知者动，仁者静。知者乐，仁者寿”，这种审美观将人的主观意识与自然结合了起来。在笔者看来，儒家的“比德观”其实是以“天人合一”思想为依托的，古代的思想家们用“比德”作为媒介，使自然物象与人的价值观念之间有了契合，也为人类通达自然开辟了通道。②

---

① ［韩］李文烈：《金翅鸟》，首尔：三省出版社，1983年，第397页。

② 参见徐海蛟：《论儒家“比德观”对古代环境设计的影响》，《兰台世界》2013年第30期。

李文烈笔下石潭先生的艺术观与儒家比德观有着天然的契合。石潭先生喜欢画四君子中的竹和梅，可是《日韩合并条约》签定之后，他笔下所画的竹和梅由叶花繁茂、生机盎然，转而渐渐凋零、瘦削、扭曲。石潭先生在梅花中寄托国破家亡的哀思，用残败但坚韧不屈的梅花比喻有志之人的气度。面对作画卖钱的徒弟古竹，石潭先生不能理解，十分痛心，这是因为石潭先生和古竹的艺术观有着本质的区别。石潭先生在书画方面强调表达内心感受和超脱外在形态的精神实质，并且一直以儒家的“格物致知”理念为标准，主张“能文而不求举，善画而不求售”。面对古竹这样“弃儒就贾”的弟子，他自然认为对方“朝始初学，暮则自以为傲”，是“不成器的弟子”了。在笔者看来，李文烈对中国书画艺术和儒家比德观的深刻体悟不但使小说内容在中韩文化碰撞中更为多元化，也形成了一种独特的美学风格。

石潭与古竹二人第二次激烈的争辩是艺道之争：

(竹)“先生，书画是艺，是法，还是道呢?”

(潭)“是道。”

(竹)“那又为何有书艺、书法之说呢?”

(潭)“艺为道之香，法为道之衣。若没有道，艺和法也就不会存在了。”

(竹)“有所谓‘艺至极处即成道’，据此说来艺并非道的香气而是抵达道之门，不是吗?”

(潭)“匠人之言。无论什么总是应该在道之内。”

(竹)“如此说来，学习书法与绘画也需先做修身养性的功课了？”

（潭）“是这样。所以王右军才有‘非人不传’之言，你现在也悟出这番道理了吗？”

说到这里，已经年逾六十、老气宛然的石潭先生，脸色忽然亮起来，察探这个使他感觉一生都无法心安的弟子的面色。然而，古竹终究未能达到先生的期待。

若是首先要为了成长为人的话，让六七岁的学童拿起毛笔学写笔画又是怎么回事呢？如果道是书法的先要，那在死之前能握笔写字的人能有几个呢？

（潭）“研习技艺的过程正是期待艺融于道的过程。一生中若仅止步于技艺，只能算作艺能，反过来再前进一步就是艺术，浑然合一则是艺道了。”

（竹）“那就是艺术先行，道随其后的意思了？既如此却还先修道而压抑着艺气，这不是相当于把畜力车绑在牛前面吗？”

……

（潭）“你这家伙，自己书卷气与文字香不足，非但不尽心竭力地汲取以求进益，却反用邪言狡辩，强词夺理。学问是求道之路，但是你不解经书，不知词章，却一本正经用笔墨和手腕来佯装研习先人的奥妙境界，这与贱艺有什么区别？不仅如此，现在还不知羞耻地评论起前人高妙的精神境界，真是个厚颜无耻的家伙。”①

① ［韩］李文烈：《金翅鸟》，第398页。

在笔者看来，石潭先生所说“艺为道之香，法为道之衣”中的“道”与《论语·述而》中提到的“志于道，据于德，依于仁，游于艺”中的“道”是一致的。后者被古往今来的很多学者视为孔学的精华所在。杨伯峻将这句话译为：“目标在道，根据在德，依靠在仁，而游憩于礼、乐、射、御、书、数六艺之中。”“道”“德”“仁”是孔子的毕生追求。《论语·里仁》中说：“朝闻道，夕死可矣。”由此亦可见“道”具有重要的地位。杨国荣认为，“这里的道同样既涉及宇宙自然，也关乎社会人生，对道的把握，则意味着获得关于宇宙人生的整体智慧”①。“道”不仅体现了生命的意义，还为人生指明了方向。“志”表示确定人生的目标，“道”意味着人生理想。孔子要求人们在人格发展的同时，始终把“道”作为人生目标，心存高远。

孔子强调，道虽不行也仍须志之，德虽未彰也仍须据之，仁虽未成也仍须依之，即不能离开“道”去谈“艺”。道、德、仁是趋于理性的诉求；艺则倾向于感性，是人格的丰富和充实。四者构成了理性与感性相互平衡的动态体系，密不而分。游于艺，指让良知、良能、善心、礼仪融入技艺，艺是“爱人”之艺，道、德、仁中也富含着艺。

石潭先生所说“道”，就是指的这个过程，在他的眼中，离开“道”去谈“艺”，就是舍本逐末。他对于“艺”和“道”之间关系的把握，与儒家是极为相似的。小说中石潭先生对

---

① 杨国荣：《从“志于道”到“壹于道”——略议孔子与荀子关于道的论说》，《杭州师范大学学报（社会科学版）》2013年第1期。

“道”与“艺”关系把握之透彻从侧面反映了作家李文烈对于儒学艺术观方面有着深入挖掘。

（二）道家文化视角下的《金翅鸟》

春秋战国时期，道家创始人老子所著《道德经》中蕴藏的道家思想是我国古代哲学的瑰宝。两千多年来，道家思想和儒家思想一道影响着每一个中国人的思维方式和价值观。

老子在《道德经》中反复提及“有无相生”和“反者道之动”，体现了朴素的辩证法思想。他认为，“万物负阴而抱阳”，没有了其中一方，另一方也就无法存在了。

石潭先生与古竹之间，由于艺术观不同，矛盾频发。古竹对石潭先生既有“无法形容的仰慕”又有“强烈的厌恶”。古竹对于石潭先生执着的艺术追求，是怀抱着敬畏之心的，但是又对石潭先生同自己完全不同的艺术观带有强烈的反感。这种又爱又恨的感情使他先是坚定了自己的艺术观，随后又否定了自己的艺术观。这种看似矛盾的状态实际上是说得通的。石潭先生和古竹二人，就像老子所说的普遍存在的矛盾，是对立统一的，既相互对立又相互依赖，在对立的过程中，相互影响，形成统一。李文烈起初将两人塑造成完全相反的对立者，是为后文中二者的交融埋下伏笔。

在事物的对立统一中，老子不单意识到矛盾双方相互依存，还认为矛盾的双方可以互相转化，指出“祸兮，福之所倚；福兮，祸之所伏”“正复为奇，善复为妖”，并将事物向相反方向发展的规律总结为“反者道之动”。《金翅鸟》中便体现着“反者道之动”的运动规律。古竹一开始对石潭先生怀有厌恶之心和恨意，但是“最终支配了古竹人生的是仰慕和憧憬之情。正如他抵制住新世界的强烈诱惑、放弃新学问时所预料的那样，他不知不觉中以自己也没察觉到的热情模仿石潭先生”①。在石潭先生宏大的艺术观面前，古竹新的艺术观慢慢形成并逐渐清晰起来，对老师石潭先生艺术观的反驳就是对自身新艺术观的巩固。在这个过程中，石潭先生的一些思想让古竹对艺术产生了新的思考，在自我中逐渐融入他人的影子。②

古竹在离家出走后，曾遇到一位名叫梅香的妓女。有一次，古竹惊奇地发现自己在梅香的裙子上作画时竟然“画的不是自己的梅，而是石潭先生的梅”③。古竹笔下的梅花变得十分冷寂落寞，寄托着画家的亡国之恨。此时的古竹已经不再执着于绘画技巧，而是逐渐向“心画”艺术靠近。

同样，对于石潭先生来说，他虽然曾将古竹赶出家门，认为古竹只是“学艺的贱骨”“只配是个在集市街道上坐着卖艺的家伙”④，但是在愤怒平息后，他仍然赞叹古竹在绘画方面的天赋，认为他有与生俱来的才气。因此，石潭先生才会在遗言中要求由古竹来写铭旌。此时，两人纠缠一生的爱恨与矛盾烟消云散。最终，古竹与石潭先生在相互交融中走向统一。

---

① ［韩］李文烈：《金翅鸟》，第368页。

② 参见贺森：《论李文烈的艺术家小说〈金翅鸟〉》，《中韩人文社会科学研究》第3辑，济南：山东大学出版社，2008年，第142页。

③ ［韩］李文烈：《金翅鸟》，第398页。

④ ［韩］李文烈：《金翅鸟》，第392页。

《金翅鸟》的最后几个章节里，年老病衰的古竹带领着弟子草轩在市场上奔波，只为了收回自己所有的画作。在古竹看来，那些作品“字里行间极尽喧哗”①，“通过卖书画以赚取劳资或润笔费这样的名目赚来的钱，虽然有高雅的称谓，但从本质上来说与扔给艺妓的钱没有什么区别，他所获得的称颂，也无异于在喧哗闹市里表演的街头艺人所获得的喝彩声”②。已到生死之年的古竹收回了自己所有的画作，像对待宿敌的作品一样自评起来，却没有一幅作品让自己满意。年迈的古竹回想起石潭先生对自己“金翅擘海，香象渡河”的期待，以及那常常在梦里出现的金翅鸟，心中期盼着哪怕这一生只看到一次也好。“古竹的金翅鸟是从这种书画论的海洋中向着美的完成起飞的观念之鸟。古竹珍藏在内心深处的愿望之一就是能看到那只鸟在自己笔下翩然起舞。他相信唯有如此才不枉费了毕生的追求，才能使他冷寂苦痛的一生得到补偿。”③ 最终，古竹命弟子草轩把这些收回的书画作品放到花坛里烧掉，在众人的诧异中，“古竹看到了在火焰中忽然振翅而起的巨大的金翅鸟，鼓动灿烂的闪着金光的翅膀，充满力量地向天空飞翔”。当晚，古竹便离开人世，享年 72 岁。

古竹最终虽然没有超越其师石潭的艺术境界，但最终以烧毁自己平生画作的方式摆脱了通过高超画艺博求名利的自我，

① ［韩］李文烈：《金翅鸟》，第 388 页。

② ［韩］李文烈：《金翅鸟》，第 401 页。

③ ［韩］李文烈：《金翅鸟》，第 412 页。

使自己的艺术人生达到了“无法”的自由状态。老子曾提出“道法自然”的观点。庄子承继了老子的思想，提出要实现绝对的“逍遥”自由，就必须像真人那样做到“无待”“无己”，即所谓“至人无己，神人无功，圣人无名”。他主张个人只有破除功名利禄、权势尊位的俗念，成为至人、神人、真人，才能回复“本性”，获得人格的独立和精神上的自由，与无限永恒的自然合为一体，使有限的人生获得无限的意义。晚年的古竹就是达到了这样物我两忘、天地与我并生、万物与我为一的境界。纵然在外人眼里他的书画价值千金，但是他不以为然。晚年的古竹已经不再被权利与名声所累，他所追求的是不羁绊于世俗常理，不介意道德上的非难，一心一意地燃烧对美的狂热，渴望达到“金翅擘海，香象渡河”的境界，实现真正和绝对的自由。

《金翅鸟》的结尾，古竹将自己毕生的心血烧成灰烬，使得这些作品从“有”变成了“无”，然而“无”并不单单指的是“没有”，而是包含了一种无所不在性、一种圆满性、一种超越性。也就是说，虽然古竹的作品消逝了，但是他的艺术精神得以永世流传。

五、结论

在文学史上，带着神秘色彩的古老中国文化一直是东方学研究的重点，而作为中国传统文化的典型代表，道家和儒家思想一直是文学研究的重中之重。中国大陆与朝鲜半岛山水相连、唇齿相依，在文化方面交流密切，共同沐浴着儒家和道家思想。

审视韩国文学史，从韩国古代小说到韩国近现代小说，中国文化在韩国文学作品中几乎随处可见。特别是在韩国古代小说中，中国文化的运用并非一个特殊的现象。据韩国学者金东旭的统计，已知的韩国古代小说有 700 部之多，“其故事的背景则大多取自中国”。韦旭升也说，以中国为背景的小说在韩国小说中“所占比例之大，恐怕是任何一个国家的以外国为题材的作品都难以望其项背，无可企及的”①。

以韩国古代第一部汉文小说集《金鳌新话》为例，该书第一篇《万福寺樗蒲记》虽以 16 世纪朝鲜朝发生的壬辰倭乱为背景，讲述了一段缠绵悱恻的人鬼相恋的故事，但其实是中国明代瞿佑所著《剪灯新话》中《滕穆醉游聚景园记》的翻案之作。②《金鳌新话》的作者金时习自幼便熟读四书五经，因此文章中多次提到中国的各种文化典籍，并以中国古代缠绵动人的爱情故事烘托小说的浪漫主义氛围，可谓起到了画龙点睛的作用。

除了《金鳌新话》，韩国著名的古代神怪小说《谢氏南征记》、《九云梦》和《玉楼梦》中也融入了许多中国文化元素。这几部作品都借鉴了中国志怪小说中的神怪情节，以提高小说

---

① 李宝龙：《从神怪情节看韩国古代小说中的中国因素——以〈谢氏南征记〉、〈九云梦〉、〈玉楼梦〉为例》，《延边大学学报（社会科学版）》2005 年第 3 期。

② 参见张哲俊：《东亚比较文学导论》，北京：北京大学出版社，2004 年，第 102 页。

的可读性。我国著名学者韦旭升曾对韩国古代神怪小说和中国古代神怪小说做过比较研究，据他考证，仅《玉楼梦》而言，其神怪内容的描绘就至少有三处与《水浒传》《三国演义》《红楼梦》相似。与此同时，这三部神怪小说还浸润着儒家思想，作者把人神化抑或把神人化，借神仙之口来传播儒家妇德观。以上举例只不过是冰山一角，但是我们从中不难发现韩国古代文人对于中国文化的喜爱。

由此看来，中国文化在韩国文学作品中的应用不仅是一种非常普遍的现象，而且还有历史悠久的创作传统。李文烈对这一传统进行了传承与弘扬。他创作的许多小说或散文作品中都包含着中国意蕴。可以说，中国儒道文化给李文烈的创作提供了丰富的养料，向他展示了新的参考维度，使他在中韩两国文化碰撞与融合中找到了新的创作方向。儒道文化早已成为韩国传统文化的主干，它深深根植于韩国的方方面面，不仅仅改变了韩国人的思想和性格，而且使韩国的社会构造、社会习惯等发生了大的变动。正因如此，韩国民众在阅读李文烈的作品时不仅不会对中国传统文化的精粹感到陌生，反而往往能够产生共鸣，这也从侧面反映出韩国人对于中国文化的认同感。

《金翅鸟》和《为了皇帝》中对中国文化的叙述比比皆是。贯穿全书的中国传统文化在小说情节的承上启下及人物的性格塑造方面起到了重要的作用。《为了皇帝》中的皇帝从小学习四书五经，晚年又深受老庄的影响，君子周而不比就是这位皇帝的真实写照。因此，在年轻的皇帝身上，读者既可以感受到中国儒家仁、义、礼、智、信的美好品质，又可以从皇帝晚年的思想中体悟到道家无为自然的隐逸洒脱。另外，该书中出现的马叔牙、申沂竹等大臣也深受中国儒家思想的影响，马叔牙甚至还学习了中国话，可以与中国人流利地交流。在儒家忠君思想的烘托下，小说中的人物形象更为鲜明丰满。中国文化元素在小说情节的起承转合方面所起作用不容小觑。李文烈以中国文化作为小说《金翅鸟》的文化背景，以儒家艺术观为出发点，串联起整个故事。小说中还引用了与中国书法家王羲之、翁方纲等相关的典故，更显作者的才学和奇妙的艺术构思。

可以说，以儒道为代表的中国传统文化为李文烈的文学作品注入了丰厚的中华文化精神，使他的作品更具中国特色。李文烈用手中的笔铸就了用韩语写成的文学作品，同时向读者传达了中国文化的内涵。

后　序

朝鲜半岛作为东亚汉字文化圈的重要成员，具有较为发达的儒家文化体系，其文学也自然深受影响。在长期的发展过程中，朝鲜半岛各个朝代主动从中国吸收儒家文化，将其当作“王天下”的主要思想理念。他们重视文学，且传承了中国儒家的诗教理念，以诗为树德立人不可或缺的教科书。《礼记》言：“入其国，其教可知也。其为人也，温柔、敦厚，《诗》教也。”这种诗教观念在朝鲜半岛通过各个朝代的科举、铨选、会讲等机制全面铺开，并逐渐深入人心，成为社会文化心理的重要组成部分。制度层面上的提倡和奖赏，成为朝鲜半岛各个朝代文人生存和文学发展的厚实土壤，造就了地道的东方“君子之国”和诗的国度。

不过，从文学审美的角度看，封建制度层面上的这种笼络和提倡，的确对文学自身的审美发展产生了较大的负面影响，单是儒家文学思想本身就对文学有一系列的要求，即对一切邪恶现象和势力进行讽刺和挞伐，在思想内容和艺术形式上做到“尽善尽美”等。朝鲜半岛历代的文人墨客，在文学创作实践中不断进取，探索出了宝贵的艺术经验。毋庸置疑，这里也有学术的深奥之境，值得我们去探索。

李学堂教授主笔的《韩国文学与儒家文化》就是在这方面深入探索的一部著作。这部书将朝鲜半岛历史上的儒家思想文化与文学作为考察与研究的对象，从多个角度进行深入探讨。这种方法，试图通过儒家思想与文学相互渗透，相互比照，使之集约在一个完整的研究统一体之内，形成相辅相成的有机关系。全书由六篇文章组成，各篇之间看似独立，但都紧紧围绕儒家思想文化与文学这一基本主题，并努力再现各个研究对象的历史风貌和不同内涵，以作为本书深刻的学术内容。

从内容来看，全书有几个特点较为突出。一是选题较为大胆。儒家思想文化与文学的关系问题是一个范围广、内涵深刻的重大课题，但作者敢于选取其中较有代表性的思想家兼作家的文学成果，进行深入探讨，透过个别体现整体的若干效应。二是态度严谨、论述细致。儒家思想文化与文学的关系在朝鲜半岛是一个极其复杂、繁博的问题，很难用几篇文章来概括和解答，但本书努力使各个部分的论述用一个中心思想贯穿下去，尽量形成一个整体。三是各个部分资料翔实、论述有根有据，这一点在书中的各篇都体现有余。值得一提的是，本书采用撷取代表性思想家来展示彼时文艺思潮的结构。老实说，这样的结构形式，会使相关论述在一定程度上束缚于本书的整体性，不好展现某一个时期或某一种文艺潮流带有的普遍性的关键问题。尽管如此，本书展现出的对一系列重要人物的具体而细致的论述，定能使读者获益匪浅。

以儒家文化为背景去研究朝鲜半岛文学，既可以认识朝鲜半岛文学思想意蕴的内在来源，也可以由此认识到儒家思想的普遍性，以及它对朝鲜半岛上的东方国家的文学带来的具有深刻影响的内在学理机制。具体来说，这样的研究模式，能够使人搞清楚朝鲜半岛文学与儒家思想的深层联系，而且能够使人看清儒家的文艺思想作用于古代朝鲜半岛作家、诗人的具体过程。两千多年来，儒家思想逐渐与朝鲜半岛本土的思想文化融合在一起，演变为其思想与文化创造的基本底色。文学作为文化重要的组成部分也不例外。朝鲜半岛受儒家思想及其文艺观念濡染的本土文学家，在进行文学创作或发表文艺观点时，自然离不开自小所积累的思想基础和知识储备。我们进行学术研究的主要目的，就是把其中的来龙去脉和审美创造的具体过程揭示出来，展现给读者。所以，对朝鲜半岛文学与儒家文化的关系进行深入研究是很有意义的。

社会在发展，学术在进步，各种新的学术思想和方法论不断涌现。本书所涉及的儒家思想文化与文学的关系研究这样的重大课题，在一两部著述中谈得一清二楚是不可能的事情，有言“千斤重担大家挑 凝心聚力谱新篇”。这样的重大课题，需要几代人共同努力，一步一个脚印地做下去，才能最终完成。

本书的主笔李学堂教授是我多年的忘年之交，他那待人宽厚的人生态度和孜孜不倦的探索精神给我留下了深刻的印象。在相关专业研究上，他学问基础扎实，刻苦努力，勤于思考，成绩斐然，已在学术界崭露头角。多年来，他不仅在朝鲜半岛儒家思想文化与文学、文人“燕行录”等方面的研究上取得了令人瞩目的学术成就，还翻译介绍了多部韩国高端学者的学术成果，为中韩学术交流的发展做出了不小的贡献，但愿本书能够成为这个过程中的一朵奇葩。

学术研究是一个不断积累和探索的过程，相信李学堂教授和这部著作的其他作者们能够在今后的学术征程中，不断完善自己，取得更为优异的成就。

李 岩①

二〇二二年于北京中关村中央民族大学寓所

① 李岩，1950年生，中央民族大学教授。曾任东京大学客座教授、日本国学院大学客座教授等。主要著述有《朝鲜李朝实学派文学观念研究》《中韩文学关系史论》《朝鲜文学的文化观照》《朝鲜中古文学批评史研究》《朝鲜诗学史研究》等。